Für die Liebe meines Lebens
Mario

Vorwort

Als ein Marienkäfer über meine Hand krabbelte, wusste ich, dass ich so weit bin diese Geschichte aufzuschreiben und zu teilen.

»Alles ist wahr, bis auf das, was erfunden ist.«

Diese Geschichte ist kein klassischer Liebesroman, sondern so real wie das wahre Leben. Neben der Liebesgeschichte geht es auch um das Tabuthema Depression, welches ich sehr detailreich beschrieben habe. Es soll dich jedoch keinesfalls runterziehen, sondern dir helfen, Mut machen, dir zeigen, dass es immer einen Weg gibt und du nicht allein bist.

Prolog

»Ich liebe dich … aber ich möchte wieder Single sein.« Die Worte fliegen durch den Raum, als hätten sie kein Ziel, denn ich will nicht, dass sie mich treffen. In meinem Magen zieht ein Sturm auf. Galle kratzt in meiner Speiseröhre, um ans Tageslicht zu kriechen. Plötzlich fühle ich mich in meine Kindheit zurückversetzt. Wenn ich nur still genug dasitze, mich nicht rühre und die Luft anhalte, dann werden die bösen Geister nicht an mich rankommen. Dann denken sie, ich bin nicht da. Innerlich zittert mein Körper bereits und mein Herz droht sich zu verkrampfen.

»Lena? Hast du gehört, was ich gesagt habe?«

Vergiss es, du hast das nie gesagt und ich habe es niemals gehört. Mein Herz hämmert gegen meine Brust wie ein Vorschlaghammer auf eine Wand, die einbrechen soll. *Warum, warum tut er das? Warum hat er das gesagt? Das kann doch nicht sein Ernst sein? Nein, so leicht mache ich es dir nicht!* Und wieder halte ich den Atem an und versuche, mein Zittern zu verbergen. Während er ein weiteres Mal meinen Namen ruft, sehe ich wie der Boden unter mir aufreißt. Die Dunkelheit streckt ihre kalten langen

Finger nach mir aus und will mich tief in den schwarzen Untergrund ziehen. Ich ziehe meine Beine an meine Brust und umklammere sie wie einen Rettungsring im Meer. Doch egal wie sehr ich mich auch festhalte, es wird mich nicht retten. Niemand kann mich retten. Am liebsten würde ich ihn anschreien oder einfach wegrennen. Ich weiß, wenn ich ihn jetzt ansehe, dann wird alles wahr. Dann ist es real. Dann wird es mich zerbrechen und die Dunkelheit wird mich holen.

»Weißt du, ich frage mich schon seit einigen Wochen, ob das alles ist. Ob das jetzt mein restliches Leben ist. Ich frage mich, ob ich das so will. Und ob da nicht noch etwas anderes ist.«

Er legt seine Hand auf meinen Arm und mein Blick verschwimmt. Er wartet immer noch auf eine Reaktion von mir. Und auf einmal scheinen sich meine Gefühle wie eine Rosine zusammenzuziehen, die eben noch eine Traube war. Mechanisch drehe ich meinen Kopf zu ihm und schaue ihm direkt in die Augen. Weder mein Kopf noch mein Herz verstehen es. Es ist, als würde ich einen Fremden anschauen. Alles Vertraute, alles, was ich an ihm zu kennen dachte, ist verschwunden. Die Dunkelheit hat alles verschluckt.

»Okay.« Mehr kann ich nicht sagen. Mehr will ich nicht sagen. Ich muss mich beherrschen und versuchen, den Tornado in meinem Bauch im Zaum zu halten, da ich sonst wahrscheinlich nicht nur mein Essen, sondern mein Herz gleich mit auskotzen würde. Ich atme tief ein und versuche, seine Worte runterzuschlucken.

»Alles in Ordnung?« Die Frage klingt sogar aufrichtig. Ich nicke, während mein Blick auf den Fernseher gerichtet ist. Für einen kurzen Moment fühlt es sich an, als wäre ich aus meinem Körper getreten und würde jetzt neben mir stehen und mich selbst beobachten. Meine Existenz fühlt sich sinnlos an, als hätte ich das ganze letzte Jahr eine Illusion gelebt. Als wäre alles nur ein Film gewesen.

Kapitel 1

Ich hocke im Flur, den Rücken gegen die Wohnungstür gelehnt, und betrachte mein Gepäck. Mein ganzes Leben passt in vier Kisten und einen Koffer. Das ist äußerst praktisch und platzsparend. Aber auch ein bisschen erbärmlich. Natürlich macht einen Menschen nicht das aus, was er hat, aber das hier wirkt schon ziemlich erbärmlich. Ohne Zweifel ist es die richtige Entscheidung, denn es fühlt sich einfach zu gut an. Es beruhigt mich und erdet mich sogar ein wenig, zu wissen, dass er gleich klingeln wird.

Meine Palme! Ich springe auf, betrete ein allerletztes Mal das Wohnzimmer. Vorbei an dem Schreibtisch, dessen Arbeitsplatte schon drei Mal getauscht wurde, weil Ron so wütend auf mich war, dass er sie kaputt schlug. Gehe an der mit Flecken übersäten beigefarbenen Stoffcouch vorbei und ziehe die Palme am Topf schnaufend in den Flur zu meinen Sachen, zu meinem Leben. Ein letztes Mal stehe ich im Türrahmen und lasse meinen Blick durch das Zimmer schweifen. Es wirkt friedvoll und einladend. Eine Wand ist in einem hellen Cappuccinobraun gestrichen und mit Bildern aus der ersten Zeit unserer Beziehung geschmückt. Ein gefülltes Bücherregal, Vorhänge an den Fenstern, ein flauschiger Teppich auf dem ein kleiner Tisch steht und ein riesiger Fernseher an der Wand, der aus dem Wohnzimmer ein Privatkino werden lässt. Oberflächlich betrachtet sehr gemütlich. Doch ich erkenne die Macken, jeden einzelnen Fleck, jedes Loch, und weiß, dass der Couchtisch Rons Zorn mehr als einmal abbekommen hat. Es brauchte nicht viel, um ihn ausrasten zu lassen. Einmal hat es schon genügt, dass ich mit ein paar Kolleginnen nach der Arbeit noch einen Kaffee getrunken habe, anstatt direkt nach Hause zu kommen.

Nein, das hier war nie mein Zuhause. Niemals.

Meine Augen bleiben an dem Umschlag hängen, den ich so offensichtlich wie nur möglich auf die Tastatur des Schreibtisches gelegt habe. Sobald er ihn gelesen hat, ist es vorbei. Mehr als das, was darin steht, habe ich nicht mehr zu sagen. So oft haben wir geredet. So oft habe ich ihn an meinen Gefühlen, an meinen Gedanken teilhaben lassen. Doch er hat mich immer nur weiter in die Ecke gedrängt, versucht, aus mir einen Menschen zu machen, der ich einfach nicht sein kann und nicht sein will. Meine Proteste waren still. Ich habe meine Haare abschneiden lassen, die er doch so sehr an mir liebte. Habe mir eine andere Haarfarbe verpasst, mich anders gekleidet. Doch dadurch hat sich nichts geändert, denn tief in uns drinnen, sind wir immer noch dieselben. Da sind er und ich und das war‘s. Nicht mehr und nicht weniger. Diese eine Chance wollte ich uns noch geben, weil ich geglaubt hatte, dass da noch etwas ist. Ein Tapetenwechsel oder ein neuer Haarschnitt genügt leider nicht. Mit einem Seufzen schließe ich die Tür und lasse alles Negative darin zurück. Alles das, was ich nicht tragen, nicht mitnehmen möchte. Leichtes Gepäck.

Ich betrachte den Flur, der im Gegensatz zum Rest der Wohnung von Anfang an sehr einladend wirkt.

Holzleisten an der Wand, eine schöne Garderobe und die passenden Deckenstrahler, die den Eingang in ein harmonisches Licht tauchen. Ich atme tief ein und puste die Luft lang durch meine Nase wieder aus. Ich erinnere mich daran, was aus der Wohnung hätte werden sollen. Ich denke an die vielen Versprechen, die vielen leeren Worte. An all das, was ich hier zurücklassen werde. Gleich wird der Neuanfang an meiner Tür klingeln und ich werde frei sein. Beim Gedanken daran muss ich lächeln, wie so oft in den letzten Tagen. Nach einem Blick auf die Uhr fängt mein Herz an, immer härter gegen meine Brust zu schlagen. Ich atme tief ein und aus, um mich ein wenig zu beruhigen.

Es klingelt und ich spüre, wie das pure Adrenalin durch meine Adern schießt, mein Herz fast aus meiner Brust springt und sich mein leerer Magen zusammenzieht. Er ist da, endlich ist er da. Irgendwie träumen Mädchen doch immer von einem Prinzen auf einem weißen Ross, der sie befreit. Genau so fühlt es sich für mich gerade an. Ich weiß nicht, ob ich diesen Schritt jemals allein geschafft hätte.

Ron hat mir nie körperlich weh getan, dafür aber meine Seele mit brennenden Pfeilspitzen beworfen. So lange, bis ich gar nicht mehr wusste, wer ich eigentlich bin. Aber vielleicht wusste ich das noch nie. Nun habe ich die Chance, es herauszufinden.

Bevor mein Herz wirklich noch aus meiner Brust hüpft, nehme ich den Hörer in meine zittrige Hand.

»Ja?« Ein leises Knacken ertönt, bis ich endlich seine warme Stimme höre.

»Hey … bist du so weit?« Wieder ein Knacken.

»Hey, ja, das bin ich.« Ich drücke die Taste, um die Haustür zu öffnen, und lege auf. Das Zittern hat sich auf meinen ganzen Körper übertragen und ich bekomme es nicht mehr unter Kontrolle, so aufgeregt bin ich. Am liebsten möchte ich es unterdrücken, weil es mir peinlich ist und ich nicht möchte, dass er es mitbekommt, aber das macht das Ganze nur noch schlimmer.

Ich kann seine Schritte im Treppenhaus hören, gleich wird er vor mir stehen. Ein kleiner Hauch eines Zweifels überkommt mich. Was, wenn er es doch nicht mehr will? Wenn er einen Rückzieher macht? Ich atme noch einmal tief ein und wieder aus und öffne die Tür. Da steht er, ein großer, muskulöser Mann mit braunen kurzen Haaren, unglaublich gütigen Augen und vollen Lippen. Seine Muskeln zeichnen sich deutlich durch sein Shirt ab und ich spüre, wie meine Beine zu Gummi werden. Als ich in seine graublauen Augen schaue, verschwimmt mein Blick durch die Tränen, die sich in meinen Augen sammeln. Dass es mir unangenehm ist, mich so verletzlich zu offenbaren, kann ich nicht leugnen, aber immerhin hat er mich schon in meiner schlimmsten Verfassung gesehen. Seine Lippen formen ein kleines Lächeln und er breitet seine Arme aus, um mich aufzufangen. Ich schmiege mich an seine Brust, spüre seinen Herzschlag und halte ihn so fest, wie ich nur kann. Sanft spüre ich seine Hand über meinen Rücken streicheln und ich atme seinen Geruch ein.

Wir lösen uns wieder voneinander und er schaut hinter mich.

»Ist das alles?«, fragt er.

»Jop, mein ganzes Leben in vier Kisten und einem Koffer. Ganz schön armselig, oder?« Ich versuche, die Situation runterzuspielen, da sie mir sehr unangenehm ist.

»Dann muss ich nicht so viel tragen, ist doch praktisch. Außerdem ist es gut, auszumisten und den alten Kram hinter sich zu lassen!«

Ich nicke ihm zustimmend zu und schnappe mir eine der Kisten, bereit, diesen Ort endlich zu verlassen. Der Ort, der nie ein Zuhause für mich war, sondern lediglich ein Gefängnis und das ohne jemals abgeschlossen zu sein.

Im Treppenhaus überkommt mich plötzlich ein ungutes Gefühl, es zieht in meinen Kopf auf wie ein Gewitter. Was, wenn Ron jetzt nach Hause kommt? Ob er etwas ahnt? Das letzte Wochenende, an dem er da war, habe ich die ganze Zeit vor mich hingegrinst, denn ich wusste, in wenigen Tagen würde ich dieser Hölle und seinen Fangarmen entfliehen. Ich konnte es kaum erwarten, ihn am Sonntagabend zum Auto zu bringen und ihm eine angenehme Woche zu wünschen. Für mich war es ein Abschied für immer, für ihn nur die übliche Jobroutine.

Es gab einen winzigen Moment, in dem ich darüber nachgedacht hatte, es ihm zu sagen. Alles offiziell zu beenden und ihm die Chance zu geben, sich verabschieden zu können. Als ich vor ihm stand und versuchte, meine Gedanken in Worte zu fassen, tat er das, was er immer getan hat.

»Na, willst du mir sagen, wie sehr du mich liebst? Und wie sehr du mich brauchst? Ohne mich bist du nichts mein Schatz, aber hab keine Angst, ich werde für immer an deiner Seite sein und dich unterstützen und dir bei deinen Entscheidungen helfen.«

Über so viele Jahre hinweg hat er über mich bestimmt, meine Gedanken und Gefühle manipuliert, mich emotional erpresst und mir somit alles genommen, was ich je hätte werden können. Das Dumme an sensiblen Menschen ist, dass wir sogar Mitleid für Menschen empfinden, die uns weh tun.

Meine Schritte werden immer schneller und ich stolpere fast die Treppen hinunter.

»Nick!«, rufe ich panisch und er bleibt prompt stehen, während ich mit meiner Kiste gegen seinen Rücken pralle und ebenfalls zum Stehen komme.

»Alles gut? Du siehst aus, als hättest du einen Geist gesehen. Ist die Kiste doch zu schwer, soll ich …«

»Was tun wir, wenn Ron jetzt kommt?«, unterbreche ich seine lieb gemeinte Frage.

»Ach Lena, dann sagen wir ihm, dass du ausziehst. Ganz einfach.«

Mir wird übel. Das sagt sich so leicht.

Er geht auf die Zwischenebene des Treppenhauses und stellt seine Kiste ab, um mir meine abzunehmen. Dann nimmt er meine Hand, führt mich runter von der Treppe und nimmt mich in seine Arme. Wenn Ron jetzt wirklich hier auftaucht und mich mit Nick Arm in Arm sieht, dann war‘s das. Es ist nicht einmal die Angst um mich selbst, denn er hat nie die Hand gegen mich erhoben, aber ich habe Angst um Nick. Um den Mann, der mir helfen, mich befreien will. Ich drücke mich weg von ihm und will meine Kiste wieder hochnehmen.

»Lena, jetzt lass doch mal kurz die Kiste Kiste sein!« Er legt seine warmen großen Hände um mein Gesicht und blickt direkt in meine Augen. Ob er die Panik sehen kann?

»Was will er denn großartig machen? Mir eine reinhauen? Dann soll er das tun, wenn es hilft. Ich werde mich ganz sicher nicht mit ihm prügeln. Alles wird gut.«

Ich schließe für einen kurzen Augenblick meine Augen, atme tief ein und wieder aus. »Okay.« Er hat recht, egal was auch passieren wird, ich kann es nicht aufhalten. Und dann denke ich, dass es eigentlich nicht schlimmer werden kann. Denn wenn man ganz unten ist, gibt es doch eigentlich nur noch den Weg nach oben. Wir tragen die Kisten zum Auto und Nick öffnet den Kofferraum des Transporters.

»Wenn du magst, kannst du dich auch reinsetzen und ich hol die restlichen Sachen schnell allein.« Ein Lächeln unterstreicht seine liebgemeinte Idee und ich überlege tatsächlich kurz, ob ich das möchte. Ein merkwürdiges Gefühl. Selbst bestimmen. Ich glaube, das kennt mein Kopf gar nicht mehr, denn ich spüre, wie meine Schläfen anfangen zu pochen. Nick versteht mich auch ohne Worte, greift nach meiner Hand und wir gehen gemeinsam die Treppen wieder hoch zur Wohnung. Werde ich es jemals wieder schaffen, selbst zu entscheiden? Ich bin sehr froh, dass Nick das Ruder in dem Moment an sich genommen hat.

Eine ähnliche Situation hatte ich neulich bei der Arbeit. Im Laden war ich es gewohnt, immer angewiesen zu werden, und ich mochte es nicht, selbst entscheiden zu müssen. Produkte nach Haltbarkeit sortieren, Ordnung in den Regalen halten, Ware auffüllen und kassieren. Alles Dinge, bei denen ich keine Entscheidungen treffen musste. Bis an jenem Tag, als mein Chef der Meinung war, ich solle ein Regal mit dem neuen Sortiment bestücken und könne dabei meiner Kreativität freien Lauf lassen. Welcher Kreativität? Hatte ich mich noch gefragt, als ich total überfordert vor dem leeren Regal stand und neben mir zwei volle Paletten mit Produkten warteten. Am liebsten wäre ich heulend ins Lager gerannt und hätte mich versteckt. Ähnlich war es, wenn mich Menschen ansprachen. Meist fühlte ich mich sofort überfordert und verwies daher so oft es ging auf einen Kollegen.

Völlig in meinen Gedanken versunken, bemerke ich, dass ich allein im Flur stehe. Vor mir nur noch der Koffer. Anscheinend hat Nick gleich zwei Kisten auf einmal genommen. Eine unangenehme Stille überkommt mich und ich stehe einfach nur da und starre auf den Koffer. Mein Herz wird schwer wie Blei und ein Gefühl von Traurigkeit breitet sich in mir aus. Das Atmen fühlt sich flach an, dumpf. Gleich werde ich die gewohnte Umgebung verlassen. Ich weiß absolut nicht, was mich da draußen erwartet, und vertraue auf einen Mann, den ich erst seit ein paar Monaten kenne. Fünf Jahre war ich mit dem Menschen, mit dem ich mir diese Wohnung geteilt habe, zusammen. Fünf Jahre meines Lebens, die sich nun so verschwendet anfühlen. Niemand wird mir diese verlorene Zeit zurückgeben können. Und doch war es damals meine freie Entscheidung, mit ihm zu gehen.

Mich an ihn zu binden. Mich von ihm abhängig zu machen. Tränen laufen über meine Wangen. Tränen voller Angst, voller Hoffnung, voller Vorfreude, aber auch voller Panik. So oft habe ich mich in den letzten Monaten gefragt, was mit mir nicht stimmt. Warum ich einfach nicht glücklich bin. Warum sich alles so falsch anfühlt und mich in eine Art Abgrund zieht. Immer tiefer und tiefer. Keine Farben mehr, es gab nur noch schwarz und weiß für mich. Entweder war etwas gut oder schlecht. Es gab kein Dazwischen mehr.

»Willst du die Palme auch mitnehmen?«

Ich zucke zusammen.

Als er an mir vorbeigeht und mich anschaut, nimmt er mich zum dritten Mal an diesem Morgen in seine Arme. Es wird wohl nicht lang dauern, bis er sich fragt, welches emotionale Wrack er sich da an Land gezogen hat. Ich gebe mir Mühe, mich wieder in den Griff zu bekommen.

»Nein, die können wir hierlassen.«

»Wie du magst. Soll ich sie wieder ins Wohnzimmer bringen?«

Ich schüttle energisch mit dem Kopf, denn ich möchte auf keinen Fall, dass er dieses Zimmer betritt. Als könnte sich dabei ein schlechtes Omen an ihn festhängen.

»Das mach ich, bring du nur den Koffer runter, ich komm gleich nach.«

»Alles klar, dann bis gleich. Lass dir Zeit!«

Wie kann ein Mensch nur so aufmerksam und mitfühlend zugleich sein? Ich habe wirklich unheimliches Glück, dass ich Nick begegnet bin. Dabei hätte ich ihn beinahe vergrault, als er mich vor einigen Monaten im Laden ansprach. Aber er war hartnäckig, kam immer wieder und wenn ich daran zurückdenke, fällt mir auf, dass er nur sinnlosen Mist kaufte. Ich meine, wer kauft schon nur eine Banane oder ein Päckchen Kaugummi?

Damals fiel es mir nicht auf. Nicht einmal seine Komplimente. Immerhin war ich vergeben. Ron hatte mir nicht nur sämtliche Entscheidungen abgenommen, sondern mir auch Scheuklappen verpasst.

Mit Mühe ziehe ich die Palme wieder ins Wohnzimmer und stelle sie an ihren vorherigen Platz zurück. Es wird keinen Rosenkrieg geben, er hat keinerlei Grund mir nachzurennen, mich ausfindig zu machen oder irgendetwas von mir zu wollen. Denn alles, was ich mitnehme, sind meine ganz persönlichen Sachen. Alles andere lasse ich zurück.

Ich schließe die Tür zum Wohnzimmer erneut und gehe.

Kapitel 2

Es ist die richtige Entscheidung, jetzt gibt es kein Zurück mehr. Dennoch plagen mich Zweifel. Nick musste zur Spätschicht und so sitze ich allein in seiner Wohnung und komme mir total fehl am Platz vor. Er hat mir zwei Schubladen in seiner Kommode und den halben Kleiderschrank freigeräumt. Als würde ich so viel Platz brauchen für meine paar Sachen. Ein bisschen fühle ich mich wie im Urlaub, denn dort habe ich meistens keine Lust auszupacken. Immerhin packt man wenige Tage später eh wieder alles ein. Aber das hier soll kein Urlaub sein, sondern mein neues Leben. Kann ich mich denn einfach in eine fremde Wohnung einnisten? Alles gehört Nick.

Ich höre sie schon alle rufen: »Na, hast dich ins gemachte Nest gesetzt?« Nein, so war ich nie und so will ich auch nie sein. Krampfhaft überlege ich, was ich tun kann. Vielleicht etwas kaufen und ein wenig ich hier reinbringen. Doch wer bin ich überhaupt? Und was gefällt mir? Mir wird warm und ich spüre Tränen aufsteigen.

Ich zucke zusammen, als mein Handy eine Nachricht ankündigt. Mit zittriger Hand greife ich nach meinem

Telefon, das neben dem Bett auf einem Nachtschrank liegt. Nick hat geschrieben.

Na, alles gut bei dir?

Weil ich nicht wusste, wohin mit mir, habe ich mich ins Bett verkrochen. Das alles erscheint mir noch zu fremd. Das große Wohnzimmer mit den zwei Riesenfenstern, die aussehen, als wären es Balkontüren, nur ohne Balkon. Die dunkelbraune Ledercouch, die fast den ganzen Raum einnimmt. Ein eleganter Marmortisch vor der Couch und neben einem der Fenster steht ein massiver Schreibtisch aus dunklem Holz. So schön alles auch zusammen passt, es fehlt eindeutig an Dekoration und auch an Pflanzen. Mir wirkt es zu clean.

Unter dem Fernseher, der an der Wand hängt, steht eine Kommode in einem dunklen Braun, ähnlich wie der Schreibtisch. Vielleicht würde ein Bücherregal das Ganze noch abrunden. Das Wohnzimmer wirkt, als wäre es noch nicht fertig. Keine Vorhänge an den Fenstern, keine Teppiche, nur eine fein säuberlich zusammengelegte Decke, die auf der Couch liegt.

Das Handy klingelt erneut und wieder zucke ich zusammen. Erleichtert atme ich auf, als ich sehe, dass es ein Anruf von Nick ist.

»Hey, du hast nicht zurückgeschrieben, daher dachte ich, ich ruf mal an und frage ob alles gut ist.«

»Hey, naja, ich hab mich ehrlich gesagt ins Bett verkrochen. Es ist merkwürdig hier zu sein, wenn du nicht da bist.«

»Das muss es aber nicht! Pass auf, ich hab dir etwas in den Kühlschrank gestellt, das du dir warm machen kannst. Mach es dir auf der Couch gemütlich, kuschel dich mit der Decke ein und in der Kommode im Wohnzimmer findest du auch noch ein paar Kissen.«

Ich schmelze dahin. Er ist so süß und fürsorglich.

»Danke«, bringe ich leise hervor.

»Und Lena, wenn du magst, kannst du dich gern in der Wohnung austoben und etwas Dekoration anbringen. Du sollst dich auch wohlfühlen.«

Das gibt mir den Rest. Er will wirklich, dass ich mich hier wohlfühle. Ein Schluchzen, das ich nicht verhindern kann, dringt durch das Telefon.

»Nicht weinen. Lachen steht dir viel besser und in ein paar Stunden bin ich auch wieder da.«

»Okay, vielleicht eine Pflanze für den Anfang.«

Ich versuche zu lächeln. Als könnte er es spüren, sagt er: »Na siehst du, so gefällst du mir schon viel besser. Ich muss jetzt Schluss machen, bis später.«

»Danke Nick. Bis später.«

Als er aufgelegt hat, schäle ich mich aus dem Bett und suche nach meiner Tasche. Irgendwas möchte ich tun, irgendwas muss ich tun. Ich nehme mir vor, Nick mit einer außergewöhnlichen Pflanze zu überraschen.

Als ich die letzte Kiste durchwühlt habe, leere ich alle panisch aus. Meine Tasche ist nicht da. Ich hieve den Koffer aufs Bett und durchwühle meine Klamotten. Nichts. Als würde jemand auf meinen Kopf einhämmern, fällt mir schmerzhaft ein, wo sie sein kann. Schlagartig wird mir speiübel und ich habe zu kämpfen, um den Würgereiz unter Kontrolle zu bekommen.

Was soll ich denn jetzt nur tun? Nick ist nicht da und wenn ich die Tasche jetzt nicht hole, bekomme ich sie sicher nie wieder. Das Risiko würde ich eingehen, aber das würde bedeuten, dass ich alles neu beantragen müsste. Meinen Ausweis, die Krankenkarte, meine Monatskarte.

Oh nein, mein Portmonee. Mir ist nach Heulen zumute, aber ich darf mich jetzt nicht vergraben, ich brauche eine Lösung. Nach Abwägen aller Möglichkeiten weiß ich, dass es nur eine richtige gibt, wenn ich meine Tasche haben will.

So schnell ich kann, werfe ich alle Sachen zurück in den Koffer, ziehe den Reißverschluss zu und zerre ihn zurück in die Ecke.

Erst überlege ich, Nick eine Nachricht zu schreiben, doch dann entscheide ich mich für einen Zettel, den ich ihm auf den Marmortisch lege, für den Fall, dass er eher wieder da ist als ich. Oder für den Fall, dass ich überhaupt nicht mehr wiederkomme. Ich will nicht, dass er sich unnötig Sorgen macht, solange es noch keinen Grund gibt, sich welche zu machen.

Ich schlüpfe in meine Schuhe, schnappe mir mein Handy und die Schlüssel, die Nick mir ans Schlüsselbrett gehangen hat. Bevor ich die Tür öffne, fällt mir ein, dass ich weder meine Monatskarte noch Geld habe. Wie soll ich denn jetzt dahin kommen? Das ist doch alles Mist. Es war auch viel zu einfach, irgendwas musste ja kommen. Wie konnte ich nur meine Tasche vergessen? Ich stampfe auf den Boden und wische mir meine Tränen vom Gesicht. Heulen bringt mich jetzt auch nicht weiter.

Ich überlege, einfach zu fahren und das Beste zu hoffen, immerhin könnte ich im Nachhinein beweisen, dass ich einen gültigen Fahrschein habe. Den ich nur eben schnell aus der Wohnung meines Exfreundes holen muss, bevor er nach Hause kommt und mich für immer einsperrt, weil ich laut ihm ja sein Eigentum bin.

Ich könnte schreien vor Wut und Hilflosigkeit. Da sehe ich auf einmal einen Zettel mit etwas Geld in einer Schale, die auf dem Schuhschrank neben der Wohnungstür steht. »Falls du dir etwas zu essen bestellen willst ;)«, steht auf dem Zettel. Und schon füllen sich meine Augen erneut mit Tränen. Nick ist so perfekt, er denkt einfach an alles. Womit habe ich das nur verdient, womit habe ich ihn verdient? Erleichtert stecke ich das Geld in meine Hosentasche und mache mich auf den Weg.

Draußen muss ich mich erst einmal orientieren. Ich war noch nie in diesem Teil der Stadt. Ich entscheide mich für eine Richtung und laufe, so schnell ich kann. Vorbei an schicken Mehrfamilienhäusern mit Gärten wie aus dem Katalog. Wie gern würde ich die wunderschöne Natur genießen, die hier alles umgibt, aber ich muss mich beeilen. Die Sonne scheint und es ist so schön warm, doch im Moment kann ich das alles nicht genießen.

Wenn ich Glück habe, dann kommt Ron wirklich erst morgen nach Hause, aber mein Bauchgefühl sagt mir etwas anderes. Bereits bei seiner Abreise hatte ich das Gefühl, dass er etwas ahnt. Ihm jetzt dort zu begegnen, wäre mein Ende.

Völlig außer Atem komme ich an einer Haltestelle an und versuche, mich auf dem Plan zurechtzufinden. Fast eine Stunde werde ich brauchen, da Nick am anderen Ende der Stadt wohnt. Was sich mit dem Auto wie ein Katzensprung angefühlt hat, wird mir nun vorkommen wie eine Langzeitfahrt direkt in die Hölle.

Der Bus kommt und ich wäge nochmals ab, ob ich die Tasche wirklich brauche. Mechanisch beginnen meine Beine sich in Bewegung zu setzen. Ich kaufe mir eine Fahrkarte und suche mir einen Platz am Fenster.

Um mich zu beruhigen, lese ich die letzten Nachrichten von Nick auf meinem Handy und presse meine Hände um das Telefon.

Mir ist nach Weinen zumute, doch hier in der Öffentlichkeit könnte ich mich niemals fallen lassen. Schon allein der Gedanke daran, dass mich jemand anschauen oder gar ansprechen könnte, jagt mir einen eiskalten Schauer über den Rücken.

Drei Mal muss ich umsteigen und lege das letzte Stück des Weges mit der Straßenbahn zurück. Mein ganzer Körper ist so verkrampft, dass er schmerzt.

Auf dem schlammigen Trampelpfad, der zum Haus führt, stolpere ich über eine Wurzel und kann mich gerade noch an einem Ast festhalten, um nicht in den Matsch zu fallen. Ich spüre, wie Wut in mir aufkeimt.Gefühlt tausende Male bin ich durch die Wohnung gegangen, habe überall meine Sachen eingesammelt und jetzt doch etwas so Wichtiges vergessen. Ich wünschte, die Wut könnte mir helfen, doch ich weiß ganz genau, was passieren wird, wenn ich vor ihm stehe. Nichts. Ich werde meinen Kopf einziehen wie eine Schildkröte, die sich schützend in ihren Panzer zurückzieht.

Ich scanne die Straße ab und suche Rons Auto. Es ist nicht da. Ein kleiner Hoffnungsschimmer keimt in mir auf. Ich renne zum Hauseingang, hole den Schlüssel aus meiner Hosentasche, schließe auf und flitze die Treppen hoch, so schnell ich kann. Oben angekommen, schleiche ich die letzten Stufen zur Wohnungstür und presse mein Ohr an die Tür. Stille. Eine ganze Weile stehe ich so da und wünschte, ich hätte Röntgenaugen, um ins Innere sehen zu können. Ich atme tief ein und halte die Luft an. Erst als der Schlüssel im Schloss verschwunden ist, atme ich langsam wieder aus und drehe den Schlüssel herum. Es ist abgeschlossen. Ich kann mein Glück kaum fassen. Nun muss es schnell gehen, denn ich bin mir einfach sicher, dass er noch heute nach Hause kommen wird.

Im Flur erstarre ich. Die Tür zum Wohnzimmer steht weit offen und sein Anzug, den er bei der Arbeit immer trägt, liegt auf der Couch. Ich schaffe es nicht, mich auch nur einen Millimeter zu bewegen, und halte erneut die Luft an. Als würde das etwas nützen, als hätte er mich nicht schon längst gehört. Doch es ist ganz still. Er ist nicht da. Aber er ist heute nach Hause gekommen, so wie ich es befürchtet hatte.

Getrieben von Adrenalin, das nun durch meinen Körper rauscht, sprinte ich ins Wohnzimmer, wo meine Tasche tatsächlich an der Lehne des Schreibtischstuhls hängt. Erneut erstarre ich, als ich das aufgerissene Kuvert sehe, das auf dem Schreibtisch liegt.

Er hat den Brief gelesen.

Eine Achterbahn der Gefühle überrollt mich. Eine Mischung aus Schmerz, Angst und Mitgefühl. Ich könnte ihm alles beichten und ihn bitten, mir zu verzeihen. Aber wozu? Er ist nicht da und wenn ich schnell genug bin, bekommt er mich nicht in die Finger.

Die Frage, ob ich nun immer auf der Flucht sein werde, heftet sich an mir fest und hindert mich daran, zu gehen. Ein Knall lässt mich zusammenzucken und holt mich aus meiner Starre. Ein Buch ist aus dem Schrank gefallen. Ich hebe es auf und lese den Titel. Es ist einer von Rons Thrillern. *Der Seelenbrecher* steht in großen roten Buchstaben auf dem Umschlag. Ich lehne es wieder an die Bücher im Regal und weiß nun, was ich zu tun habe, um nicht noch eine weitere Szene aus diesem Buch zu sein.

Kapitel 3

»Wann willst du eigentlich wieder arbeiten gehen?«

Ich weiß, dass die Frage irgendwann kommen musste, besonders, weil ich mich selbst die ganze Zeit frage, wie lange ich mich noch verstecken will. Das Einzige, was ich seit zwei Wochen tue, ist durch die Wohnung zu wandern. Ins Bad, in die Küche, auf die Couch und zurück ins Bett. Alles ist anstrengend und ich habe Kopfschmerzen.

Ich blicke auf die Pflanze, die ich für Nick gekauft habe. Eine Glücksfeder oder auch Zamioculcas, hat die Verkäuferin gesagt. Danach habe ich die Wohnung nur noch einmal verlassen, um mir einen Krankenschein beim Arzt zu holen.

»Ich weiß es nicht«, ist meine Antwort auf diese und allgemein die meisten Fragen. Wahrscheinlich denkt Nick schon, dass ich ihn damit ärgern will, dabei weiß ich es wirklich nicht. So viele Jahre wurden mir meine Entscheidungen ungewollt abgenommen und nun soll ich von einem auf den anderen Tag selbst entscheiden.

Ich muss unweigerlich an Ron denken. Er hat immer über alles bestimmt. Welche Frisur ich tragen sollte, welche Haarfarbe, was ich anzuziehen habe. Er hat unsere Urlaube geplant und weil er die Woche über im Außendienst war, hat er auch diese komplett für mich durchgeplant.

»Was ist denn nur los mit dir? Seitdem du von Ron weg bist, bist du völlig in dich gekehrt. Du lachst kaum noch, machst nichts mehr außer zu lesen, fernzusehen und zu schlafen. Ich weiß ehrlich gesagt nicht, was ich noch machen kann, um dir zu helfen.«

»Ich weiß. Es tut mir leid. Ich fühle mich einfach so niedergeschlagen und kaputt.«

Schon allein die Vorstellung, in den Supermarkt auf Arbeit zu müssen, bereitet mir Bauchschmerzen, sodass ich mich krümmen muss. Dabei weiß ich nicht mal, warum. Ron hat sich nicht gemeldet und Nick und ich hatten sogar ein paar schöne Tage, an denen er frei hatte.

Wenn ich daran zurückdenke, war es eine schöne Auszeit.

Wir frühstückten im Bett, kuschelten auf der Couch und bestellten Essen. Es war fast ein bisschen wie Urlaub. Am ersten Wochenende, nachdem ich mein altes Leben hinter mir gelassen hatte, kamen wir gar nicht aus dem Bett. Es fühlte sich so gut an. Nick, sein Körper, pure Leidenschaft.

Erst als er wieder zur Arbeit musste, fühlte ich mich fehl am Platz. Kein Ziel vor Augen. Keine Kraft. Draußen war wunderschönes Sommerwetter, ich öffnete oft das Fenster und genoss die Sonnenstrahlen, die ins Zimmer schienen. Doch rausgehen, war für mich einfach keine Option. Ich konnte einfach nicht.

Doch nun als Nick es angesprochen hat, fühle ich mich noch schlechter. Er hat recht, ich geistere nur hier rum, anstatt die Chance zu nutzen und meinen Alltag selbst zu gestalten. Es muss etwas passieren.

Fest entschlossen wieder arbeiten zu gehen, stelle ich mir meinen Wecker für den nächsten Tag. Ganz nach meiner gewohnten Routine stehe ich auf, als dieser klingelt, gehe ins Bad und mache mich fertig. In der Zwischenzeit hat Nick ganz liebevoll ein Frühstück für uns gezaubert. Ich esse ein halbes Brötchen, als ein merkwürdiges Gefühl in mir aufkeimt, sodass ich die andere Hälfte auf dem Teller liegen lasse. In mir zieht Unruhe auf und ich bin zunehmend angespannt. Ich mache mir noch ein Sandwich für die Arbeit, trinke einen Schluck Wasser und packe das Essen in meine Tasche.

Als ich meine Schuhe im Flur anziehe, überkommt mich der Gedanke, dass Ron vor dem Supermarkt auf mich warten könnte. Ich versuche den Gedanken abzuschütteln, schließlich kann ich mich nicht mein restliches Leben verstecken.

»Und ich soll dich wirklich nicht fahren?«, ruft Nick.

»Nein, das ist wirklich nicht nötig, ich möchte, dass alles so normal wie möglich abläuft.«

Ich verstaue den Schlüssel in meiner Tasche, gebe Nick einen Kuss und will mich auf den Weg machen.

Als ich die Türklinke berühre, durchflutet mich ein Gefühl tiefster Angst, das ich so noch nie gefühlt habe. Ich erstarre und sacke gleich darauf in mich zusammen.

Sofort ist Nick zur Stelle und fängt mich auf. Zusammengekauert hocke ich vor der geschlossenen Wohnungstür und zittere am ganzen Körper. Ich bin völlig überfordert von der Vielzahl an Gefühlen, die über mich kommen.

Nick hält mich fest und wiegt mich in seinen Armen und ich bin so froh, dass er da ist.

»Lena, ich glaube du brauchst Hilfe«, flüstert er vorsichtig.

Tränen laufen nun meine Wange hinunter, weil ich weiß, dass er recht hat. Es tut weh, die Wahrheit ausgesprochen zu hören. Ja, ich brauche Hilfe. Aber wie soll die aussehen?

Ich nicke ihm zu und er hilft mir, die Schuhe wieder auszuziehen, und trägt mich auf die Couch.

Mein Körper ist schlapp und unendlich schwer.

Nick ruft bei mir auf Arbeit an und entschuldigt mich.

Ich fühle mich wie die letzte Versagerin. Was ist nur los mit mir? Warum fallen mir ganz normale und alltägliche Dinge auf einmal schwer? Es fühlt sich an, als würde ich fallen. In ein tiefes dunkles Loch. Alles ist gut oder schlecht. Dabei gab es doch mal ein Dazwischen. Aber wer weiß, wie lange es das für mich schon nicht mehr gibt, ohne dass ich es bemerkt habe. Mein Körper schmerzt, weil ich nicht locker lassen kann, bis ich abdrifte und einschlafe.

Am nächsten Tag sitze ich am Schreibtisch und rufe sämtliche Psychologen an, die es hier gibt. Niedergeschlagen lege ich auf. Es ist der zwölfte Anruf und die Antwort ist immer dieselbe. In einem halben Jahr kann ich erneut anrufen und fragen. Dabei brauche ich doch jetzt Hilfe.

Als ich aufgeben will, entdecke ich noch einen Psychiater auf der Liste im Internet, der sogar ganz in der Nähe von Nicks Wohnung praktiziert.

Es klingelt mehrere Male … ich möchte gerade auflegen, da ertönt eine Stimme. Kurz überlege ich, ob das der Anrufbeantworter sein könnte, aber als ein erneutes »Hallo?« durch das Handy zu mir durchdringt, antworte ich ebenfalls mit einem zaghaften »Hallo«.

»Mit wem spreche ich denn und wie kann ich Ihnen helfen?«

»Ich … ich heiße Lena Wagner und brauche dringend einen Termin.«

»Hallo Frau Wagner, dann lassen Sie mich mal nachsehen. Sie meinen, es ist dringend?«

»Ja, so ist es.«

»Sie haben Glück, es ist ein Platz frei geworden. Ich könnte Ihnen nächste Woche Mittwoch anbieten.«

»Ja, den nehme ich«, rufe ich fast schon etwas zu laut in das Telefon.

Nach so vielen erfolglosen Anrufen glaube ich, dass er meine einzige Chance ist. Ich schreibe den Termin in meinen Taschenkalender. Eine Mischung aus Erleichterung und Aufregung macht sich in meinem Körper breit.

»Dann sehen wir uns nächste Woche, Frau Wagner.«

»Ja, vielen Dank. Bis nächste Woche.«

Beruhigt lege ich auf.

Ich bleibe am Schreibtisch sitzen und scrolle durch die Kontakte in meinem Handy. Die Liste ist überschaubar, Ron hat mir nicht viel gelassen. Bei Hazel halte ich inne und mein Finger schwebt über den grünen Button. Jetzt wo ich die Freiheit habe, sie anzurufen, würde ich gern, doch ich weiß nicht, was ich sagen soll. Ich bin hin- und hergerissen. Schließlich drücke ich doch auf anrufen. Nach dem dritten Klingeln lege ich auf und belasse es fürs Erste dabei.

Als Nick an dem Tag nach Hause kommt, falle ich ihm an der Tür um den Hals.

»Wow, was ist denn los, hab ich etwas verpasst?«

»Ich habe es geschafft und endlich einen Termin bei einem Psychiater bekommen. Und glaub mir, das war nicht leicht. Ich hab gefühlt alle Psychologen und Psychiater in der Stadt abgeklappert.«

»Das sind tolle Neuigkeiten. Ich freue mich, dass du dir Hilfe gesucht hast.«

Er umarmt mich und ich spüre seine Erleichterung.

Beschwingt gehe ich zur Couch und lasse mich darauf fallen. »Wie war es bei der Arbeit?«

Nick zieht Jacke und Schuhe aus und setzt sich neben mich.

»Na ja, eigentlich alles wie immer. Nur der eine Kollege nervt mal wieder. Egal welche Aufgaben wir haben, er hat prinzipiell immer etwas zu meckern.« Er verdreht die Augen und ich muss schmunzeln.

»Wie wäre es mit einem Kuchen? Ich hab auf einmal total Lust zu backen.« Ich stehe auf und tänzle in die Küche. Nick hat sich nach hinten an die Couch gelehnt und beobachtet mich lachend.

Er hat mich noch nie etwas backen sehen, da ich das eigentlich überhaupt nicht mag. Genauso wenig wie zu kochen. Ich habe einfach keine Geduld dafür. Aber jetzt in diesem Moment fühle ich mich so beschwingt und motiviert wie schon lange nicht.

Während wir den Streuselkuchen gemütlich auf der Couch genießen, beschließe ich mir, für jeden Tag etwas Kleines vorzunehmen, das ich machen werde.

»Was hältst du davon, wenn wir ein Bücherregal kaufen?«

»Klar, warum nicht? Wenn dich das glücklich macht.«

Nick lächelt mich amüsiert an.

»Ich werde mir bis zu meinem Termin bei dem Psychologen jeden Tag etwas vornehmen.« Es tut gut das auszusprechen, denn dadurch wird es real.

»Und an was hast du so gedacht?«

»Naja, an einem Tag kaufen wir das Bücherregal und bauen es auf und für die restlichen Tage muss ich noch überlegen.«

»Klingt nach einem Plan. Na dann, lass uns gleich morgen wegen einem schönen Regal schauen.«

»Okay, das machen wir.«

Die Schwere, die ich gestern gespürt habe, und das Loch scheinen verschwunden zu sein. Ich fühle mich wieder leicht. Vielleicht brauche ich den Termin am Ende doch nicht. Ich nehme mir vor, es zu genießen, und verdränge alle Gedanken an die Panikattacke, die ich hatte.

Die Tage verfliegen und ich versuche, mein schlechtes Gewissen zu verdrängen, da ich meine Krankschreibung habe verlängern lassen. Auch wenn ich mich gerade besser fühle, so habe ich trotzdem Angst bei dem Gedanken daran wieder auf Arbeit zu gehen. Ich hoffe einfach, dass der Psychologe mir helfen kann und dann alles wieder gut wird.

Als der Tag endlich angebrochen ist, schlägt mir das Herz bis zum Hals.

Nick ist auf Arbeit, was mir gerade recht ist, denn ich glaube, er hätte mich noch nervöser gemacht. Ich hätte mich beobachtet gefühlt, auch wenn er gar nichts macht.

Einen solchen Moment wie letzte Woche, als ich zusammengesackt bin, nachdem ich die Türklinke berührt hatte, gab es nicht nochmal. Mir geht es wirklich besser.

Als ich aus der Haustür trete, scheinen mir Sonnenstrahlen ins Gesicht. Die Bäume und Gehwege sind mit bunten Blättern übersät. Ich atme die frische Herbstluft ein und laufe los.

Als ich am Haus ankomme, in dem sich die Praxis des Psychiaters befindet, bleibe ich ehrfürchtig davor stehen.

Vor mir befindet sich eine riesige Villa, umgeben von Bäumen und Sträuchern, als würde das Haus mitten im Wald stehen.

Auf einmal steigt Hitze in mir auf, gefolgt von Übelkeit. Am liebsten würde ich wieder gehen, so tun, als würde es diesen Termin nicht geben. Aber was soll das bringen und vor allem was würde Nick davon halten? Ich muss das jetzt einfach durchziehen und entweder er kann mir helfen oder nicht.

Mit neuem Mut öffne ich das Tor und laufe den schmalen Weg zum Haus entlang. Die Haustür steht offen und ich gehe hinein. Nur noch ein paar Treppenstufen trennen mich vom Eingang der Praxis, wie ich anhand des Schildes neben der Tür erkennen kann. Plötzlich höre ich Stimmen und ein Knarzen, dann öffnet sich die Tür. Ich überlege, schnell wieder zu gehen, doch dann betritt ein Mann das Treppenhaus, gefolgt von einer Frau. Er verabschiedet sich von ihr und schaut mich an.

»Sie müssen Frau Wagner sein, kommen Sie doch gern herein.« Seine Handbewegung untermalt seine Worte und ich folge ihm.

Drinnen angekommen, stehen wir in einem kleinen Flur, mit einem Tischlein und zwei Stühlen daneben, einer Garderobe und einem Landschaftsbild an der Wand. Ich ziehe meine Jacke aus und er nimmt sie mir höflich ab, um sie aufzuhängen. Dann öffnet er die Tür zu einem Raum und bittet mich, einzutreten. Schon bei der Begrüßung hatte ich das Gefühl, er würde mich durchleuchten. Aber solange ich nichts sage, weiß er auch nichts, denke ich. Er bietet mir einen Platz an und lässt sich auf einem Stuhl mir gegenüber nieder, setzt eine Brille auf und nimmt sich Block und Stift zur Hand.

Nun ist es also so weit, was soll ich jetzt tun? Ich beginne an meiner Hand zu kratzen und warte auf eine Reaktion von ihm.

»So Frau Wagner, was führt Sie denn zu mir?«

Wieder spüre ich Hitze in mir aufsteigen. Ich habe keine Ahnung, was ich antworten soll. Ich spiele an meinen Fingernägeln rum.

»Ich … ich kann nicht mehr arbeiten gehen.«

Er schaut mich an und scheint auf mehr zu warten.

Ich blicke auf den Boden und suche nach den passenden Worten und dann fange ich einfach an zu erzählen. Ich erzähle ihm von meinem Auszug, von Ron, von der neuen Umgebung und dem Moment, als ich zur Arbeit wollte und dieses Angstgefühl mich komplett im Griff hatte.

Er schreibt eifrig mit und schaut mich dann erneut an. Einen unangenehm langen Augenblick ist es einfach nur still und ich höre das Ticken der Uhr, die an der Wand hinter ihm hängt. Ich schaue dem Sekundenzeiger zu, was mich etwas beruhigt.

»Wo und als was arbeiten Sie denn, Frau Wagner?«

»In einem Supermarkt am anderen Ende der Stadt, ich bin Verkäuferin.«

Er nickt stumm und macht sich weitere Notizen, während ich ihm von meinem Job erzähle.

»Und wie war es heute, als Sie hierhergekommen sind?«

»Ganz normal. Auch wenn wir einkaufen gehen oder spazieren, dann ist alles gut. Nur wenn viele Menschen um mich herum sind, das stört mich. Da spüre ich wie Unruhe in mir aufsteigt.«

Er löchert mich noch mit vielen weiteren teilweise sehr unangenehmen Fragen und ich möchte mich am liebsten verkriechen und einfach wieder gehen.

Als er fertig ist, setzt er seine Brille ab und blickt mir in die Augen.

»Frau Wagner, ich habe eine Aufgabe für Sie.«

Erwartungsvoll schaue ich ihn ebenfalls an.

»Am Montag gehen Sie wie gewohnt zur Arbeit. Und dann schauen wir mal, wie es funktioniert und wie Sie zurechtkommen. Sie müssen aus Ihrem derzeitigen Muster ausbrechen.«

Schlagartig bleibt mein Mund offen stehen. Hat dieser Mann mir gerade nicht zugehört, als ich fast eine Stunde lang auf seine Fragen geantwortet habe? Hat er nicht mitbekommen, dass ich einfach nicht kann?

Was für eine Zeitverschwendung. Wie konnte ich auch glauben, dass er mir helfen kann?

Er steht auf und auf einmal wirkt er nicht mehr so freundlich und einfühlsam wie zu Beginn, sondern dominant und herablassend. Als ich hilfesuchend in seine Augen schaue, ist es, als wäre es Ron, den ich gerade ansehe. Dieser Mann wird mir nicht helfen können. Ich will einfach nur weg.

»Versuchen Sie es! Ich denke, Sie schaffen das«, sagt er und reicht mir seine Hand, um sich zu verabschieden.

Meine Augen haben sich zu Schlitzen geformt. Ich springe auf, reiche ihm meine Hand, laufe so schnell ich kann aus dem Zimmer, schnappe meine Jacke im Vorbeigehen und renne schon fast aus der Praxis, ohne ein weiteres Wort zu verlieren.

Ich verlangsame meinen Schritt erst wieder, als ich das Haus nicht mehr sehe. Tränen steigen in meinen Augen auf und mein Blick verschwimmt. Ich schlucke, und merke, wie sich ein Kloß in meinem Hals bildet, und gebe mir Mühe, auf dem Weg nach Hause nicht komplett in Tränen auszubrechen. Der Herbstwind bläst in mein Gesicht und erschwert mir das Atmen.

Als ich zuhause ankomme, spüre ich Übelkeit in mir aufsteigen. Ich haste die Treppen hoch, schließe die Tür auf und stürze ins Bad.

Ich schaffe es gerade noch so, den Klodeckel zu öffnen, als ich mich über der Toilettenschüssel zusammenkrümme und übergebe.

Nick taucht neben mir auf und nimmt meine Haare nach oben. Obwohl ich ihm dafür sehr dankbar bin, möchte ich nicht, dass er mich so sieht.

»Was ist denn los?«

Ich schnappe mir ein Stück Klopapier, wische meinen Mund ab, werfe es ins Klo und drücke die Spülung. Verheult schaue ich ihn an und er nimmt mich in den Arm.

»Nachdem ich diesem Arsch von einem Psychiater alles erzählt habe und jede seiner Fragen beantwortet habe, sagt er einfach zu mir, ich soll am Montag wieder arbeiten gehen.« Ich schluchze und eine weitere Welle aus Tränen überflutet meine Wangen.

Nick wiegt mich sanft in seinen Armen und schaut mich traurig an.

»Vielleicht hat er einen Plan, wenn er das von dir verlangt. Er macht das doch nicht, um dich zu ärgern. Immerhin ist er ein ausgebildeter Psychiater.«

Ich weiß seine liebevollen Worte zu schätzen, aber ich bin einfach nur so unfassbar wütend. Ich habe mich einen fremden Menschen anvertraut, mich darauf eingelassen und gehofft, dass er mir helfen kann. Nun verstehe ich die Welt noch viel weniger als vorher.

»Versuch es einfach. Und wenn es nicht klappt, dann gehst du eben nochmal zu diesem Professor.«

Ich bringe nur ein leises »Okay« raus und löse mich von Nick.

»Ich mach dir erstmal einen Tee.«

Ich nicke zustimmend, putze meine Zähne und vergrabe mich auf der Couch unter der Decke.

Kapitel 4

Sonntag. Ein ganz normaler, gemütlicher Tag will man meinen. Für mich nicht. Nicht mehr. Seit ich aufgewacht bin, versuche ich mich abzulenken, weil jeder Gedanke an morgen mir einen eiskalten Schauer über den Rücken jagt. Ich fühle mich verloren. So habe ich noch nie empfunden und ich habe absolut keine Ahnung, wie ich meinen Zustand definieren oder ändern soll. Die letzten Tage habe ich mich wieder einmal gefragt, was mit mir nicht stimmt, was los ist.

Ich habe es geschafft, meinem Käfig zu entfliehen. Ron lässt mich in Ruhe. Es hätte der perfekte Neustart sein können und ich mache gerade alles selbst kaputt.

Am Abend bereite ich alles für den nächsten Tag vor, damit ich nicht in Stress gerate.

Ich setze mich zu Nick auf die Couch, in der Hoffnung, dass der Fernseher mich noch ein wenig ablenkt. Er legt seinen Arm um mich und ich kuschle mich an seine Brust, wie so oft die letzten Tage. Ich spüre einen Kloß in meinem Hals, doch so sehr ich es auch will, ich kann nicht locker lassen. Kann mich nicht gehen lassen. Obwohl ich diesem tollen Mann so nahe bin, fühle ich mich einsam. Ich höre seinen Herzschlag, seinen gleichmäßigen Atem, kann ihn berühren und trotzdem fühle ich mich allein.

Nick hat sogar extra seine Schicht getauscht, damit er mich am Montag notfalls doch noch fahren könnte. Ich bleibe dabei, ich möchte das allein schaffen. Immerhin bin ich eine erwachsene Frau. Er hatte schon viel zu viel Verständnis in den letzten Wochen und ich kann mir ehrlich nicht erklären, woher er das nimmt. Warum er mich nicht für völlig bekloppt erklärt und mich wieder loswerden will.

Später am Abend starre ich die Decke im Schlafzimmer an und schaue dem Licht und Schattenspiel zu, welches durch den Baum vorm Fenster und der Laterne dahinter ausgelöst wird. Ein leises Schnarchen verrät mir, dass Nick eingeschlafen ist.

Am nächsten Morgen falle ich fast aus dem Bett, als der Wecker klingelt.

Es war eine unruhige Nacht. So oft bin ich wach geworden und habe panisch auf meinem Handy nach der Uhrzeit geschaut, weil ich dachte, ich würde verschlafen.

Ich reibe meine Augen und schaue zu Nick, der noch völlig in seiner Traumwelt versunken zu sein scheint.

Vorsichtig schäle ich mich aus der zwei Meter großen Bettdecke und schleiche aus dem Zimmer. Nachdem ich die Tür leise hinter mir geschlossen habe, atme ich auf. Ich brauche diesen Moment heute Morgen für mich allein.

Auf dem Weg zum Bad flüstere ich vor mir her: »Ich bin ein ganz normaler Mensch und gehe gleich zur Arbeit, wie jeder andere auch.« Tatsächlich freue ich mich sogar ein bisschen darauf. Endlich wieder etwas Normalität, etwas Stabiles, das mir Sicherheit gibt, weil ich weiß, was ich zu tun habe. Beim Einräumen der Regale und beim Vorziehen der Produkte konnte ich immer gut abschalten und entspannen.

Ich will gerade unter die Dusche springen, da fällt mir ein, dass Nick davon wach werden könnte. So sehr ich ihn auch liebe und schätze, doch jetzt möchte ich einfach für mich sein. Nicht reden oder großartig denken müssen.

Mit dem in warmes Wasser getauchten Waschlappen streiche ich sanft über meine Haut. Zum ersten Mal seit Tagen fühlt sich nicht alles taub an. Weil es sich gerade so gut anfühlt, creme ich meine Haut ein, schminke mich ein bisschen und binde meine Haare zusammen.

Zufrieden schaue ich in den Spiegel und ein kleines Lächeln breitet sich auf meinen Lippen aus. Vielleicht hat der Psychiater doch recht und ich muss wirklich einfach wieder zur Arbeit gehen. Vielleicht fand das alles die letzten Wochen nur in meinem Kopf statt. Jetzt schäme ich mich ein wenig für meine Reaktion dem Psychiater gegenüber.

Voller Energie und Motivation hüpfe ich durch die Wohnung, öffne die Schlafzimmertür und suche mir etwas aus dem Kleiderschrank aus. Ich möchte meine Freude mit Nick teilen.

Ein leises Pfeifen ertönt aus dem Bett hinter mir. Nick beobachtet mich, wie ich in Unterwäsche vor dem Schrank rumtanze. Kurzerhand zieht er mich zu sich ins Bett. Wir küssen uns und ich streiche seine Haut entlang. Ich spüre ihn und fühle mich auf einmal nicht mehr allein. Mein Herz macht vor Freude einen Sprung und es fällt mir schwer, mich von Nick zu lösen.

»Ich muss los, sonst komm ich zu spät«, kichere ich.

Er grinst mich herausfordernd an und umarmt mich noch einmal, bevor er mich schließlich gehen lässt.

»Schön, dass es dir besser geht.«

Ich lächle ihn an und schlüpfe in meine Klamotten. Zur Motivation habe ich mir gestern extra Tortellini in Käse-Sahne-Soße gekocht und packe die Dose voller Vorfreude in meine Tasche. Auch eine Flasche mit Tee darf nicht fehlen.

Ich flitze noch einmal ins Schlafzimmer, drücke Nick einen fetten Schmatzer auf und gehe zur Garderobe.

Zögerlich lege ich meine Hand auf den Türgriff. Nichts. Alles ganz normal. Euphorie steigt in mir auf. Vielleicht habe ich es besiegt. Vielleicht ist es vorbei und ich kann meinen Neuanfang endlich richtig ausleben und genießen.

Rasch öffne ich die Tür. Im Hausflur atme ich noch einmal tief ein und wieder aus, bevor ich mich auf den Weg mache.

Entspannt laufe ich zur Haltestelle.

Die Bahn kommt und ich steige ein. Wie immer setze ich mich an einen Einzelplatz am Fenster und genieße die Fahrt. Die Sonne ist mittlerweile aufgegangen und taucht alles in ein warmes Licht.

Überall bunte Blätter und die Stadt scheint langsam zum Leben zu erwachen.

Ich komme dem Stadtteil näher, der mir sehr bekannt ist. Einige Jahre habe ich hier verbracht. Alles war immer gleich und daran hatte ich mich gewöhnt. Keine Überraschungen. Jeden Tag derselbe Trott. Doch das gab mir Sicherheit.

Noch drei Haltestellen. Mein Herzschlag beschleunigt sich. Je näher ich der Haltestelle komme, an der ich aussteigen muss, desto kräftiger klopft mein Herz gegen meine Brust.

Ich stehe auf und stelle mich neben die Tür, um gleich aussteigen zu können. Schweiß bildet sich auf meiner Stirn und ein paar Tropfen laufen hinunter.

Ich springe aus der Bahn. Panisch krame ich ein Taschentuch aus meiner Jackentasche hervor und tupfe mein Gesicht ab. Ich nehme einen großen Schluck von meinem Tee und beschließe, mich kurz auf die Bank an der Haltestelle zu setzen. Mit einem tiefen Atemzug versuche ich, mich wieder zu beruhigen. Es klappt nicht. Im Gegenteil, es fühlt sich an, als würde mein Herz meine Brust wie ein Vorschlaghammer sprengen

Als ich aufstehe und loslaufe, wird mir speiübel. Einen Augenblick lang habe ich das Gefühl, mich gleich übergeben zu müssen. Nach ein paar tiefen Atmenzügen geht es wieder. Ein paar Schritte schaffe ich, dann muss ich wieder innehalten. Mein Magen hat sich völlig verkrampft und ich krümme mich vor Schmerz.

Was ist denn nur los? Habe ich etwas Schlechtes gegessen?

»Brauchen Sie Hilfe?«, fragt mich eine Frau.

Ich schüttle den Kopf und laufe auf die andere Straßenseite. Ich muss zurück. Wie auf Kommando erscheint gleich eine Bahn und ich steige ein. Ich drücke meinen Rucksack fest an mich, sitze zusammengekauert am Fenster und schaue raus. Die aufkommenden Tränen schlucke ich runter. Je weiter sich die Bahn von der Haltestelle entfernt, umso mehr spüre ich, wie sich mein Körper entspannt.

Es war nicht das gleiche Gefühl wie damals an der Tür, aber es war mindestens genauso schlimm. Was soll ich jetzt nur tun? Wenn ich jetzt auf Arbeit anrufe und wieder absage, was werden sie von mir denken? Und was soll ich denn sagen, was los ist? Und was, wenn sie mir kündigen, weil ich schon so lange fehle?

Ein dicker Klumpen entsteht in meinem Hals. Als ich mein Handy aus der Tasche hole, sehe ich, dass Nick geschrieben hat.

Und, bist du gut angekommen? Wie ist es?

Oh Gott Nick, was soll ich ihm denn sagen? Wieder ringe ich mit meinen Tränen und schlucke sie abermals runter. Mit dem Handy in der Hand schaue ich nach draußen, bis die Bahn da angekommen ist, von wo aus ich losgefahren war und geglaubt hatte, alles sei wieder in Ordnung.

Mittlerweile haben sich meine Traurigkeit und Verzweiflung in Wut gewandelt und ich trete aus der Bahn. Auf einmal weiß ich genau, was zu tun ist, und habe mein Ziel vor Augen. Wie ein zorniges Kind stapfe ich den Weg entlang, an Nicks Wohnung vorbei in Richtung des Psychiaters, der mir vor einer Woche geraten hatte, ich solle doch einfach wieder arbeiten gehen.

Schnaufend komme ich vor dem Haus an und muss erstmal durchatmen.

Ich drücke so derb auf die Klingel, dass es sich anfühlt, als würde mein Finger gleich stecken bleiben.

Der Professor scheint es nicht eilig zu haben, sich meine Worte anzuhören. Ich klingle erneut. Vielleicht ist er heute gar nicht da? Oder fängt später an? Damit habe ich nicht gerechnet. Am liebsten hätte ich nochmal geklingelt, schon rein aus Protest. Doch ich entschließe mich, es dabei zu belassen, und gehe die Treppe nach unten, als mich ein Geräusch innehalten lässt.

»Frau Wagner?«

Ich zucke zusammen und drehe mich langsam um. Beinahe wäre ich gestolpert, kann mich aber am Geländer festhalten. Ich schaue ihn an und bekomme keinen Ton heraus. Schon spüre ich wieder die Wut in mir aufsteigen. Jetzt kann ich ihm nicht mal die Meinung geigen.

»Kann ich Ihnen helfen, Frau Wagner?«

Hilflos stehe ich mitten auf der Treppe und weiß nicht, was ich tun soll. Mein Mund steht offen, aber es kommt nichts raus. Als hätte man mir die Stimme geraubt. Ich überlege, wegzulaufen, doch mein Körper hat andere Pläne, denn meine Beine fühlen sich auf einmal wie Gummi an und ich spüre, wie sie nachgeben und ich auf der Treppe zusammensacke. Tränen laufen unaufhaltsam meine Wangen entlang. Schützend halte ich meine Hände vors Gesicht.

Ich sehe seine Schuhe vor mir, er steht auf der Treppe und versucht, mich aufzurichten. Ich komme mir wie ein Kleinkind vor und schäme mich, am liebsten würde ich ihn gar nicht mehr anschauen.

»Ich habe gerade noch einen Patienten, danach können wir uns kurz unterhalten, kommen Sie erstmal rein.«

Wir gehen rein und er setzt mich behutsam auf einen der Wartestühle im Flur und reicht mir eine Packung Taschentücher, bevor er verschwindet, ohne ein weiteres Wort zu sagen. Ich atme auf und bin froh, dass er gegangen ist. Ich trockne meine Tränen vergebens, denn es kommen immer mehr. So sehr ich auch möchte, ich kann sie nicht aufhalten.

Wackelig bewege ich mich in das kleine Badezimmer, das gleich neben der Eingangstür ist, und schließe die Tür hinter mir ab. Ich schnaube ins Taschentuch und schaue in den Spiegel. Meine Augen sind rot und verquollen, als hätte ich tagelang durchgeheult. Endlich lässt die Tränenflut nach. Ich setze mich auf den Klodeckel und starre meine Schuhe an. Was soll ich jetzt nur machen? Er kann mir nicht helfen. Niemand kann das. Vielleicht sollte ich nochmal mit meinem Arzt sprechen. Immerhin fühle ich mich ständig so schlapp und habe kaum Appetit. Das muss doch etwas Medizinisches sein.

Als ich ein Knarzen höre, halte ich die Luft an. Sicher weiß er, dass ich hier drin bin, aber ich bin noch nicht bereit, ihm wieder gegenüberzutreten.

Ich höre, wie er sich verabschiedet. Eine Tür wird geöffnet und kurz darauf wieder geschlossen. Es scheint so, als würde er noch immer vor der Tür stehen, denn ich höre weder Schritte noch ein erneutes Knarzen.

Ich fühle mich beobachtet und tue so, als wäre ich auf der Toilette gewesen. Ich betätige die Spülung und kurz darauf lasse ich das Wasser im Waschbecken laufen. Endlich höre ich, wie er den Flur zurückläuft.

Ein letztes Mal trockne ich meine Tränen. Am liebsten würde ich einfach verschwinden. Was soll es auch bringen, noch einmal mit ihm zu reden?

Entschlossen zu gehen, trete ich auf den Flur und schließe die Badtür, als seine Stimme ertönt.

»Sie können jetzt gern reinkommen Frau Wagner, wenn Sie so weit sind.«

Also schön, danach muss ich ihn nie wieder sehen.

Als ich in seinen Therapieraum laufe, knarzen die Dielen nicht nur einmal, so hart und entschlossen sind meine Schritte. Ich schließe die Tür und setze mich ihm gegenüber. Er sagt nichts, hat seine Notizen und einen Stift in der Hand. Ich atme tief ein, wieder aus und räuspere mich.

Er zieht seine Augenbrauen hoch, was mich provoziert. Ob das in seinem Sinn ist? Egal, ich werde ihm jetzt all das sagen, was ich mir auf dem Weg hierher ausgedacht habe.

»Sie haben mich von Anfang an nicht ernst genommen. Vielleicht habe ich auch gar nichts Psychisches und Sie haben recht, aber irgendetwas stimmt mit mir nicht. Ich habe gemacht, was Sie gesagt haben, und bin heute ganz normal auf Arbeit gefahren. Zunächst war auch alles gut, bis ich ausgestiegen bin und zum Laden laufen wollte.«

Bei dem Gedanken daran spüre ich erneut die Hitzewelle, die in dem Moment über mich kam, als ich an der Haltestelle stand. Wieder wird mir übel und ich muss schlucken.

»Was war dieses Mal anders Frau Wagner, was haben Sie gefühlt und warum sind Sie jetzt hier, anstatt auf Arbeit?«

Mit einem Mal ist die Übelkeit weg und ich schlucke den Klumpen, der sich in meinem Hals gebildet hat, runter. Ich springe auf und laufe in Richtung Fenster.

»Warum ich nicht bei der Arbeit bin, wollen Sie wissen. Tja, weil ich an der Haltestelle einen Schweißausbruch hatte und mir so übel war, dass ich dachte, ich müsste mich gleich übergeben. Ich zitterte, als hätte ich Schüttellfrost. Das Einzige, was mein Körper zuließ, war der Rückzug. Erst als ich auf der anderen Seite in die Bahn stieg und einige Haltestellen zuückgelegt hatte, ging es mir etwas besser. Und nun sagen Sie mir doch mal, was das war und was mit mir los ist, denn ich habe absolut keine Ahnung.«

»Ich will ihnen jetzt keine Angst machen, Frau Wagner, aber nach dem, was Sie mir gerade erzählt haben, möchte ich Sie gern in eine Klinik einweisen.«

Ich drehe mich um, starre ihn an und kann nicht verhindern, dass mein Mund offen stehen bleibt. Was hat er da gerade gesagt? Er will mich in eine Klinik einweisen? Das kann nicht sein Ernst sein. Was soll ich denn in einer Klinik? Er muss mir doch helfen können oder mir sagen können, was ich habe?

Ich höre mich selbst laut und deutlich »Nein« sagen.

»Es ist wirklich nur zu Ihrem Besten. Wenn wir schnell genug handeln, kann Ihnen das helfen. Denn momentan kann ich Ihnen nicht die Hilfe geben, die Sie ganz dringend brauchen. Dort in der Einrichtung wären Sie erstmal abgeschirmt und könnten sich voll und ganz auf die Therapie konzentrieren.«

»Aber was fehlt mir denn? Warum habe ich diese heftigen Gefühlsausbrüche und was war das damals an der Tür und heute?«

»Genau auf diese Fragen werden Sie in der Klinik eine Antwort erhalten. Dort kann Ihnen besser und schneller geholfen werden. Wir müssen jetzt handeln, bevor es schlimmer wird!«

Auf unerklärliche Weise scheinen seine Worte Sinn zu ergeben und ich fühle mich nicht mehr so hilflos. Allerdings denke ich bei den Worten »psychiatrische Klinik« nur an Gummizellen und völlig gestörte Menschen.

»Glauben Sie wirklich, dass mir das helfen wird? Dass es wirklich nötig ist? Ich meine, letzte Woche ging es mir doch besser und auch heute Morgen war alles gut, bis ich …«

»Leider ist das ganz normal. Aber immer, wenn Sie eine Panikattake bekommen, wird Sie das weiter in ein tiefes Loch ziehen. Das alles sind Anzeichen einer Depression. Diese Krankheit zeichnet sich aus durch Hochs und Tiefs, wie Sie es beschreiben. Selten schaffen es Patienten, da allein wieder rauszukommen.«

Ich schaue ihn mit großen Augen an, endlich hat er dem Ganzen einen Namen gegeben.

»Okay. Aber wie mache ich das mit meinem Job?«

»Das wird sicher kein Problem sein. Sprechen Sie offen und ehrlich mit Ihrer Chefin und schildern Sie die Situation. Es ist wichtig, dass Sie damit offen umgehen. Für die Zeit in der Klinik gelten Sie als krankgeschrieben.«

Das ist alles etwas viel auf einmal. Ich spüre, wie mein Kopf anfängt zu pochen und sich meine Gedanken überschlagen. Erst tut er so, als wäre das alles gar nicht schlimm, als wäre es nichts, als würde ich mir das nur einbilden oder einreden. Und dann spricht er von Depression und will mich einweisen.

Ich stehe auf und laufe im Zimmer umher. Da ist Wut, die in mir aufsteigt, und Hilflosigkeit und vor allem Unverständnis, was mich wiederum wütend macht.

»Ich wollte, dass Sie sich noch einmal in diese Situation begeben, um zu sehen, wie es Ihnen damit geht, damit Sie mir schildern können, was passiert, und besonders, was in Ihnen vorgeht in dem Moment der Konfrontation. Das alles dient dem Zweck, dass ich besser einschätzen kann, wie ernst die Lage ist.«

Er beobachtet mich. Es fühlt sich an, als würde er mich die ganze Zeit analysieren. Ich will weg und auch wieder nicht. Wie ich es auch drehe und wende, es scheint keinen anderen Ausweg zu geben. Zumindest kenne ich keinen.

»Okay, ich mache es. Was muss ich nun tun?« Mein Körper entspannt sich etwas und ich kann mich setzen.

»Ich melde Sie dort an und überweise Sie. Ihre einzige Aufgabe ist es, auf den Anruf aus der Klinik zu warten. Die werden sich melden, sobald ein Platz frei ist. Und den müssen Sie annehmen, das ist Ihre einzige Chance. Sonst warten Patienten Monate auf einen freien Platz!«

Er klappt sein Buch mit den Notizen zu und ich frage mich, ob es viele gibt, die er einweisen muss.

»Okay«, antworte ich, mehr habe ich nicht zu sagen.

Er begleitet mich zur Tür.

»Ich wünsche Ihnen alles Gute, Frau Wagner. Ich bin mir sicher, Sie werden Ihren Weg finden. Wenn in der Zwischenzeit etwas sein sollte, können Sie sich gern melden.«

Ich nicke und reiche ihm meine Hand.

»Danke für Ihre Mühe.«

Mit diesen Worten drehe ich mich um und gehe.

Auf dem Weg zu Nick krame ich mein Handy aus der Tasche. Drei Anrufe von meiner Chefin und zwei Nachrichten von Nick. Ich entschließe mich, zuerst bei der Arbeit anzurufen und alles zu erklären.

Meinem Magen gefällt die Idee überhaupt nicht, während es am anderen Ende klingelt, verkrampft er sich immer mehr. Es ist mittlerweile Nachmittag und alle im Laden haben genug zu tun.

Nach dem fünften Klingeln lege ich auf. Einerseits hätte ich das Gespräch gern hinter mir, auf der anderen Seite bin ich froh, dass niemand rangegangen ist. Ich denke, ich werde meiner Chefin eine E-Mail schreiben und dort alles erklären.

Nick schreibt:

> Und wie läuft es denn? Ich hoffe dein Schweigen bedeutet etwas Positives. :) Bis später.

Ich tippe eine Antwort und lösche sie wieder. Keine Ahnung, was ich ihm schreiben soll. Enttäuscht über mich selbst, packe ich das Handy wieder weg.

Ich schlendere den Weg entlang und habe zum ersten Mal Zeit, mir die schönen Vorgärten der Häuser genauer anzuschauen. Manche haben sich richtig viel Mühe gegeben und eine kleine Oase erschaffen. Ein Haus gefällt mir besonders gut, es besteht komplett aus Holz. Im Garten steht ein kleiner Tisch, dahinter eine Bank, von der aus ein gepflasterter Weg zum Eingang führt. Überall stehen kleine Figuren und dennoch wirkt es nicht überladen. Einfach gemütlich. Auf der anderen Seite des Gartens, etwas weiter hinten, stehen zwei Bäume, an denen eine Hängematte befestigt ist. Ich erinnere mich, dass ich auch gern ein Haus mit Garten und einer Hängematte hätte. Perfekt zum Lesen und Entspannen.

Als sich die Haustür öffnet, springe ich vor Schreck zur Seite und laufe eilig weiter.

Bei dem Gedanken, gleich allein in der Wohnung zu sein, überkommt mich ein Gefühl von Traurigkeit. Irgendwie möchte ich jetzt nicht allein sein. Der einzige Mensch, der mir einfällt und zu dem ich gehen könnte, ist Alice.

Kurzerhand schreibe ich ihr eine Nachricht. Leider weiß ich, dass eine Antwort oft lang auf sich warten lässt, weshalb ich dann doch erstmal nach Hause gehe.

Nick hat aufgeräumt, sogar das Bett gemacht und für mich gekocht. Er ist einfach so lieb. Ich muss zugeben, dass ich langsam Hunger habe. Mein Magen hat heute wirklich schon viel zu tun gehabt. Und das, obwohl er leer ist.

Während mein Essen seine Runden in der Mikrowelle dreht, werfe ich einen Blick auf mein Handy. Alice hat noch nicht geantwortet. Wahrscheinlich ist sie arbeiten.

Während für mich die Welt stillzustehen scheint, läuft alles andere ganz normal weiter. Ich muss an meine Eltern denken, besonders an meinen Vater. Er würde nie verstehen, weshalb ich jetzt in eine Klinik soll und wie mir das helfen sollte. Kein Wunder, denn ich verstehe den Sinn davon selbst noch nicht.

Das PING der Mikrowelle reißt mich aus meinen Gedanken. Was mir in dem Moment ganz recht ist, denn bei dem Gedanken, Nick die Neuigkeit beizubringen, pocht mein Herz wie wild.

Mit dem Teller und einer Gabel in der Hand versuche ich, es mir auf der Couch gemütlich zu machen. Ich zappe durch das Fernsehprogramm und lasse »Gilmore Girls« laufen, während ich esse.

Alice hat noch immer nicht geantwortet und mittlerweile habe ich auch keine Lust mehr, nochmal loszugehen. Der Fernseher hat Besitz von mir ergriffen und ich finde die Ablenkung gerade mehr als angenehm. Einfach für einen Moment alles ausblenden und nicht daran denken, was mich bald erwarten wird.

Auf einmal wird es hell im Flur.

»Hey.«

Verschlafen schenke ich Nick ein kleines Lächeln.

»Hey, na, hast du es dir gemütlich gemacht? Du hättest auch schon ins Bett gehen können! Alles gut? Du hast dich gar nicht mehr gemeldet!«

Es ärgert mich, dass ich vergessen habe, zurückzuschreiben. Aber es ist sowieso besser, das persönlich zu besprechen, auch wenn es mir schwerfällt.

»Ja, sorry, war alles etwas viel heute. Ich möchte es dir gern in Ruhe erzählen.«

»Na klar, dann erzähl mal.«

Er setzt sich neben mich, gibt mir einen Kuss, legt seine Hand auf mein Bein und schaut mich erwartungsvoll an. Ich weiß nicht genau, wo und wie ich anfangen soll, daher mache ich ihm erst einmal ein Kompliment für sein Essen. Zum Glück nimmt er das als Anlass, sich selbst noch einen kleinen Snack zu holen.

Während er den Kühlschrank plündert, beginne ich von dem Moment auf dem Weg zur Arbeit zu erzählen. Gespannt hört er zu und isst dabei eine Gewürzgurke.

Ich erzähle ihm ausführlich von meinem Tag und bin froh, als alles raus ist. Erwartungsvoll und etwas aufgeregt stehe ich neben der Couch und warte auf seine Reaktion.

Ich starre auf seine Hände, während er das Gurkenglas zuschraubt und beiseite stellt. Dann kommt er zu mir, bleibt vor mir stehen und hebt mein Kinn mit seinem Finger an, sodass ich ihm in die Augen schaue.

»Wir schaffen das, alles wird gut!« Während die Worte in meinen Ohren nachhallen, nimmt er mich in seine Arme und gibt mir damit die Gewissheit, dass meine Entscheidung richtig ist.

Kapitel 5

Ein paar Wochen später warte ich immer noch auf den Anruf der Klinik. Mein Zustand schwankt. Mal habe ich Tage, die sich ganz normal anfühlen, begleitet von einem Hochgefühl. An anderen Tagen schaffe ich es nicht, die Wohnung zu verlassen. Sogar ein ganz normaler Einkauf wurde für mich zum Alptraum.

Es war, als würde ich auf einmal alle Menschen um mich herum anders wahrnehmen. Ich konnte mich nicht auf den Einkauf konzentrieren. Alle drängelten, schubsten und kamen mir viel zu nahe. Ich spürte, wie der Schweiß meine Stirn hinunterlief und mir übel wurde. Fast wie damals, als ich aus der Bahn ausgestiegen bin. Ich gab Nick panisch zu verstehen, dass ich ganz schnell da raus musste. Noch bevor er reagieren konnte, rannte ich aus der Kaufhalle ins Freie. Als ich mich beruhigt hatte, schrieb ich ihm eine Nachricht, dass ich draußen auf ihn warten würde. Auch wenn er nicht verstand, was los war, akzeptierte er es. Das Schlimmste für mich war, dass ich es selbst nicht verstehen und erst recht nicht akzeptieren konnte.

Immer wieder versuche ich, wenigstens für ein paar Stunden arbeiten zu gehen. Solange ich hinten im Lager fernab der Kundschaft bin, funktioniert es halbwegs. Allerdings nur, wenn ich allein arbeite.

Als meine Chefin mir einen Gefallen tun wollte und mir einen Kollegen und den neuen Praktikanten zur Seite stellte, stresste mich das so sehr, dass ich abbrechen und gehen musste. Zum Glück wusste meine Chefin Bescheid, dass ich psychische Probleme habe und auf einen Anruf von der Klinik warte. Ich war so erleichtert, dass sie mich nicht gleich rausgeschmissen hatte.

Ein neuer Tag ist angebrochen. Es ist Samstag und Nick hat etwas geplant. Er weiß, dass ich Überraschungen hasse, aber will mir erst sagen, was wir vorhaben, wenn wir im Auto sitzen.

Mit zitternden Händen mache ich mich ausgehfertig und ziehe mir etwas Bequemes an.

Im Auto dann die Offenbarung.

»Wir gehen heute meine Eltern besuchen und bevor du jetzt etwas sagst, sie wissen von dir und freuen sich dich kennenzulernen!«

Nachdem er das gesagt hat, fängt mein Gedankenkarussell an, sich zu drehen. Ich male mir die wildesten Geschichten aus, was gleich passieren könnte. Was soll ich sagen? Was werden sie von mir wissen wollen? Hoffentlich halten sie mich nicht für völlig bekloppt. Und wenn sie denken, dass ich nicht genug für ihren Sohn bin?

Ich versuche, meine Tränen runterzuschlucken. Nun habe ich wieder mal einen dicken Kloß im Hals und dazu noch fürchterliche Angst. So wollte ich seine Eltern nicht kennenlernen. Im Augenwinkel sehe ich, dass Nick öfter zu mir rüberschaut und wahrscheinlich versucht, mein Schweigen zu deuten. So sehr ich es auch will, ich bekomme keinen Ton raus.

Wie ferngesteuert folge ich ihm zur Haustür. Er schließt auf und ich wundere mich, dass er den Schlüssel zur Wohnung seiner Eltern hat. Das muss bedeuten, dass sie ein sehr inniges und vertrautes Verhältnis haben.

Wir betreten den Flur und Nick kündigt uns an.

»Hallo mein Kind.«

Seine Mutter nimmt ihn in den Arm und auch sein Vater umarmt ihn zur Begrüßung.

»Hallo, du bist dann also Lena, schön dich kennenzulernen.«

»Hallo, ja die bin ich.« Etwas verlegen strecke ich seiner Mama meine Hand entgegen.

Sie greift danach und zieht mich dann herzlich in ihre Arme.

»Hallo Lena.«

Auch der Vater nimmt mich direkt in den Arm, was mich ein wenig überfordert.

Nick nimmt mich an die Hand, wir gehen in die Küche und setzen uns an den Esstisch.

Die Wohnung ist schön eingerichtet. Rustikal mit vielen Pflanzen. Ich mag Holz, die Struktur, den Geruch und das Aussehen. Das gibt mir immer eine wohlige Wärme. Und so kommt es, dass meine Anspannung ein klein wenig nachlässt. Nick stellt uns zwei Gläser Wasser auf den Tisch und setzt sich dann wieder neben mich.

Ich lausche ihren Gesprächen über Arbeit, Bekannte und den neuesten Tratsch aus dem näheren Umkreis und bin froh, dass ich nichts sagen muss.

»Und Lena, was arbeitest du Schönes?«

Zu früh gefreut. Ich wusste ja, dass sie sicher auch mit mir sprechen und mehr über mich erfahren wollen, doch ich hatte gehofft, noch ein wenig verschont zu bleiben.

»Ich bin Verkäuferin,« antworte ich knapp. Ich suche nach mehr, was ich sagen könnte, aber die Worte wollen sich nicht zu Sätzen formen.

»Oh, das klingt aber auch schön. Macht es dir Spaß?«

»Ja, bisher schon. Und man hat im Handel wirklich Abwechslung.« Ich nehme einen großen Schluck Wasser, da ich nicht weiß, was ich noch sagen soll.

»Ja das stimmt. Ich habe einige Jahre als Küchenverkäuferin gearbeitet.« Sie lächelt mir zu und ich erwidere es.

Mir fällt auf, dass ich absolut nichts über Nicks Eltern weiß. Und das nicht, weil sie mich nicht interessieren, sondern weil ich einfach noch nicht darauf gekommen bin, ihm Fragen zu seiner Familie zu stellen. Bis auf die Tatsache das Nick ein Einzelkind ist, wusste ich nicht viel über ihn und seine Familie. Jetzt, wo ich hier sitze, schäme ich mich dafür. Die ganze Zeit unserer noch kurzen Beziehung ging es nur um mich. Um mich und meine Probleme.

Als könne er meine Gedanken lesen, erzählt Nick von seiner Mama.

»… nachdem sie oft wochenlang über fünfzig Stunden die Woche nur gearbeitet und sogar noch zu Hause Küchenpläne für Kunden vorbereitet hat, haben mein Papa und ich dann die Reißleine gezogen. Ich hatte das Gefühl, meine Mama wäre eine Fremde gewesen, so selten wie ich sie gesehen habe. Danach hat sie sich einen Job in einer Chipfabrik gesucht und sich dort an die Spitze gearbeitet. Nur dass es bei diesen Mal eine Vierzig-Stunden-Woche war.«

Gespannt höre ich zu und habe das Gefühl, immer kleiner zu werden. Seine Mama ist eine absolute Powerfrau.

»Sie hat einen wirklich tollen Job gemacht und das in einem Bereich, von dem sie keine Ahnung hatte. Bis es irgendwann nicht mehr ging.«

Hier stoppt er und wechselt auf einmal das Thema.

Was war passiert? Sein plötzlicher Themenwechsel hinterlässt viele Fragen bei mir. Aber ich würde mich nie trauen, diese jetzt zu stellen. Mein Herz klopft wie verrückt, als mich alle auf einmal anschauen, während ich noch in meinen Gedanken vertieft bin.

»Ich hab gefragt, ob du auch Hunger hast?«, sagt Nick und wartet auf eine Antwort.

Das ich nicht gern zusammen mit vielen oder fremden Personen esse, weiß er bisher noch nicht. Es ist mir immer unangenehm, dass ich so langsam esse. Ich hasse es, etwas schnell runterschlingen zu müssen. Aber ich will auch nicht unhöflich sein, also nicke ich ihm zu und antworte: »Gern.«

Als seine Mama wenig später einen Topf mit Nudeln und Soße auf den Tisch stellt, bin ich erleichtert. Ich esse nicht sehr oft Fleisch und es wäre mir unangenehm gewesen, auf meinem Teller herumzustochern oder mir das Essen reinzuzwängen.

Ich lasse mir extra wenig auf den Teller geben, damit ich nicht so lange dafür brauche und mit den anderen fertig bin.

Seine Mama schaut mich an und ich kann sehen, dass sie mich mustert.

»Du musst mehr essen Kind, du siehst ganz abgemagert aus,« sagt sie schließlich.

Dankbar für ihre Fürsorge nehme ich mir noch eine Portion.

Als alle fertig sind, flüstert mir Nick ins Ohr: »Ich würde meinem Papa mal kurz im Keller helfen. Ist es okay, wenn ich dich mit meiner Mama allein lasse?«

Zum Glück unterhalten sich seine Eltern gerade. Nichts wäre jetzt schlimmer gewesen, als wenn sie mich angestarrt und auf meine Antwort gewartet hätten.

»Na klar, ist doch in Ordnung.«

Mir wäre nie im Traum eingefallen, ihn davon abzuhalten, auch wenn sich Angst in mir breitmacht. Es ist eine Sache, gemeinsam am Tisch zu sitzen, aber eine andere, allein mit der Mutter des Freundes zu sein. Besonders in der Verfassung, in der ich mich gerade befinde.

»Lena, würdest du mir auch noch helfen die Wäsche aufzuhängen?«

Ich bin gerade dabei den Tisch abzuwischen und erstarre in der Bewegung, als sie mich fragt.

Ich nicke stumm.

Als Nicks Mutter kurze Zeit später auf der Terrasse beginnt, die feuchte Wäsche aufzuhängen, überkommt mich ein unangenehmes Gefühl. Ich habe keine Ahnung, wie ich mich verhalten soll und was ich sagen könnte. Ich durchforste mein Gehirn nach Worten, aber da herrscht gähnende Lehre, so wie wenn man im Baumarkt jemanden sucht und auf einmal der ganze Markt gefühlt leer ist. Ich hasse dieses beklemmende Gefühl und wünschte, mich irgendwie aus der Situation befreien zu können.

Ich nehme ein T-Shirt aus dem Korb und hänge es auf. Als ich mich erneut herunterbeuge, sagt sie: »Nick hat erzählt, dass du bald zur Therapie in eine Klinik gehst.«

Ich erstarre. Schlimmer kann die Situation wirklich nicht werden. Was soll ich darauf antworten? Erwartet sie überhaupt eine Antwort oder hält sie mich eh schon für völlig bekloppt? Ich kann ihr nicht in die Augen sehen, stattdessen beobachte ich ihre geschickten Hände. Warum hat ihr Nick davon erzählt?

»Ja, das muss wohl sein, hat zumindest der Psychiater gesagt. Ich weiß leider noch nicht genau, was los ist«, gebe ich fast flüsternd von mir.

Keine Ahnung, wo diese Worte auf einmal herkamen.

»Es ist richtig sich Hilfe zu suchen, und noch besser ist es, dass du jetzt merkst, das etwas nicht stimmt. Sieh mich an, bei mir hat es sich erst jetzt bemerkbar gemacht und nun komme ich da nicht so leicht wieder raus.«

Entsetzt schaue ich ihr in die Augen und kann nicht fassen, was sie da gerade gesagt hat. Ich muss mich beherrschen sie nicht anzustarren, und versuche, mich wieder auf die Wäsche zu konzentrieren.

»Du kannst ruhig fragen, wenn du etwas wissen möchtest! Und nenn mich bitte Kerstin. Eine Sache möchte ich dir schon mal mit auf den Weg geben. Egal, wie verrückt oder überflüssig dir etwas in der Klinik auch vorkommen mag, mach einfach mit. Irgendwann wirst du merken, für was es gut war!«

Ein kleines Lächeln unterstreicht ihre Aussage und auf einmal fühle ich mich nicht mehr so beklommen wie am Anfang.

»Okay, danke.« Auch auf meinen Lippen formt sich ein kleines Lächeln.

Ich frage mich, warum sie so viel darüber zu wissen scheint. Ob sie auch mal in einer Klinik war? Gern würde ich sie fragen, aber da betritt Nick die Terrasse.

Er lächelt, als er auf uns zukommt, und gibt mir einen Kuss auf die Wange.

»Wollen wir langsam los?«, fragt Nick.

Ich nicke.

Wir verabschieden uns und sitzen kurze Zeit später im Auto und fahren nach Hause.

»Danke, dass du meiner Mama geholfen hast.« Er legt seine Hand auf mein Bein und streichelt sanft darüber.

»Das ist für mich selbstverständlich,« antworte ich.

Er schweigt, aber ich sehe ein kleines Lächeln in seinem Gesicht und freue mich, weil es ihm so viel bedeutet und ich anscheinend etwas richtig gemacht habe. Ich muss über die Worte nachdenken, die seine Mama zu mir gesagt hat, und frage mich, was sie damit gemeint hat. Aber das werde ich wohl bald herausfinden.

Mittlerweile ist es Ende Oktober und ich habe noch immer nichts von der Klinik gehört. Allmählich frage ich mich, ob mich der Psychiater wirklich angemeldet hat.

Der Herbst zeigt sich noch einmal von seiner besten Seite. Bald werden alle Blätter von den Bäumen gefallen sein. Obwohl ich im Herbst geboren wurde, mag ich ihn nicht. Es ist stürmisch, oft schon sehr kalt und die Bäume werden kahl. Der bunte Frühling ist mir lieber. Wenn alles zu neuem Leben erwacht und wieder schön grün wird. Das erfüllt mich jedes Mal mit neuer Kraft. Der Winter hingegen ist eiskalt in jeder Hinsicht. Es ist immer dunkel, trüb und eintönig. Früher habe ich den Schnee mal gemocht, aber mittlerweile ist er zu einem Hindernis geworden, das man nicht so einfach aus dem Weg schaffen kann. Und ich mag das Gefühl nicht, welches der Winter in mir auslöst.

Als wir an diesem Tag zuhause ankommen, schlüpfe ich gleich in meine bequeme Jogginghose und streife mir eine Kuscheljacke über meinen Pullover.

Nick lacht. »So kalt ist es ja nun wirklich nicht. Du bist der einzige Mensch, den ich kenne, der sich sogar im Sommer bei über dreißig Grad noch ein Jäckchen überzieht.«

»Tja, ich bin vielleicht außen kalt, aber dafür habe ich ein warmes Herz.« Jetzt lachen wir beide. Während ich es mir auf der Couch gemütlich mache, kocht Nick Tee für uns.

Wir kuscheln uns ein und schauen einen Film zusammen. Ich versuche, die Gedanken an den nächsten Tag zu verdrängen, denn dann wird das Spiel wieder von vorn beginnen.

So oft war es in den letzten Wochen eher ein Kampf gewesen, auf Arbeit zu gehen. Mal gewann ich und mal verlor ich.

Jeden Tag warte ich auf den Anruf aus der Klinik, damit es endlich losgehen kann. Es fühlt sich an, als würde mir die Zeit davonlaufen und als wäre jeder Tag, an dem ich es nicht schaffe vor die Tür zu gehen, ein verlorener.

Ich komme einfach nicht zur Ruhe und kann mich nicht entspannen, weil ich denke, dass es mir nicht zusteht, mitten am Tag ein Bad zu nehmen oder ein Buch zu lesen. Zumindest dann nicht, wenn ich es nicht geschafft habe, arbeiten zu gehen. »Erst die Arbeit dann das Vergnügen«, heißt es ja immer.

Ab und an durchforste ich das Internet in der Hoffnung, irgendetwas zu finden, dass mir helfen könnte. Doch je mehr ich lese, desto schlimmer fühle ich mich.

Mein Leben ist anstrengend geworden. Auf eine Hochphase folgt ein immer tiefer werdendes Loch, in das ich falle. Ich habe Angst, irgendwann gar nicht mehr aus dem Loch rauszukommen. Im Moment ist Nick der Einzige, der mir Halt gibt. Das Einzige, worauf ich mich verlassen kann. Besonders, wenn es um Entscheidungen geht, denn die fallen mir immer noch schwer. Ich habe Angst, einen Fehler zu machen, Nick zu enttäuschen, daher überlasse ich ihm die Entscheidungen.

Manchmal kommt mir sogar der Gedanke, dass es mit Ron doch nicht so schlimm war. Immerhin hatte ich ein geregeltes Leben. Keine Überraschungen, einfach nur ein geregelter Ablauf. Seitdem ich gegangen bin, habe ich nichts mehr von ihm gehört. Auch meine Angst, er könnte am Supermarkt auf mich warten oder dort auftauchen, hat sich nie bestätigt. Als hätte es ihn nie gegeben.

Montagmorgen. Ich schaue aus dem Fenster und beobachte, wie der Regen gegen das Fenster trommelt. Einerseits möchte ich gern in den Laden, auf der anderen Seite fühle ich mich schlapp, niedergeschlagen und das Wetter tut sein Übriges. Der Regen bedeutet, dass nicht allzu viele Menschen in den Laden finden werden. Das heißt, es wäre nicht viel los sein und ich wäre eh hinten mit einer Bestellung beschäftigt. Ich selbst habe den Auftrag vor einer Woche entgegengenommen. Dank meiner kreativen Ader überlässt meine Chefin mir gern solche Anfragen. Ein Präsentkorb soll es werden und zwar reich befüllt mit allerlei tollen Sachen. Schön dekoriert, so lautet der Wunsch der Kundin.

Nick hat heute Spätschicht und der Laden liegt fast auf seinem Weg in die Fabrik.

Entschlossen frage ich: »Sag mal, kannst du mich dann mitnehmen und am Supermarkt rauslassen?«

»Na klar, kein Problem. Bist du sicher, dass du arbeiten willst?«

Ich versuche, meinem Kopf keine Zeit zu lassen, es sich anders zu überlegen, packe meine Tasche und ziehe mich an. Damit ist Nicks Frage beantwortet und auch er zieht sich an.

Während der Fahrt denke ich über den Inhalt und die Deko des Präsentkorbs nach. Die Ablenkung funktioniert ganz gut und so komme ich am Laden an, ohne schweißgebadet oder voller Panik zu sein. Mittlerweile weiß ich allerdings, dass dieser Zustand nur von kurzer Dauer sein kann. Dennoch ist es für mich gerade die beste und einzige Möglichkeit, um klarzukommen, indem ich mich ablenke.

»Danke fürs Mitnehmen. Ich wünsch dir eine angenehme Schicht.«

»Kein Problem, das weißt du doch und wenn was ist, melde dich! Lass dich nicht ärgern. Ich liebe dich.«

»Ich liebe dich auch.«

Wir küssen uns. Ich steige aus, klappe meinen Schirm schnell aus, bevor der Regen meine Klamotten durchnässen kann und schaue dem Auto nach. Manchmal macht es mir ein bisschen Angst, wie verliebt ich in Nick bin. Meine Gefühle überschlagen sich oft. Und dann zwischendrin ist da plötzlich aus heiterem Himmel eine Leere, die ich mir nicht erklären kann. Egal, ob Nick neben mir sitzt oder nicht. Dinge werden geschmacklos und ich fühle einfach nichts.

Doch nicht heute, nicht jetzt und nicht bei diesem Auftrag. Ich möchte das so gern, ich will normal sein, wenigstens für ein paar Stunden oder einen Tag.

Meine Kolleginnen freuen sich, als ich den Laden betrete und sie begrüße. Umso mehr tut es mir leid, dass ich sie so oft im Stich lasse.

Vertieft in meine Gedanken stehe ich im Gang und schaue meiner Kollegin bei Einräumen zu.

»Lena, dein Handy klingelt!«

Die Stimme meiner Kollegin, die nun immer lauter wird, schallt in meinem Kopf nach. Es dauert noch einen Moment, bis ich merke, dass mein Handy tatsächlich klingelt. Panisch wühle ich in meiner Handtasche, bis ich es endlich finde. Eine Festnetznummer, die ich nicht kenne.

Ich gehe ran.

»Hallo, spreche ich mit Frau Wagner?«

»Ja, ich bin dran.«

»Hier ist die Psychiatrische Klinik am Weinberg. Wir möchten Ihnen mitteilen, dass nun bald ein Platz für Sie frei wird.«

Schlagartig wird mir speiübel. Damit habe ich heute nicht gerechnet. Eigentlich müsste ich mich freuen, doch stattdessen fühle ich mich auf einmal hundeelend.

»Hallo, danke, dass Sie sich melden«, antworte ich.

»Nach dem Gespräch mit Ihrem Psychiater haben wir Sie auf der Warteliste ganz hoch gesetzt.«

Diesen Satz muss ich einen Augenblick sacken lassen. Das heißt, ein anderer Mensch, der auch Hilfe braucht, wird diese wegen mir erst später erhalten. In meinen Kopf tummeln sich alle Arten von Vorwürfen, die ich mir in dem Moment selbst zusammenreime.

»Frau Wagner, sind Sie noch dran?«

»… ja, ich bin noch da, danke, das ist wirklich sehr nett von Ihnen,« antworte ich.

»Kein Problem, sehr gern. Sie müssten sich am 30. Dezember hier anmelden und bekommen dann Ihr Zimmer.«

Es ist Mitte November, das heißt, ich muss noch über einen Monat warten. Ich schlucke. Eigentlich müsste ich dankbar sein, doch wenn ich daran denke, wie die nächsten Wochen aussehen werden …

Tränen steigen in mir auf.

»Sie müssen an dem Tag wirklich erscheinen und sich anmelden, sonst sind wir verpflichtet, den Platz jemand anderem auf der Warteliste zu geben.«

Ich nicke stumm und merke, wie sich ein Kloß in meinem Hals bildet.

Die Frau am Telefon verabschiedet sich und wünscht mir bis dahin alles Gute.

Ich bedanke mich nochmal und lege auf.

Der 30. Dezember. Ein Tag vor Silvester. Heißt das, ich werde Silvester in der Klinik verbringen? Ob da überhaupt jemand da sein wird?

Ich kann mir das gar nicht so richtig vorstellen. An Silvester wollen doch alle Menschen gern zuhause sein.

Völlig überfordert gehe ich in den Aufenthaltsraum und lasse ich mich auf einen Hocker fallen. Mir ist noch immer nach Weinen zumute, aber das möchte ich gerade nicht. Das Schlimmste wäre, jetzt darauf angesprochen zu werden. Das muss ich erstmal verdauen. Ich schlucke die Tränen runter, gehe in die Umkleide und lege meine Sachen ab.

Wie ferngesteuert laufe ich nach hinten ins Lager und suche mir alles für den Präsentkorb zusammen.

Mit einem Klumpen im Hals, der immer größer wird, bringe ich die ersten Dekorationen an. Zu mehr bin ich nicht im Stande. Das Denken fällt mir schwer und ich möchte mich einfach nur verkriechen.

Zum Glück habe ich mir in den letzten Wochen mit meinen Kolleginnen ein Zeichen ausgemacht, damit ich ohne große Erklärungen gehen kann.

Ich suche Jana im Laden. Als sie auf mich aufmerksam wird, halte ich eine rote Karte hoch und gebe ihr damit zu verstehen, dass ich gehen muss. Sie nickt.

Auf dem Weg in die Umkleide vermeide ich jeden Blickkontakt, schnappe mir meine Sachen und ziehe mir auf dem Weg zum Hintereingang hastig meine Jacke über.

Als ich aus der Tür trete, peitscht mir der Regen ohne Erbarmen ins Gesicht. Eine Weile stehe ich einfach nur da, während das Nass vom Himmel in meine Klamotten dringt und mein Gesicht herunterläuft. Eigentlich wusste ich, dass dieser Moment, dieser Anruf irgendwann kommen würde. Doch irgendwie habe ich tatsächlich nicht mehr damit gerechnet und nun schwanke ich zwischen Freude, weil ich mir Hilfe erhoffe, und zwischen der Angst vor dem Unbekannten.

Endlich scheint mein gesunder Menschenverstand wieder einzusetzen, ich suche meinen Schirm in der Tasche und spanne ihn auf. Völlig in meinen Gedanken versunken, laufe ich zur Haltestelle und fahre nach Hause.

Kapitel 6

Hingegen meiner Befürchtung, dass sich die Zeit bis ich in die Klinik gehe, hinziehen würde, verging sie dann doch ganz schnell. Fast schon zu schnell.

Da ich noch nie gern Sachen gepackt habe, fällt es mir auch jetzt wieder schwer, das Richtige einzupacken. Und ich habe keinen blassen Schimmer, was ich dort brauchen werde.

Nick versichert mir, dass er mir auch noch Sachen bringen kann, wenn ich merke, dass etwas fehlt oder ich noch etwas brauche. Der Gedanke daran, dass ich ihn trotzdem sehen werde, beruhigt mich etwas.

Auf dem Weg zur Klinik sind wir beide ruhig und auch Nick scheint in seine Gedanken vertieft zu sein. Es ist der Tag vor Silvester. Dieses für mich sehr aufreibende und emotionale Jahr neigt sich dem Ende zu und ich werde es wahrscheinlich nicht gemeinsam mit meinem Freund verbringen können.

Die Klänge aus dem Radio sind die einzigen Geräusche während der Fahrt. Weder ich noch Nick bekommen einen Ton heraus.

Er hält direkt vor dem Gebäude an und stellt den Motor aus. Während ich ehrfürchtig auf den Eingang schaue, holt er meinen Koffer aus dem Auto. Eigentlich macht es von außen einen ganz netten Eindruck. Ein Haus aus roten Backsteinen mit vielen großen Fenstern. Gleich neben dem Haus ist eine Bank aufgestellt, welche von Beeten umgeben ist. Auch wenn diese jetzt kahl sind, stelle ich es mir im Sommer sehr schön vor. Alles ist sauber und wirkt einladend. Gegenüber des kleinen Hauses befindet sich ein mächtiges, rotes Backsteingebäude, das mir mit seinen vergitterten Fenstern einen kleinen Schauer über den Rücken jagt.

Wir betreten das kleine Gebäude und werden auch gleich an der Anmeldung empfangen.

»Hallo, wie kann ich Ihnen helfen?«

»Hallo, ich bin Lena Wagner und soll mich heute anmelden.«

»Ah Frau Wagner, schön, dass Sie hier sind. Ich habe schon alles vorbereitet.«

Sie reicht mir einige Papiere und kommt dann hinter ihrem Tresen hervor. »Ich zeige Ihnen gleich Ihr Zimmer, dann können Sie in Ruhe auspacken. Folgen Sie mir.«

Gemeinsam gehen wir einen langen Gang entlang. Rechts davon die großen Fenster, die ich von draußen gesehen habe und links einige Türen. An der vorletzten machen wir halt.

»So, da wären wir. Sie teilen sich das Zimmer aktuell noch mit einer Patientin, die die Klinik in ein paar Tagen verlassen wird. Alle Zimmer sind für zwei Patienten ausgelegt.«

Ich nicke stumm.

Als wir das Zimmer betreten, ist die andere Patientin gerade nicht da. Ich atme auf, denn ich merke, dass ich einen Moment für mich und Nick brauche.

»Hier können Sie Ihre Sachen einsortieren. Das hier ist Ihre Seite.« Sie deutet auf ein Bett mit einem Nachtschrank. »Und hier ist das Badezimmer.«

Als ich einen Blick in den winzigen Raum werfe, sehe ich nur eine Toilette und ein Waschbecken mit einem Spiegel.

»Ich lasse Sie dann mal in Ruhe auspacken, wenn Sie die Papiere gelesen und unterschrieben haben, bringen Sie diese einfach zu mir.«

Ich lasse meinen Blick durch den Raum schweifen. Dass es nicht wie in einem Hotel sein würde, war mir klar, aber der Raum wirkt so kahl mit seiner riesig hohen Decke und den pastellgelben Wänden. Neben den Betten gibt es noch zwei schmale Kleiderschränke und einen Tisch mit Stühlen, das ist alles.

Nick legt seine Hand auf meine Schulter und ich kämpfe, um nicht in Tränen auszubrechen.

Als ich meine Sachen eingeräumt und es mir zumindest ein wenig gemütlich gemacht habe, kommt die Schwester wieder.

»Sie sollten sich nun langsam verabschieden, Frau Wagner.«

Wieder nicke ich nur stumm.

Eine Mischung aus Angst und Trauer überkommt mich, ich will hier nicht allein sein. Meine Hoffnung, wieder mit Nick heimzugehen, verpufft in dem leeren Raum, der nun für längere Zeit mein Zuhause sein wird. Einem Ort, der einem Sicherheit geben und als Rückzugsort dienen soll.

Hand in Hand gehen Nick und ich den Gang zurück zum Eingang. Ich reiche der Schwester die Papiere.

»Muss ich jetzt wirklich hierbleiben? Reicht es nicht, wenn ich nach Silvester wiederkomme?«

Die Krankenschwester schenkt mir einen mitleidigen Blick.

»Leider ist das nicht möglich. Wenn Sie gehen, müssen wir Ihren Platz anderweitig vergeben. Es tut mir leid, aber so sind die Bestimmungen.«

Mein Blick verschwimmt und ich wende den Blick ab. Nick hält meine Hand ein wenig fester.

»Ihr Freund kann jeden Tag zu den Besuchszeiten vorbeikommen«, sagt die Schwester tröstend.

Das beruhigt mich etwas. Nur die nächsten Tage wird es mit seinen Schichten nicht klappen, da die Besuchszeiten von fünfzehn bis neunzehn Uhr festgelegt sind.

Ich begleite Nick nach draußen und klammere mich an ihm fest. Einfühlsam flüstert er: »Du hast das Handy da und kannst dich jederzeit melden. Schreib mir, auch wenn ich auf Arbeit bin. Sobald ich kann, melde ich mich zurück. Es wird alles gut, die beißen nicht.«

Ich muss schmunzeln.

Sanft küsst er meine Stirn.

Wir schauen uns in die Augen und ich merke, dass ich meine Tränen nun nicht mehr aufhalten kann.

Wir küssen uns einmal, zweimal und auch noch ein weiteres Mal sehr innig, bis er schließlich ins Auto steigt und mir noch einen Luftkuss zuwirft.

Der Motor startet und er fährt los. Ich schaue ihm noch so lange nach, wie ich kann, bis der Wagen hinter den Bäumen des schmalen Weges schließlich verschwindet.

Nun ist er weg und ich bin allein. Auf mich gestellt. Ich wische mir die Tränen aus den Augen und gehe wieder rein. Eigentlich möchte ich nur auf mein Zimmer und mich verkriechen, aber die Schwester hat andere Pläne.

Sie erklärt mir meinen vorläufigen Tagesablauf, solange ich noch nicht in einer Gruppe bin und an den Therapien teilnehme.

Ohne darüber nachzudenken, nehme ich alles, was sie sagt einfach hin.

Sie führt mich herum und zeigt mir noch ein paar Räume, unter anderem das Gemeinschaftsbad. Ein großer Raum mit einer Badewanne, einem Waschbecken sowie zwei Waschmaschinen und einem Trockner. Es gibt noch zwei weitere schmale Bäder, in der sich jeweils eine Dusche befindet.

Wir gehen weiter in den Gemeinschaftsraum. Dieser ist wie ein Wohnzimmer eingerichtet und vermittelt tatsächlich ein bisschen zuhause Gefühl.

»Hier treffen sich die Patienten in der Freizeit und auch die Gruppengespräche finden hier statt«, erklärt sie mir.

Unweigerlich schieben sich all die Momente wie ein Film vor mein inneres Auge, an denen ich mich vorstellen musste. So oft bin ich schon die Neue gewesen. Der Gedanke daran hinterlässt eine Gänsehaut auf meinen Armen. Ich werde es ein weiteres Mal über mich ergehen lassen müssen.

Wir gehen weiter, vorbei an vielen Türen, die Treppen hinunter in den Speiseraum.

»An einem Tag in jeder Woche darf ein Zimmer hier für alle anderen etwas kochen«, erzählt die Schwester und deutet dabei auf die Küche.

Ich kann mir ein Lachen nicht verkneifen. Kochen ist nicht unbedingt eine meiner Stärken. Wahrscheinlich würde mich Alice jetzt damit aufziehen, wie ich einmal Nudeln gedünstet habe. Nun ja, das Wasser ist eben verdampft und ich habe nicht darauf geachtet, sondern war in ein Buch vertieft. Oder das eine Mal, als ich Zucker anstatt Salz in den Kartoffelbrei getan habe. Vielleicht habe ich ja Glück und meine Zimmergenossin hat ein Händchen dafür.

Zurück auf dem langen Gang am Eingang überreicht mir die Schwester noch ein paar Zettel. Der Stapel beinhaltet die Hausordnung und Hausregeln, für die ich wahrscheinlich eine halbe Ewigkeit brauchen werde, um sie zu lesen. Ich muss an Ron denken und an die ganzen Regeln, die er für mich aufgestellt hatte und bekomme eine Gänsehaut. Schnell verdränge ich den Gedanken daran wieder.

Auf dem Weg zu meinem Zimmer fällt mir zum ersten Mal auf, dass niemand weiter da zu sein scheint. Weder meine Zimmernachbarin noch sonst jemand.

Als wären die Krankenschwester und ich die einzigen Personen hier. Ein mulmiges Gefühl überkommt mich, während ich mich auf mein Bett fallen lasse.

Vertieft in die Zettel, schrecke ich auf, als es an der Tür klopft.

»Ja?«

»Ich wollte nur fragen, ob Sie etwas Essen möchten, Frau Wagner?«

Da ich absolut keinen Hunger habe und noch immer mit der neuen Situation beschäftigt bin, lehne ich ab.

Kurze Zeit später geht die Tür erneut auf, jedoch ohne ein Klopfen, und eine Frau stapft herein.

»Hey«, ruft sie mir mit einem kurzen Handzeichen entgegen.

»Hey«, antworte ich leise.

Sie holt einen Koffer aus dem Schrank und beginnt ihre Sachen zu packen. Etwas irritiert frage ich: »Reisen Sie schon ab?«

Sie macht nicht gerade einen geselligen Eindruck und schmeißt ihren Koffer auf das Bett.

Ich muss gestehen, dass ich nicht böse wäre, wenn sie gehen würde.

»Ich verschwinde hier.«

»Die Schwester meinte, Sie wären noch ein paar Tage da«, bemerke ich.

»Tja, falsch gedacht. Die können mich nicht hier festhalten und über Silvester machen die hier eh nichts.«

»Wie, die machen hier über Silvester nichts? Was soll das heißen?«

»Mensch, bist du wirklich so blöd? Ist dir nicht aufgefallen, dass niemand außer ein paar Leuten hier ist?«

»Heißt das, du kommst im neuen Jahr wieder?«

Ein fieses Grinsen zeichnet sich nun in ihrem Gesicht ab.

»Ich bin hier fertig, ich komm nicht wieder. Und der Rest ist zuhause. Ich glaub, zwei Leute sind noch da, die sind freiwillig geblieben.«

»Und die Therapeuten?«

»Du glaubst doch nicht wirklich, dass die zu Silvester und an Feiertagen arbeiten? Die sind natürlich auch alle zuhause.« Wieder grinst sie so komisch, während sie an meinem Bett, das an der Wand steht, vorbei ins Bad geht.

Mir ist nach Weinen zumute, aber die Blöße würde ich mir vor ihr nicht geben. Ich schlucke meine Tränen runter, wie ich es meistens mache und schnappe mir ein Buch. Wirklich lesen kann ich nicht, denn ich bin mit meinen Gedanken ganz woanders. Bei Nick und meiner Familie. Das erste Mal Silvester ohne meine Familie. Ganz allein.

Einsamkeit umhüllt mich und lässt es kalt um mich werden.

Ich schaue über den Rand meines Buchs und beobachte, wie sie zurück zu ihrem Bett geht, die restlichen Sachen in ihrem Koffer und einem Rucksack verstaut, alles ansackt und mir beim Vorbeigehen zuwinkt.

Die Tür klackt zu und ich lasse los. Warme, salzige Tränen laufen nun unaufhörlich über meine Wangen, während ich das Buch schützend vor mein Gesicht halte.

Am nächsten Morgen werde ich sanft von einer Schwester geweckt. Sie macht ein Licht im Flur an und lässt mich dann wieder allein. Ein Blick auf mein Handy verrät mir, dass es sieben Uhr ist.

Wirklich ausgeschlafen bin ich nicht. Alles tut mir weh, als wäre ich gestern einen Marathon gelaufen.

Langsam erhebe ich mich und gehe ins Bad. Nachdem ich mich ein wenig frisch gemacht habe, ziehe ich mich um und trete leise auf den Gang. Alles ist still. Eine unangenehme Stille. Eine Frau kommt mir entgegen. Ihr Blick ist starr nach vorn gerichtet und völlig emotionslos. Was sie wohl hat, frage ich mich, während ich an die Anmeldung trete.

Eine Schwester begrüßt mich freundlich. »Wenn Sie möchten, können Sie etwas frühstücken.«

Ich nicke und auch wenn ich Angst vor der Antwort habe, frage ich sie trotzdem: »Wann werden denn die Therapien anfangen?«

»Wenn die Therapeuten nach Neujahr wieder im Haus sind, werden Sie in eine Gruppe eingeteilt. Innerhalb Ihrer Gruppe finden dann gemeinsam die Therapien statt. Zwischendrin gibt es noch Einzelstunden bei den Psychologen. Momentan sind die meisten zuhause, aber übermorgen werden dann nach und nach alle wieder da sein.« Sie lächelt mich an und obwohl ich ihr Lächeln so gern erwidern möchte, schaffe ich es einfach nicht.

Ich bedanke mich und gehe dann völlig verkrampft die Treppe hinunter in den Speiseraum. Nun habe ich meine Antwort. Am liebsten würde ich Nick gleich anrufen, aber wir dürfen nicht mit dem Handy im Haus rumlaufen. Und überhaupt sollen die Handys während der Therapiezeit ausgeschaltet oder wenigstens auf stumm geschaltet in unserer Schublade aufbewahrt werden. Das und noch viele weitere Verhaltensregeln stehen auf den Handzettel, den ich bekommen habe.

Zwei Personen sitzen im Essensraum und starren mich an, als ich den Raum betrete. Ich grüße sie freundlich, worauf sich ihre Gesichtszüge entspannen und sie den Gruß erwidern.

Ich esse nicht gern mit Fremden zusammen, weshalb ich in dem Moment froh bin, dass sie aufstehen und gehen.

Wie schon so oft in den letzten Wochen esse ich nur, weil ich Hunger habe, allerdings schmeckt es ohne Appetit einfach nicht. Ich wünschte, Nick wäre jetzt hier bei mir. Und schon ist mir wieder nach Weinen zumute.

Zurück im Zimmer, schreibe ich ihm eine Nachricht, worauf er gleich anruft. Erst will ich gar nicht rangehen, aber dann ist die Sehnsucht einfach zu groß. Außerdem ist ja eh niemand da.

»Und wie war deine erste Nacht?«

Ich schluchze. »Ich habe total schlecht geschlafen. Es ist so gruselig hier allein in dem riesigen Raum, der so leer ist.«

»Allein? Ist denn die andere Patientin nicht mehr gekommen?«

»Doch, gestern Nachmittag. Sie hat ihren Koffer gepackt und ist gegangen. Als ich gefragt habe, wo denn alle sind, hat sie gelacht und gemeint, dass natürlich alle zuhause sind.«

Wut steigt in mir auf und ich schniefe.

»Das ist ja wirklich blöd. Und wann fängt dann deine Therapie an?«

Jetzt kann ich meine Tränen nicht mehr zurückhalten und schluchze ins Telefon. »Erst im neuen Jahr. Ich bin ganz allein hier. Gerade mal zwei Patienten sind auch über Silvester hier.« Ich schnaube in ein Taschentuch.

»Ach Lena, das tut mir so leid. Ich kann leider auch erst im neuen Jahr vorbeikommen. Hab doch heute die Spätschicht.«

»Ich weiß. Das ist doch alles scheiße.«

»Weißt du was, ich ruf dich heute Abend an, dann können wir trotzdem zusammen ins neue Jahr starten. Was hältst du davon?«

»Okay«, schniefe ich ins Handy.

»Es sind doch nur ein paar Tage, dann geht es schon los mit den Therapien. Du wirst sehen, die vergehen wie im Flug. Und übermorgen kann ich zur Besuchszeit vorbeikommen.«

»Ich kann es kaum erwarten. Ich liebe dich, Nick.«

Wenn ich noch weiter mit ihm telefoniere, fürchte ich, dass meine Packung Taschentücher nicht reichen wird. Es ist einfach alles zu viel.

»Ich liebe dich auch. Wir hören uns heute Abend. Okay?«

»Ja, das machen wir. Ich werde wach bleiben. Bis dann.«

Ehe er noch etwas sagen könnte, lege ich auf. Ich kann das jetzt einfach nicht. Eigentlich ist er gar nicht weit weg und doch kommt es mir so vor, als wäre ich auf einem anderen Kontinent. Und diese Einsamkeit.

Warum ich hierbleiben muss, während alle anderen inklusive der Therapeuten zuhause sind, verstehe ich immer noch nicht. Aber ich nehme es so hin. Es fühlt sich an wie eine Strafe.

Unser erstes gemeinsames Silvester hatte ich mir anders vorgestellt.

Nun bleibt mir nur, die Zeit mit lesen und meinem Rätselblock zu überstehen.

Zum Mittag bekomme ich wieder Hunger und schleiche den Gang entlang runter in den Essensraum.

Niemand ist da, nur aus der Küche höre ich ein Zischen. Irgendwie gruselig. Als ich gerade im Begriff bin, den Rückzug anzutreten, geht die Schwingtür zur Küche auf.

»Na hallo, da ist ja doch noch jemand. Die Auswahl ist zwar gerade überschaubar, aber wenn du möchtest, zaubere ich dir etwas Leckeres.« Die Frau lächelt mich einladend an und ich kann einfach nicht nein sagen. Sie hat etwas Warmes und Einfühlsames an sich.

Sie schlägt mir drei Sachen vor, die sie machen könnte, und ich entscheide mich für Brot mit Leberkäse, einem Spiegelei und einer Scheibe Käse obendrauf.

Sie lacht herzlich und macht sich gleich ans Werk. Ich bleibe an der Theke stehen und schaue ihr zu.

»Wenn das normale Programm wieder läuft, dann gibt es immer drei Gerichte zur Wahl. Zum Frühstück und Abendbrot kannst du dir dann am Buffet etwas aussuchen.«

Ich bin ihr sehr dankbar für diese Information, denn dadurch kann ich mich mental darauf vorbereiten und weiß, was mich erwartet. Das beruhigt mich immer.

Wir unterhalten uns noch ein wenig, während ich esse, dann verabschiede ich mich und gehe wieder in mein Zimmer. Am liebsten hätte ich die Frau in den Arm genommen.

Nach einem langen Mittagsschlaf gehe ich eine Runde auf dem Gang spazieren. An einem der großen Fenster bleibe ich stehen und beobachte ein paar Vögel, die im Schnee nach etwas suchen. Weiter oben im Baum sehe ich ein Futterhäuschen.

Ich höre, wie sich eine Tür auf dem Gang öffnet, und eile wieder in mein Zimmer.

Wenig später lege ich den Liebesroman beiseite, den ich mittlerweile ausgelesen habe.

Die Dämmerung hat eingesetzt. Ich schaue den letzten Sonnenstrahlen hinterher, schalte meine Lampe am Bett an und kuschle mich wieder unter meine Decke.

Es klopft an der Tür und die Schwester kommt mit einem Tablett herein. Ich bin zu Tränen gerührt, als sie mir quasi das Abendbrot ans Bett bringt.

Am liebsten würde ich mir etwas Musik anmachen. Doch mit den hohen Decken schallt einfach jedes Geräusch und auf die Kopfhörer habe ich keine Lust. Also bleibt es still. Eine unangenehm laute Stille.

Als ich müde werde, stelle ich mir extra einen Wecker für kurz vor null Uhr.

Es dauert eine Weile, bis ich bemerke, welches Geräusch mich da aus dem Schlaf holt. Doch als ich realisiere, dass es nicht der Wecker, sondern ein Anruf ist, bin ich mit einem Mal hellwach. Es ist stockduster im Zimmer.

Musik tönt aus dem Hörer und ich verstehe Nick kaum.

»Wo bist du denn?«

»Ich bin mit ein paar Freunden bei meinen Eltern, wir feiern zusammen rein«, brüllt er ins Telefon.

Sofort bekomme ich das Gefühl, dass ich ihm gar nicht fehle, dass ihm gar nicht auffällt, dass ich nicht da bin. Dabei vermisse ich ihn so schmerzlich und ich fühle mich so endlos allein. Es ist egal, was er mir in dem Moment sagt, denn mein Kopf hat schon beschlossen, dass er mich nicht vermisst.

»Ich habe heute die Köchin zum Mittag kennengelernt und mich sogar, während ich gegessen habe, mit ihr unterhalten.«

Ich höre, wie die Musik etwas leiser wird.

»Ich bin raus auf die Terrasse gegangen. Was hast du gesagt?«

»Nicht so wichtig. Weißt du, vielleicht solltest du einfach wieder reingehen und feiern. Mir ist auch gerade nicht so nach reden zumute.«

»Ach, so ein Quatsch. Ich habe doch gesagt, wir telefonieren bis ins neue Jahr.«

»Das ist wirklich lieb von dir, aber ich möchte jetzt lieber weiterschlafen.«

»Ach, Lena, komm schon.«

»Nein, ich möchte wirklich nicht. Es ist okay, geh einfach wieder rein und stoß für mich mit an.«

»Na gut, wie du magst. Dann hören wir uns im neuen Jahr. Ich liebe dich.«

»Ich dich auch. Bis dann.«

Obwohl ich es war, die aufgelegt hat, fühlt es sich an, als hätte er mich abgelehnt. Ich schließe meine weinenden Augen und vergrabe mein Gesicht so tief ins Kissen, wie es geht. Mein Herz schmerzt und ich wünschte, dass einfach alles wieder normal wäre.

Kapitel 7

Ich bin froh, den Feiertag überstanden zu haben. Da ich noch nie der geduldigste Mensch war, nerve ich die Schwestern regelrecht mit der Frage, wann es endlich losgeht. Ich habe das Gefühl, meine Zeit zu verplempern, und ich bin sauer, dass ich Silvester hier drin allein verbringen musste und nicht bei Nick sein konnte. Bis auf die paar Menschen, die ich getroffen habe, waren alle über Silvester zuhause.

Endlich stellt sich mir ein Therapeut vor.

»Frau Wagner, hat Ihnen denn niemand gesagt, dass Patienten hier erst zwei Wochen nach der Ankunft einer Gruppe zugewiesen werden und dann erst mit der Therapie anfangen?«

»So genau nicht, nein. Die Schwester hat nur gesagt, dass hier erst nach dem Feiertag alle wiederkommen und es dann langsam losgehen wird. Ich verstehe auch nicht, warum man hier noch zwei Wochen warten muss. Um ehrlich zu sein, bin ich es leid, zu warten. Ich brauche Antworten.«

Nachdem ich mir Luft gemacht habe, bin ich selbst überrascht über meine Worte. Normalerweise würde ich mich nicht trauen, so zu reden. Und doch war es gut, es endlich auszusprechen, denn ich möchte keine Sekunde länger vergeuden. Ich hatte nach drei Tagen schon das Gefühl, verrückt zu werden. Keine Menschenseele zum Reden, kein vertrautes Gesicht und dann diese Stille, diese fürchterliche Stille, durch die ich all meine Gedanken hören kann.

Am vierten Tag bin ich so mies gelaunt, dass ich es nicht mehr verbergen kann. Meine Tränen sind versiegt und nach Lachen ist mir schon lang nicht mehr zumute. Seit drei Tagen sitze ich allein in meinem Zimmer und starre die Wände an. Mein Buch habe ich schon zum zweiten Mal durchgelesen. Als ich dann noch erfahren habe, dass Nick die Schicht mit einem Kollegen tauschen musste und nicht kommen kann, ist alles vorbei. Das Loch, in das ich falle, wird immer tiefer und dunkler. Kein Ende in Sicht.

Am sechsten Tag gehe ich zu einer der Schwestern und frage, ob ich irgendwas bekommen kann, um endlich Ruhe zu haben.

Sie schaut mich etwas skeptisch an und fragt dann nach, was ich genau meine. Immerhin bin ich doch allein in meinem Zimmer.

Ich winke ab, weil ich selber merke, wie bekloppt das gerade klang.

Wenigstens scheint meine Frage Früchte zu tragen, zwar nicht so, wie ich gedacht hatte, doch vielleicht sogar besser. Ich werde zum Einzelgespräch mit einer Therapeutin gebeten.

»Hallo Frau Wagner, mein Name ist Antje Lehmann. Ich werde in der Zeit, in der Sie hier sind Ihre Therapeutin für die Einzelgespräche sein. Erzählen Sie doch gern erstmal ein bisschen über sich. Warum sind Sie hier?«

»Hallo Frau Lehman. Laut des Psychiaters, der mich eingewiesen hat, leide ich an Depressionen. Ich kann noch nicht so viel damit anfangen. Was ich weiß, ist, dass ich so nicht weitermachen kann. Immer wieder falle ich in ein Loch und habe das Gefühl mit jedem Mal tiefer zu fallen.«

»Beschreiben Sie doch mal Ihr Leben bisher, gab es einen Auslöser?«

»Ich habe viele Jahre in einer Beziehung gelebt, in der mein Partner mich unterdrückt und über mein Leben bestimmt hat. Am Anfang habe ich es noch als schön empfunden, wenn er Dinge für uns entschieden hat. Irgendwann hat alles ein Ausmaß angenommen, das ich nicht mehr schön fand. Da war es allerdings schon zu spät und ich bin da nicht mehr rausgekommen. Ich durfte meine Freunde nicht mehr sehen oder mich bei ihnen melden. Er hat sogar den Kontakt zu meiner Familie verwehrt. Meine Mama hat noch versucht mir zu helfen, aber auch das hat Ron, so heißt er, abgeblockt. Ich bin Verkäuferin und arbeite in einem Supermarkt. Dort habe ich Nick kennengelernt, der mich dann sozusagen befreit hat. Er hat mir den nötigen Halt gegeben und mich rausgeholt. Als ich dann dachte, dass nun alles gut werden würde und ich nochmal neu anfangen kann, fing alles an. Ich bin mit meinen Gefühlen nicht mehr klargekommen, hab mich bei Nick zuhause zurückgezogen und als ich dann nach Wochen wieder arbeiten gehen wollte, hatte ich eine Panikattacke. Ab da ging es komplett bergab.«

»Danke für Ihre Offenheit, Frau Wagner. Und es ist gut, dass Sie jetzt hier sind. Wir werden alles gemeinsam aufarbeiten und ich werde Ihnen zeigen, wie Sie damit leben können und vor allem achtsam mit sich werden. Auch wenn eine Depression eine Krankheit ist, so ist sie auch immer eine Chance.«

Nach diesen Worten durchströmt Hoffnung meinen Körper. Ein Lächeln breitet sich auf meinem Gesicht aus und ich bin dankbar.

»Ich hoffe wirklich sehr, dass mir das hier helfen wird. Ich möchte einfach wieder normal leben.«

»Das Wichtigste ist, dass Sie offen sind für alles.«

»Ich gebe mir Mühe.«

Sie erklärt mir den Ablauf der Therapie und überreicht mir einen Zettel, der aussieht wie ein Stundenplan.

»Und nun möchte ich Sie Ihrer Gruppe zuweisen. Normalerweise sind Patienten erst einmal zwei Wochen in der Einrichtung, bevor sie einer Gruppe zugewiesen werden. Doch bei Ihnen sehe ich Handlungsbedarf. Ihre erste Gruppenstunde findet gleich nach unserem Gespräch statt.«

Wir verabschieden uns und ich gehe die Treppen hoch zum Gruppenraum.

Auf dem Gang sehe ich einige vor mir, die in dieselbe Richtung gehen. Ich schließe mich an, in der Hoffnung, nicht als die Neue aufzufallen. Zu meiner Verwunderung starrt mich keiner an, als ich den Raum betrete. Das war sonst immer so.

Ich überschaue die Runde. Mit mir zusammen sind wir acht und von jung bis alt ist alles dabei.

Ich setze mich auf einen leeren Stuhl und senke den Blick. Der Therapeut betritt den Raum und setzt sich zu uns.

»Hallo, ich bin Herr Beyer. Wir haben in den nächsten Wochen die Gruppengespräche zusammen. Am besten stellt sich jeder einmal kurz vor.«

Angespannt wünsche ich mir, dass ich nicht die Erste bin. Ich habe Glück, denn er fordert einen Mann neben sich auf zu beginnen.

»Hallo, ich bin Gerhard, bin 69 Jahre alt und habe Depressionen. Ausgelöst durch die Angst, nicht mehr gebraucht zu werden.«

»Hallo, ich heiße Karin und bin 43. Ich quäle mich schon so lange immer wieder mit einem schlechten Gewissen. Und zwar immer dann, wenn ich etwas für mich tue oder kaufe und eben nicht für meine Familie. Ich fühle mich dann, als wäre ich total egoistisch und das macht mich traurig und zieht mich immer mehr runter.«

Noch nie habe ich darüber nachgedacht, dass das kein normales Verhalten sein könnte. Immerhin ist es doch normal, an andere zu denken.

»Ich bin Helen und bekomme seit einigen Monaten immer wieder Panickattaken. Es fing irgendwann bei der Arbeit an und nun bekomme ich sogar Schweißausbrüche, wenn ich einkaufen gehe. Ich habe Stimmungsschwankungen, oft Bauchschmerzen und immer wieder das Gefühl, allein zu sein, obwohl mein Partner neben mir sitzt.«

Mitfühlend nicke ich.

Ich bemerke erst, dass ich an der Reihe bin, als alle Augen auf mich gerichtet sind. Ich fühle mich mit jedem hier im Raum verbunden, habe dieselben Empfindungen und dieselben Erlebnisse gehabt. Was sagt das nun über mich aus?

»Hallo. Ich bin Lena und ich fühle mich gerade zum ersten Mal verstanden. Ich kann mich mit allem, was hier beschrieben wurde, identifizieren. Ich habe mich aus einer toxischen Beziehung befreit und dachte, ich könnte neu anfangen. Ich hatte auch schon einige Panikattacken und möchte einfach wieder normal leben können. Ohne Ängste, ohne Zweifel und vor allem ohne immer wieder in dieses Loch zu fallen und traurig zu sein.«

Als mir alle verständnisvoll zunicken, bin ich zu Tränen gerührt. Auf einmal bin ich mich nicht mehr allein. Ich spüre eine tiefe Verbundenheit zu all diesen Menschen und ihren Schicksalen.

Zurück in meinem Zimmer, stehen da plötzlich ein paar Koffer neben dem Kleiderschrank. Am Fenster erblicke ich eine Frau mit langen, dunklen Haaren, sie schaut nach draußen und dreht sich um, als sie mich bemerkt.

Ich schaue in ein wunderschön lächelndes Gesicht. Sie kommt auf mich zu und begrüßt mich.

»Hey, ich bin Caro. Wir werden wohl einige Zeit zusammen verbringen.«

Völlig fasziniert von ihr stammle ich: »Hey, ich bin Lena. Jetzt bin ich endlich nicht mehr allein in diesem großen Zimmer.«

Sie lacht und auch ich kann mir ein kleines Lächeln entlocken.

»Ich bin seit Silvester hier.«

Sie setzt sich auf ihre Bettkante und schwingt mit den Beinen vor und zurück.

»Ich weiß zwar noch nicht genau, warum ich hier bin, aber meine Familie und einige Freunde meinten, das wäre wohl das Beste für mich. Warum bist du hier?«

Die Frage hallt in meinem Kopf nach und ich suche verzweifelt nach einer passenden Antwort. Die ganze Geschichte zu erzählen, wäre etwas zu viel, zumal ich sie gerade erst kennengelernt habe.

»Ich schaffe es einfach nicht, einen normalen Alltag zu haben. Ständig habe ich Gefühlsschwankungen und manchmal habe ich das Gefühl, in ein tiefes Loch zu fallen. Ich kann kaum noch arbeiten gehen.«

Sie denkt kurz nach und fragt dann: »Meinst du nicht, du bist einfach nur zu faul zum Arbeiten? Oder denkst du, da steckt wirklich mehr dahinter?«

Ich schaue sie mit aufgerissenen Augen an und versuche, den Satz anders zu deuten, als sie ihn gerade gesagt hat. Aber egal wie ich ihn drehe und wende, er ist und bleibt beleidigend und herablassend.

Bevor ich ihr antworten kann, werde ich von einer Schwester erlöst. Sie nimmt Caro mit an die Anmeldung und ich spüre, wie sich ein Kloß aus Wut, Traurigkeit und Fassungslosigkeit in meinem Hals bildet. Was nimmt sie sich nur raus, so etwas zu behaupten? Sie kennt mich doch gar nicht. Und doch beginnen meine Gedanken zu kreisen und ich frage mich, ob etwas dran sein könnte an ihrer Behauptung. Zum

Glück schaffe ich es, den Gedanken wieder zu verwerfen, denn ich bin immer gern arbeiten gegangen und möchte das auch wieder tun.

Die nächsten Wochen sind zäh. Trotz eines straffen Programms bestehend aus Gruppen- und Einzeltherapien scheint die Zeit oft stillzustehen. Ich habe mich mit einigen Gleichgesinnten angefreundet und auch der Gruppenzusammenhalt ist wirklich schön.

Während einer Übung gerate ich das erste Mal an meine Grenzen. Jeder in der Gruppe bekommt einen Partner. Diesem sollen wir uns gegenüberstellen. Im nächsten Schritt stellen wir unsere Füße aneinander, Fußspitze an Fußspitze, und halten uns dabei an den Händen. Nun gilt es, sich gleichzeitig zurückzulehnen. Wir sollen uns darauf verlassen, dass der andere unser Gewicht ausgleichen wird, dass er uns halten wird und wir nicht stürzen werden.

Ich schaffe es nicht. Ich kann mich einfach nicht nach hinten lehnen und mache jedes Mal einen Ausfallschritt. Verunsichert schaue ich in Tobias‘ Augen, meinem Partner für diese Übung, und erhalte ein sanftes Lächeln. Tobias ist ein schlanker Mann, der ungefähr einen Kopf größer ist als ich. Er hat grüne Augen, kurze verwuschelte Haare und ein wirklich schönes Lächeln. Er wollte Bodybuilder werden und hat nun gemerkt, dass ihn das ganz schön kaputt gemacht hat. Eigentlich müsste ich Vertrauen haben, das er mich halten kann, doch ich kann einfach nicht.

Nach der Übung sitzen wir zusammen und werten aus. Es war eine Vertrauensübung und mir wird schmerzlich bewusst, das mein Vertrauen in andere Menschen und in mich selbst kaum vorhanden ist.

Als ich zurück in mein Zimmer gehe, bin ich froh, dass Caro gerade nicht da ist. Mein Kopf dröhnt vor lauter Gedanken und ich brauche Zeit für mich.

Ich lasse mich aufs Bett fallen und starre die Decke an.

Ich denke an Nick und beginne, die letzten Wochen zu reflektieren. Zuhause gab es keinen Grund, ihm zu misstrauen, aber seitdem ich hier bin, habe ich öfter Gefühle, die ich so gar nicht kenne.

Mir wird bewusst, dass ich zu wenig über Nick weiß. Zwar kenne ich seine Essgewohnheiten, seinen Musik- und Filmgeschmack und weiß, dass er Industriemechaniker ist und in einer Fabrik arbeitet, die Metalldosen herstellt, doch über seine Familie und Freunde weiß ich so gut wie nichts.

Ich spüre, wie sich mein Magen zusammenzieht. Was, wenn er gerade eine Andere bei sich hat? Wenn ihm das alles zu viel ist? Immerhin sind wir noch nicht lange zusammen.

Ich beschließe, ihm eine Nachricht zu schreiben.

Die Minuten vergehen und es kommt keine Antwort. Eigentlich hätte es ja klar sein müssen. Immerhin ist er kein Kind von Traurigkeit und noch dazu sieht er einfach atemberaubend aus. So jemand bleibt doch nicht allein und wartet auf seine Freundin, die gerade in der Klapse sitzt.

Nachdem weitere zehn Minuten ins Land gegangen sind, pfeffere ich das Handy in die Schublade meines Nachtschranks und stapfe in den Gruppenraum.

Dort haben es sich ein paar auf der Couch und den umliegenden Stühlen vor dem Fernseher gemütlich gemacht. Tobias bietet mir einen Platz auf dem freien Stuhl neben sich an, den ich dankend annehme. Ich bin froh, dass niemand etwas sagt und auch ich nicht reden muss.

Kurz bevor ich mich schlafen lege, kann ich nicht anders als doch noch einen kurzen Blick aufs Handy zu werfen. Sofort bereue ich es, denn ich habe noch immer keine Nachricht von Nick.

Wieder schmeiße ich das Handy in die Schublade, drehe mich auf die Seite, decke mich zu und starre auf die Wand, bis mir die Augen zufallen.

Als ich wieder aufwache, gilt mein erster Gedanke Nick. Ich hole das Handy aus der Schublade und sehe endlich das erlösende Nachrichtensymbol auf dem Display.

> Hey Baby, entschuldige die späte Nachricht, ich konnte zwischendrin nicht. Ein paar Maschinen haben heute Probleme gemacht und meine volle Aufmerksamkeit gefordert. Ich hoffe, es ist alles gut? Du fehlst mir. Ich liebe dich.

Obwohl er nur liebe Worte geschrieben hat, schafft es mein Kopf dennoch, sich die wildesten Geschichten zusammenzureimen. Szenen, wie Nick sich mit einer anderen Frau vergnügt, entstehen in meinem Kopf.

Die nächsten Stunden laufe ich wie ein Roboter durch die Gegend, bis ich meine Einzeltherapie habe.

Mit geschickten Fragen schafft es, die Psychologin immer wieder, meine Gedanken komplett umzuwerfen. Was bleibt, ist ein gutes Gefühl. Es ist, als würde plötzlich alles einen Sinn ergeben und meine Gedanken in die richtigen Bahnen gelenkt werden.

»Alles ist Kopfsache, Frau Wagner. Fragen Sie sich, warum Sie darüber nachdenken, dass Ihr Freund jetzt in dieser Sekunde eine andere Frau bei sich haben könnte? Was denken und fühlen Sie, wenn Sie es sich vorstellen?«

Ich gebe den Gedanken Raum. Zum Schluss bin ich den Tränen nahe.

»Was sehen Sie?«, fragt Frau Lehmann.

»Eine schlanke Frau mit langen dunklen Haaren. Sie ist sexy und selbstbewusst. Sie weiß, was sie will, und das nimmt sie sich auch.«

»Wer denken Sie ist diese Frau?«

Unweigerlich muss ich an Anny denken. Eine Freundin von früher, die immer etwas schöner, klüger und selbstbewusster war als ich.

Der Gedanke an sie macht mich wütend.

»Ich möchte das sein. Ich möchte diese Frau sein. Hübsch, selbstbewusst und klug.«

»Und wenn ich Ihnen jetzt sage, das Sie das bereits sind und all das schon in Ihnen steckt?«

»Dann würde ich Ihnen nicht glauben, weil es sich nicht so anfühlt. Ich meine, sehen Sie mich doch mal an.«

»Das tue ich und ich sehe es bereits.«

Ich wische meine Tränen aus den Augen und ein kleines Lächeln formt sich auf meinen Lippen.

Wieder einmal hat sie die richtigen Worte gefunden und die richtigen Fragen gestellt, die mich zum Umdenken bringen.

Zwei Wochen lang gehe ich mit meiner Gruppe von Therapie zu Therapie. Auch Caro ist mittlerweile zu uns gestoßen. So richtig warm werde ich mit ihr nicht. Doch irgendwie verläuft unser Zusammenleben trotzdem recht harmonisch.

Als Woche vier in der Klinik beginnt, spüre ich eine Veränderung.

Nick, der ab der dritten Woche fast jeden Tag zu der Besuchszeit da war, wurde nun angehalten, nur noch zwei Mal in der Woche zu erscheinen. Das wirft mich ganz schön aus der Bahn.

An diesem Morgen ist nicht nur der Himmel grau, sondern auch ich sehe richtig farblos aus. Doch das ist nicht alles. Meine Emotionen sind verschwunden. Ich kann nicht lachen, weinen, wütend sein oder sonst etwas. Da ist nichts. Als hätte mein Körper alles in sich eingeschlossen.

Dieser Zustand hält fast zwei Wochen an. Mittlerweile verstehe ich, wenn jemand mit Depressionen sagt, er kann nicht mehr. Ich brauche ebenfalls einen Ausweg. Die Therapeutin bietet mir an, die Depression mit Tabletten zu behandeln, doch ich lehne ab. Zu groß ist die Angst, nicht mehr davon wegzukommen, und wie ein Zombie durch die Gegend zu laufen.

Als endlich wieder ein Besuchstag ansteht, sitze ich mit Nick im Auto auf dem Parkplatz etwas abseits der Klinik. Er hat mir Schokolade mitgebracht, die ich besonders gern mag.

»Kann ich noch irgendwas tun?«

»Ich weiß es nicht.«

Ich starre völlig emotionslos aus dem Fenster. Nick tut mir leid. Ich weiß, er würde mir gern helfen. Aber ich weiß nicht wie. Keine Ahnung, wie ich aus diesem Loch wieder rauskommen soll.

Wir beobachten eine Katze, die den Parkplatz entlangläuft. Sie stolpert über einen Stein und explosionsartig fange ich an, lauthals zu grölen. Ich bekomme mich gar nicht mehr ein und lache, während mir Tränen wie Bäche die Wangen runterlaufen. Der Knoten ist geplatzt. Alle Emotionen suchen sich gleichzeitig den Weg nach draußen. Ich weiß gar nicht, wie mir geschieht. Nur, dass es sich ganz wunderbar anfühlt, alles rauslassen zu können.

Nick hat in mein Lachen eingestimmt und reicht mir ein Päckchen Taschentücher. Auch wenn er etwas irritiert ist, so scheint er sich mit mir zu freuen.

Ich weiß nun, dass ich meine Gefühle nie mehr unterdrücken, mich verstecken oder dafür schämen werde. Denn das Schlimmste ist nicht, nicht zu fühlen, sondern nichts zu fühlen.

Die Tage vergehen mal langsam und mal schneller. Auch wenn jeder Tag strukturiert ist, so passiert dennoch immer etwas Neues. Meistens in mir. Vorher war mir das nie bewusst. Es war immer leichter für mich, Probleme anderer Menschen zu klären und zu beseitigen, als meine eigenen. Ich empfand es als egoistisch, an mich zu denken, und dachte immer, meine Erfüllung darin zu finden, anderen zu helfen. Doch jetzt bemerke ich, dass ich durchaus an mich denken kann, ohne dass es egoistisch ist.

Heute bin ich sehr in meine Gedanken vertieft. Ich versuche herauszufinden, was sie mir mitteilen möchten. Was ich fühle und denke.

Dann beginnt der Therapeut uns eine kleine Geschichte zu erzählen.

»Stellt euch vor, ihr sitzt in einem Flugzeug. Es gibt Turbulenzen und die Sauerstoffmasken kommen von der Decke. Stellt euch vor, was passiert, wenn ihr euren Sitznachbarn helft, eine Maske aufzusetzen, anstatt zuerst euch selbst eine zu nehmen.«

Er wartet kurz und schaut in die Runde.

»Durch den enormen Druck werdet ihr keine Luft mehr bekommen. Wenn ihr Pech habt, sterbt ihr und das, ohne dass ihr jemandem helfen konntet. Und das nur, weil ihr nicht zuerst euch geholfen habt.«

Ich schaue erst auf den Boden und dann in die Gesichter der anderen. Aus der Perspektive habe ich es noch nie betrachtet. Bei allen scheint ein Licht aufzugehen. Das ist eine wichtige Lektion.

»Das heißt, wenn es mir nicht gut geht, dann kann ich mich nicht gut um andere Menschen kümmern.«

»Ganz genau Gerda, so ist es.«

Der Therapeut nickt zufrieden. Alle haben es verstanden und jeder scheint das gerade in sich aufzunehmen.

Wir sollen uns zuerst um unser Wohlergehen kümmern. Denn dann haben wir genügend Kraft, genügend Energie, um anderen eine Hilfe zu sein.

Die Worte hallen lange in mir nach.

Als sich die Zeit in der Klinik dem Ende neigt, gibt mir der Therapeut nach unserem Gruppengespräch noch etwas mit auf den Weg. Er nimmt mich zur Seite und sagt motivierend: »Liebe dich selbst und du kannst jeden heiraten.«

Kapitel 8

Ich steige aus dem Auto und fühle mich merkwürdig. Während sich in mir drin so viel verändert hat, manchmal ein Tornado aus Gefühlen und Gedanken alles verwüstete, sieht hier alles wie immer aus. Kann und soll ich jetzt einfach so weitermachen? Ein nahtloser Übergang?

In den Entlassungspapieren steht, dass ich eine mittelschwere depressive Episode hatte und wieder arbeitsfähig bin. Doch wie stellen die sich das vor? Ich fühle mich nicht geheilt und erst recht nicht im Stande, einfach weiterzumachen wie vor diesem ganzen Mist.

Wenn ich in mich hineinfühle, ist da noch nichts wieder okay. Es braucht Zeit, haben sie gesagt. Und nun bleibt mir nur, geduldig zu sein, mich auf das zu besinnen, was ich gelernt habe, und es anzuwenden.

Viele Dinge sind in den letzten Wochen hochgekommen und ans Tageslicht getreten. Dinge, die ich verdrängt und vergessen hatte.

»Unsere Gehirne vergessen manche Geschehnisse. Aber unser Körper und vor allem unser Nervensystem zeichnet alles auf.«

Das war die Erklärung meiner Therapeutin, als ich so erschrocken und aufgelöst vor ihr saß, wegen dem, was damals war. Vor vielen, vielen Jahren.

Mein Handy klingelt und holt mich ins Hier und Jetzt zurück. Es ist Alice.

»Dieser Mistkerl hat mich verlassen. Die Entfernung ist ihm zu groß. Und das merkt er erst jetzt?«

»Alice, ich …«

»Ich weiß, du hast gerade andere Sorgen, aber könntest du vielleicht trotzdem auf eine Stunde vorbeikommen?«

Jetzt bereue ich, dass ich ihr nicht gesagt habe, wann ich entlassen werde. Wahrscheinlich denkt sie, dass ich schon seit ein paar Tagen zuhause bin.

»Süße, das tut mir total leid, aber ich bin noch nicht mal zur Tür rein. Wir stehen gerade vorm Haus. Ich wurde heute entlassen.«

Stille. Dann ein Rascheln und ein Schluchzen.

»Ach scheiße, das wusste ich nicht. Dann komm erstmal zuhause an. Vielleicht sehen wir uns ja die Tage mal?«

Zum Schluss hin wurde Alice‘ Stimme immer leiser. Sie ist so süß, wenn sie versucht, vorsichtig zu sein. So wirklich kann sie mit meinem Zustand und dem Depressionsthema nicht umgehen. Umso rührender ist es, wie sehr sie sich bemüht.

»Ich denke, das lässt sich machen. Ich melde mich. Kopf hoch!«

Ich lege auf. Es fühlt sich merkwürdig an wieder, im Hier und Jetzt zu sein. Die schützenden Mauern verlassen zu haben. Als wäre ich allem nun wieder schutzlos ausgeliefert.

Wir gehen nach oben und ich packe gleich meine Sachen aus, um nicht erst groß über etwas nachdenken zu müssen. Schon jetzt bin ich überfordert mit all den Geräuschen und Gerüchen. Wenn ich dann noch an die Arbeit denke, merke ich schon, wie sich mein Magen verkrampft. Das hatte ich mir alles anders vorgestellt.

Am Sonntagabend sitze ich völlig aufgelöst auf der Couch und weiß einfach nicht, was ich tun soll. Den ganzen Tag über habe ich mir versucht einzureden, dass ich wieder gesund bin und alles nun wieder besser wird. Aber die Unsicherheit, die Angst, die ständig schwankenden Gefühle sind immer noch da und sie haben mich in ihrer Gewalt. Ständig füllen sich meine Augen mit Tränen. Es ist zum Verzweifeln.

Nick schaut mich besorgt an und schlägt vor, dass ich mir doch lieber noch eine ambulante Therapeutin suchen soll. Und dass es vielleicht nicht verkehrt wäre, sich noch eine Woche krankschreiben zu lassen. Immerhin muss ich mich erst wieder zurechtfinden. In der Klinik hinter schützenden Mauern ist es nochmal etwas anderes.

Ich bin ihm dankbar, dass er mir diese Entscheidung abgenommen hat, und beschließe, seinen Rat zu befolgen.

Am Montagmorgen führt mein Weg also nicht wie ursprünglich geplant zur Arbeit, sondern zum Arzt. Dort angekommen, spüre ich Hitze aufsteigen. Ich kratze an meiner Hand und überlege, was ich der Dame an der Anmeldung gleich sagen soll. Ich hasse diesen Moment, wenn sie fragt, warum man da ist.

Da höre ich, wie die Frau vor mir schlicht und einfach sagt, dass sie in die Sprechstunde möchte. Worauf die Schwester nicht weiter fragt, warum und weshalb, sondern es einfach hinnimmt.

Ich bin an der Reihe, trete an den Tresen und sage: »Ich möchte bitte in die Sprechstunde.«

Es klappt. Sie fragt nicht weiter nach, liest meine Karte ein und gibt sie mir zurück.

»Nehmen Sie bitte Platz, Frau Wagner.«

Im Wartezimmer fühle ich mich trotzdem unwohl. Allen, aber wirklich jedem hier sieht man an, dass ihm etwas fehlt. Außer mir. Äußerlich sehe ich kerngesund aus. Doch mein Inneres fühlt sich an, als würde gerade jemand versuchen, ein zertrümmertes Haus wieder aufzubauen.

»Hallo Frau Wagner, ich habe den Brief aus der Klinik erhalten. Da haben Sie ja noch ganz schön was aufzuarbeiten. Wie kann ich Ihnen helfen?«

Am liebsten würde ich den Arzt in den Arm nehmen, so dankbar bin ich für seine Worte und zuvorkommende Art. Ich schildere, wie ich mich gerade fühle und was so in mir vorgeht.

»Da ich in der Klinik besser mit meiner Psychologin als dem Psychologen klargekommen bin, würde ich gern ambulant zu einer Therapeutin gehen. Vielleicht können Sie mir ein paar Kontakte vermitteln.«

Er hört aufmerksam zu und notiert sich einige Dinge. Dann überlegt er kurz.

»Ich denke, ein langsamer Wiedereinstieg ins Arbeitsleben könnte Ihnen helfen. Wenn man sich ein Bein gebrochen hat, bekommt man nach der Heilung auch erst einmal Physiotherapie.«

Ich wusste nicht einmal, dass es so eine Möglichkeit gibt, und atme erleichtert auf.

»Das wäre wirklich eine große Erleichterung.«

»Diese Wiedereingliederung war schon bei vielen Patienten hilfreich.«

»Dann möchte ich es gern versuchen. Vielen Dank.«

Wir lächeln uns an.

Erleichtert gehe ich mit einer Krankschreibung und einer Liste mit Psychologinnen, bei denen ich anfragen kann wieder nach Hause.

Die Idee mit der stufenweisen Wiedereingliederung finde ich genau richtig. Das möchte ich auf jeden Fall versuchen.

Zuhause angekommen, setze ich mich mit einer Tasse Tee ans Fenster und lasse die letzten Wochen in der Klinik Revue passieren. Es hat angefangen zu regnen, ich schaue den Tropfen zu, wie sie am Fenster runterlaufen.

Wehmütig stelle ich fest, dass ich noch nie in meinem Leben so viel Zeit damit verbracht habe, über mich und meine Gefühle nachzudenken. Ich hätte niemals gedacht, dass das wichtig wäre. Habe immer geglaubt, es wäre egoistisch, an sich zu denken.

Fast den ganzen Tag verbringe ich sitzend vor dem Fenster. Der Regen hat etwas Meditatives und beruhigt mich.

Als es Abend ist, schlüpfe ich müde aus meinen Klamotten, streife mir meinen Pyjama über, kuschle mich im Bett ein und schalte den Fernseher an.

Es dauert eine Weile, bis ich realisiere, dass tatsächlich jemand meinen Namen ruft und es nicht nur ein Traum ist. Nick ist von seiner Schicht nach Hause gekommen und versucht, mich zu wecken.

»Wie geht es dir?«, erkundigt er sich.

Ich erzähle ihm von meinem Arztbesuch und wie ich den restlichen Tag ganz unspektakulär vorm Fenster verbracht habe.

»Das mit der Wiedereingliederung klingt wirklich gut.«

»Ja, das finde ich auch. Wie war es bei der Arbeit?«

Er setzt sich neben mich aufs Bett und streichelt meinen Arm entlang zu meiner Hand.

»Ach, wie immer. Die Maschinen funktionieren und die Produktion läuft.«

Wir lächeln uns an.

»Sag mal, hast du heute überhaupt etwas gegessen?«

Ich schaue ihn an wie eine kleine Katze, die weiß, dass sie Mist gebaut hat, und er muss grinsen.

»Nein, ich hatte einfach keinen Hunger.«

»Ist doch in Ordnung. Morgen koche ich uns etwas und du wirst nicht widerstehen können!« Er zwinkert mir zu, zieht sich aus und kuschelt sich zu mir unter die Bettdecke.

Die ersten Tage zuhause vergehen schnell und ich versuche jeden Tag, etwas Routine in den Alltag zu bringen. Jedoch ist alles nur anstrengend und stresst mich. Ich werde immer genervter von mir selbst und auch auf Nick scheint es langsam ein wenig überzugehen.

Ich kann mich selbst gerade nicht leiden. Will aber umso mehr, dass er es tut. Dass er mich liebt und mir Liebe gibt. Vielleicht gerade, weil ich es selbst im Moment nicht kann.

Eine neue Woche naht und ich möchte wieder arbeiten gehen. Ich bin es leid, durch die Wohnung zu schleichen wie ein Zombie und antriebslos zu sein. Es muss nun endlich vorangehen.

Der Plan der Wiedereingliederung sieht zu Beginn erstmal zwei Stunden vor. Das ist auf jeden Fall machbar.

Es gibt Tage, da verfluche ich den Psychiater und die Klinik. Denn dadurch wurde meiner Meinung nach erst alles so richtig aufgewühlt. Ich habe mir nie Gedanken darüber gemacht, welche Folgen die Beziehung mit Ron und sein Verhalten für mich haben. Der Drang, immer perfekt für ihn sein zu wollen, damit er mir Anerkennung schenkt und ich ihn vor allem nicht verärgere. Das alles hat Spuren hinterlassen.

Nick tut mir leid, denn er muss sich neben der Arbeit um mich und all das kümmern, wozu ich gerade nicht in der Lage bin.

Doch das soll nun aufhören, ich will das so nicht mehr. Ich bin eine erwachsene Frau und werde mich auch so verhalten.

Gesagt, getan. Der erste Tag wieder auf Arbeit verläuft ganz gut.

Von den Kolleginnen sind in der Zwischenzeit nur noch zwei da, die ich kenne. Alle anderen sind neu. Einige Wochen vergehen und es scheint mir immer besser zu gehen. Ich habe meine Routine zurück und konzentriere mich voll auf die Arbeit und Nick.

Nur bei den Freizeitaktivitäten lehne ich öfter ab, da ich merke, dass es mir zu viel ist. Meistens schiebe ich einen anderen Grund vor, damit Nick nicht genervt ist, weil es wieder um mich und meine Psyche geht.

Mit den neuen Kolleginnen komme ich leider überhaupt nicht klar. Sie schaffen es immer wieder, mich in stressige Situationen zu bringen. Einmal stellen sie mich sogar vor einem Kunden bloß.

»Frau Wagner ist selten hier und kennt sich nicht so gut aus, außerdem ist sie etwas eigen, was den Umgang mit ihren Mitmenschen angeht. Aber ich zeige Ihnen gern, wo Sie das Waschmittel finden.«

Die Geschehnisse häufen sich, es ist fast schon so, als würden sie mich loswerden wollen. Bei der Arbeit versuche ich, standhaft zu bleiben, sehe über das Meiste hinweg. Erst zuhause breche ich zusammen.

Eines Nachmittags bekomme ich endlich eine positive Nachricht. Eine Psychologin, der ich aufs Band gesprochen hatte, meldet sich und bietet mir einen Therapieplatz an. Erleichtert sage ich zu und wir machen die ersten Stunde für die kommende Woche aus.

Mit Nick bin ich nun schon fast ein Jahr zusammen. Die Beziehung hat sich mit der Zeit sehr verändert. Das Kribbeln, das ich am Anfang unserer Beziehung noch sehr oft hatte, ist verflogen. Wir sind vom Verliebtsein zur Liebe übergegangen und unser Zusammensein ist nun vertrauter als am Anfang. Leider habe ich manchmal das Gefühl, wir würden nur noch nebeneinanderher leben. Trotzdem liebe ich ihn nach wie vor so sehr. Ich habe das Bedürfnis, das Uns wieder mehr aufleben zu lassen. Doch ich weiß nicht wie. Der Job ist durch die Kolleginnen und die gesteigerte Stundenanzahl so anstrengend geworden, dass er mich selbst nach Feierabend komplett einnimmt. Ich ziehe mich immer mehr zurück und unterdrücke meine Gefühle. So ist es gerade am einfachsten. Ich funktionierte einfach. Und das ist richtig so für mich.

Nick trifft sich wieder öfter mit seinen Freunden und geht auch abends immer wieder ohne mich weg. Irgendwann fragt er nicht einmal mehr, ob ich mitgehen möchte. Verständlich, denn er kennt meine Antwort bereits, auch wenn ich mir immer etwas überlegt habe, um das Wort Nein nicht in den Mund nehmen zu müssen.

Alice ist mittlerweile mein zweites Zuhause geworden. Ich besuche sie fast jeden Tag. Bei ihr kann ich einfach sein. Ohne blöde Fragen und ohne das Gefühl zu haben, mich rechtfertigen zu müssen.

Auch wenn wir uns einmal nichts zu erzählen haben, ist das Schweigen mit ihr nie unangenehm. Wir sitzen auf ihrer geblümten Couch, schauen uns schmalzige Bollywoodfilme an und stopfen uns mit Cheese and Onion Chips voll.

Die Monate vergehen und ich verabschiede mich von meiner Psychologin. Ich brauche jemanden, der mir mit meinem Verhalten hilft, mir die richtigen Fragen stellt und nicht nur zuhört. Zum Abschied sagt sie noch: »Sie werden den Rest Ihres Lebens mit dieser Erkrankung leben. Doch Sie können es schaffen, gut damit zu leben. Es wird Sie näher zu sich bringen, wenn Sie es zulassen.«

Es scheint bergauf zu gehen und so habe ich die Suche nach einer anderen Therapeutin erst einmal eingestellt. Zumindest läuft alles besser und ich werde nicht mehr so schnell aus der Bahn geworfen, wenn mal wieder etwas nicht nach Plan läuft.

»Bringst du das Knabberzeug mit?«, rufe ich in die Küche, wo Nick gerade noch dabei ist, das restliche Geschirr in die Spülmaschine zu räumen. Heute Abend darf ich mir einen Film aussuchen. Am Anfang unserer Beziehung wäre mir das nie im Traum eingefallen, ich war viel zu sehr damit beschäftigt, was er dann von mir halten könnte.

Nick lässt sich neben mich auf die Couch fallen und reicht mir das Knabberzeug. Zu meiner Filmauswahl erhalte ich ein stummes Nicken. Ich gebe mir große Mühe, nicht zu viel in sein Verhalten zu interpretieren, denn das tue ich ständig.

Warum auch immer, er lässt sich selten in die Karten schauen und ist dann immer so in sich gekehrt. Ich sollte endlich aufhören, immer in alles Mögliche etwas hineinzuinterpretieren. Er ist eben, wie er ist, und das ist in Ordnung.

Ich kuschle mich an Nick und schaue ihn an.

»Weißt du eigentlich, wie dankbar ich bin, dass du das alles mit mir durchstehst?«

Sein Blick ist weiterhin starr auf den Fernseher gerichtet.

»Lena … ich liebe dich … aber ich möchte wieder Single sein.«

Kapitel 9

Noch nie in meinem Leben musste ich etwas unterschreiben, das ich nicht will. Mit meiner Unterschrift ist unsere Beziehung nun auch auf dem Papier beendet. In drei Monaten wird Nick wieder allein hier wohnen.

Kurzerhand packe ich meine Sachen und gehe zu Alice. Ich ertrage es nicht eine Sekunde länger, hier zu sein. Dieses Gefühl, nicht mehr willkommen zu sein, erdrückt mich fast.

Mein Herz ist gebrochen und mein Kopf versteht nicht, was eigentlich passiert ist. *Ich liebe dich* zu sagen, einen gleichzeitig wegzustoßen und aus seinem Leben zu streichen, passt einfach nicht zusammen.

Ich muss neu anfangen, mir eine eigene Wohnung suchen. Ich hasse den Gedanken, allein zu sein, schon jetzt. Noch nie war ich allein, nicht so.

Als ich meinem Vater heulend in die Arme gefallen und meinen Eltern alles erzählt habe, haben sie mir sogar angeboten, wieder zuhause einzuziehen. Und tatsächlich denke ich darüber nach, aus Angst, ins Nichts abzustürzen.

Ich bereue es, direkt nach der Trennung von Ron zu Nick gezogen zu sein. Sicher war es zu früh. Und alles zu viel. Ich war zu viel. Oder zu wenig. Ich weiß es nicht.

Wir haben in den letzten Wochen nicht noch einmal über das Thema gesprochen. Vielleicht will ich die Wahrheit auch nicht hören und habe Angst davor, was er sagen würde. Ich weiß es nicht. Aber ich habe einfach nicht den Mumm dazu. Also nehme ich alles schweigend hin.

Eine neue Wohnung zu finden, ist nicht schwer, denn ich habe keinerlei Ansprüche oder Vorstellungen. Ich brauche im Grunde nur etwas, um meine Sachen unterzustellen. Die meiste Zeit verbringe ich sowieso bei Alice. Sie wohnt in einer Wohngemeinschaft und hat sogar angeboten, ihr Zimmer mit mir zu teilen. Allerdings halte ich das für keine gute Idee. Zu oft sind Dinge zerbrochen, sobald ich mit jemanden zusammen gewohnt habe. Das will ich bei Alice auf keinen Fall riskieren.

Nach der Besichtigung der ersten Wohnung unterschreibe ich den Vertrag, ohne groß darüber nachzudenken.

Ich habe keine Ahnung, wie man sich nach so einer Trennung verhält, wenn sich beide ganz offensichtlich noch lieben, aber einer nicht mehr möchte. Besonders, weil ich die Gründe nicht kenne.

Meine Gefühle schwanken von wütend zu traurig. Nach und nach scheint eine dunkle Wolke über mich ziehen. Ich funktioniere einfach nur, weil alles andere so weh tut, dass ich denke, es würde mich umbringen, wenn ich es zulasse.

Auch bei der Arbeit wird es immer schlimmer. Die neuen Kolleginnen treiben mich in den Wahnsinn. Sie schikanieren mich, wo sie nur können. Ich weiß nicht, was ich ihnen getan habe, und mittlerweile bin ich zu müde, um nach Gründen zu suchen. Nichts fühlt sich mehr nach Leben an. Alles ist nur noch grau und trüb.

Meine neue Wohnung ist so unfassbar winzig, dass wirklich nur ein Bett, ein Schreibtisch und eine Kommode reinpassen. Nichts mehr mit großem Kleiderschrank oder einer gemütlichen Couch. Ich muss mich zwischen einem Bett oder einem Sofa entscheiden.

Nick will sich unbedingt vor dem Umzug mit mir zusammensetzen, um zu klären, wer was bekommen soll und braucht. Für mich hört sich das so an, als soll ich alles mitnehmen, was ich gekauft habe. Am liebsten würde ich ihm alles überlassen. Aber mein Gehirn scheint noch zu funktionieren. Also entscheide ich mich für die Kommode, den Fernseher aus dem Schlafzimmer und einige Küchenutensilien. Sogar den Schreibtisch kann ich mitnehmen.

Nach dem Auspacken der Kisten lasse ich mich auf meine Schlafcouch fallen. Ein guter Kompromiss denke ich, während ich den Stoff der Couch glatt streiche. Das ist es nun, mein neues Zuhause. Tränen laufen über meine Wangen und ich lasse sie gewähren.

Um mir mein neues Leben leisten zu können, muss ich wieder Vollzeit arbeiten gehen. Das heißt, ich werde diese unmöglichen Menschen nun fast täglich acht Stunden aushalten und ertragen müssen. Ein Gedanke, der Brechreiz in mir auslöst.

Wann immer ich das Gefühl habe, die Wohnung würde mich erdrücken, flüchte ich zu Alice. Wir feiern Pyjamapartys, schauen schnulzige Filme und gehen zusammen spazieren. Diese kleinen Momente fühlen sich nach Normalität an und trotzdem fehlt jede Sekunde etwas in meinem Leben. Jemand.

Einige Wochen vergehen und Nick meldet sich wieder öfter. Ich weiß nie, ob ich mich über seine Nachrichten freuen oder ihn dafür hassen soll. Doch im Moment kann ich noch nicht komplett abschließen. Da sind immer noch so viele Gefühle und Ängste. An manchen Tagen denke ich sogar, dass wir wieder zusammen kommen, gleich um danach wieder einen Dämpfer zu erhalten. Es tut weh, zu wissen, dass er mit mir spielt. Doch ich kann es nicht aufhalten. Ich will es nicht aufhalten. Immerhin liebt er mich auch, das hat er an dem Abend auf der Couch gesagt. Also muss es doch noch Hoffnung geben.

Ich klammere mich an jeden winzigen Strohhalm. Bis wir uns sogar wieder ab und zu sehen. Wir gehen zusammen weg, haben Spaß und an manchen Abenden kommt er noch mit zu mir und wir verbringen die Nacht zusammen. Es fühlt sich wunderschön an, bis er dann am nächsten Morgen wieder verschwindet, als wäre er nie da gewesen.

Ich weiß absolut nicht, wie ich mich verhalten soll. Ob und was ich ihm schreiben soll. Meistens versuche ich den Drang, mich zu melden, zu unterdrücken. Ihm zu zeigen, dass er nicht mit mir spielen kann. Aber dann starre ich umso häufiger auf mein Handy und hoffe so sehr auf eine Nachricht, dass es weh tut. Es schmerzt. An jedem verdammten Tag. Ich weiß, dass mir das nicht guttut. Dennoch möchte ich kämpfen, weil ich weiß, dass da noch etwas ist. Dass uns immer noch etwas verbindet.

Ich habe wieder öfter Kontakt zu Freunden aus meiner Heimat. Das tut gut, ist eine gelungene Abwechslung und lässt mich wieder öfter in die Zeit zurückreisen, als noch alles in Ordnung war.

Allmählich habe ich das Gefühl, Alice mit dem Thema Nick zu nerven. Verständlich, denn seit über einem halben Jahr ist es ein ständiges Auf und Ab. So viele Tage, an denen ich mich selbst nicht sehen kann. Der ständige Drang, mich zu verändern, die Person zu werden, die Nick möchte, damit ich ihn zurückgewinnen kann. Das alles ist sehr anstrengend.

Wann immer ich Zeit finde, schreibe ich meiner Freundin Hazel aus meiner Heimat. Als ich mit Ron zusammen war, ist der Kontakt zu ihr fast komplett zum Erliegen gekommen. Wie es auch bei allen anderen meiner Freunde war.

> Lena, sag mal, was hältst du davon, mich für eine Woche oder so zu besuchen? Wir haben uns so lange nicht gesehen.

Ich halte inne und frage mich, warum ich noch nicht selber auf die Idee gekommen bin.

> Das ist eine der besten Ideen, die du je hattest. Ich frage morgen gleich mal meine Chefin. Ich will mich aber nicht aufdrängen!

> Ach so ein Quatsch. Außerdem habe ich dich ja gefragt.

Ich sprudle fast über vor Glück, als meine Chefin den Urlaub so kurzfristig genehmigt.

Bereits zwei Tage später steht Hazel freudestrahlend unten auf der Straße vor dem Haus, um mich abzuholen. Ich hieve meinen riesigen Koffer die Treppen runter und komme mir mit jeder Stufe dämlicher vor, weil er so riesig ist und es aussieht, als würde ich für ein Jahr weggehen.

Als ich unten ankomme, die Tür aufmache und sie mich in ihre Arme schließt, ist auf einmal alles egal. Der zu große Koffer, mein Job, Nick und alles Leid scheint für einen Moment verflogen zu sein.

Wir packen den Koffer ins Auto und fahren los.

Ich beschließe, meiner Mama noch schnell eine Nachricht zu schreiben und Bescheid zu sagen, damit sie sich keine Sorgen macht. Und dann mache ich einen drastischen Schritt und schalte mein Handy einfach aus.

Die ganze Fahrt über reden wir und singen zur Musik im Radio. Es tut so unfassbar gut. Als hätte ich alle Sorgen zuhause gelassen. Je näher wir der Autobahnausfahrt kommen, desto besser fühle ich mich.

Schmetterlinge tanzen in meinem Bauch und alles ist so schön leicht und unbeschwert. Ich bin Hazel so dankbar, dass sie sich gemeldet hat.

Während wir durch die vielen kleinen Dörfer fahren, genieße ich jede Sekunde. Hier bin ich aufgewachsen, hier habe ich vierzehn Jahre meines Lebens verbracht. Bis ich mit meinen Eltern in die über 100 Kilometer weit entfernte Stadt gezogen bin. Hier war immer alles gut – bis auf die typischen Teenieprobleme, doch die erscheinen mir im Vergleich zu jetzt einfach nur winzig. Hier kann ich endlich einfach wieder ich sein. Nicht mehr und nicht weniger.

Als ich es mir im Gästezimmer gemütlich gemacht habe, setzen wir uns raus in den Garten. Ich atme tief durch und genieße die Aussicht. Mein Handy habe ich ausgeschaltet im Zimmer gelassen. Während der Fahrt hatte ich sogar kurz überlegt, es wie im Film aus dem Fenster zu schmeißen, mich aber dann doch nicht getraut. Ich werde versuchen, es so lange wie möglich aus zu lassen. Nick soll sehen, dass ich auch ohne ihn kann und dass er nicht jedes Mal rufen kann, wenn ihm danach ist, um sich dann tagelang nicht zu melden.

Hazel und ich unterhalten uns bis tief in die Nacht und ich erzähle ihr einfach alles. Von Ron, der Klinik, Nick und meiner Arbeit. Uns verbindet eine lange Freundschaft und auch wenn wir ewig nichts voneinander gehört haben, fühlt es sich an, als hätten wir erst gestern Kontakt gehabt.

»Lena, ich glaube, du musst ihn gehen lassen. Auch wenn er dich vielleicht wirklich noch liebt, aber er hat Schluss gemacht und das solltest du auch. Du musst nach vorn schauen. Und was deinen Job angeht, such dir eine neue Stelle. Du musst dich von denen nicht fertigmachen lassen.«

»Aber dann haben sie doch, was sie wollen. Mich loswerden. Und Nick, er liebt mich, das weiß ich und es gibt so viele Momente, in denen er mir das zeigt. Ich kann ihn nicht loslassen,« sage ich mit Tränen in den Augen, bei dem Gedanken, ihn wirklich aufzugeben.

»Ich weiß, dass es dir gerade so vorkommt, als könntest du das nicht, aber das, was ihr da macht, wenn er sich meldet, springst du. Das geht nicht Lena. Er hat es beendet, also zieh du auch einen Schlussstrich.«

Es tut weh, weil ich weiß, dass sie recht hat. Weil sie gerade all das ausgesprochen hat, was ich tief in mir drin schon weiß.

Hazel ist diejenige, die mir gerade einen Spiegel vors Gesicht hält. Ich lege meinen Kopf auf ihren Schoß und weine. Ich weine die ganzen letzten Monate aus, vergieße all die Tränen, die ich in dieser ganzen Zeit zurückgehalten habe. Weil ich tapfer sein wollte, stark.

Hazel streicht sanft über meine Haare und ich fühle mich so geborgen und verstanden wie schon so lang nicht mehr. Und dann erzählt sie mir von sich.

Sie ist mittlerweile verheiratet, hat ein tolles Haus mit Blick über das ganze Dorf. Die saftigen Wiesen, dieses wunderschöne Grün, das hat mir alles so gefehlt. Es ist, als wäre die Zeit hier stehen geblieben.

Als ich im Bett liege, halte ich mein Handy in der Hand. Mein Kopf streitet mit meinem Herz, ob ich es anschalten soll. Ich gehe alle Optionen durch und wäge ab, bis ich es schließlich beiseitelege und mich in die Decke einkuschele.

Mitten in der Nacht wache ich auf, weil ich es nicht mehr aushalte, und schalte es schließlich doch noch ein. Ungeduldig warte ich auf eine Nachricht oder irgendwas. Nichts. Ich hätte es aus lassen sollen. Keiner vermisst mich. Niemandem ist aufgefallen, dass ich weg bin. Allerdings ist ja auch gerade mal ein Tag vergangen. Enttäuscht lege ich das Handy wieder beiseite und versuche weiterzuschlafen.

Am nächsten Morgen werde ich von Kaffeeduft und dem Geruch von getoastetem Brot geweckt. Ich fühle mich in meine Kindheit zurückversetzt, denn dort roch es morgens bei meinen Großeltern immer genauso.

Frisch geduscht und angezogen, betrete ich mit einem Lächeln die Küche, wo Hazel tänzelnd am Herd steht und gekochte Eier aus dem Topf holt.

Schon früher hat man uns für Geschwister gehalten. Wir beide haben eine zierliche Figur, lange dunkle Haare und braune Augen und wir sind sogar gleich groß.

Der Tisch sieht so einladend aus, dass ich mich fühle, als wäre ich in einem Hotel.

»Aber gewöhn dich nicht dran, das schaffe ich nicht jeden Morgen,« erklärt sie mir grinsend.

Mit einem riesigen Appetit setze ich mich an den schön gedeckten Tisch und lasse meinen Blick über all die tollen Leckereien schweifen. Hazel hat sich wirklich große Mühe gegeben.

Während wir schlemmen, überlegen wir, was wir aus dem Tag machen können. Sie erzählt, wo sie überall hinmuss, und ich ergänze, wo ich gern noch hin möchte. Wir sind uns schnell einig und ich freue mich sehr darauf, einfach mal wieder in der Heimat zu sein. Ich brauche keine riesigen Unternehmungen oder extravagante Ausflüge. Einfach hier zu sein, das genügt mir schon.

Im Auto genieße ich den Ausblick und lasse meine Gedanken schweifen. Hier ein altes Haus, das früher mal bewohnt war, dort ein alter Laden, in den wir als Kinder immer gern gegangen sind. Auch wenn die Zeit an sich stehen geblieben zu sein scheint, so hat sich doch einiges verändert. Und damit meine ich auch uns. Die Leichtigkeit von damals ist nicht mehr da. Nun haben wir Verpflichtungen. Müssen uns um gewisse Dinge kümmern und können nicht mehr den ganzen Tag draußen rumtollen und auf der Schaukel lauthals singen.

Dennoch genieße ich es. Denn es ist eine andere Ruhe hier. Selbst wochentags kommt man sich vor, als wäre Sonntag. Kaum Menschen auf der Straße und manches wirkt wie ausgestorben.

Der Morgen vergeht wie im Flug und zur Mittagszeit finden wir uns wieder in Hazels Küche ein, um gemeinsam Mittag zu kochen. Wir haben uns für Spaghetti entschieden, denn die schmecken einfach immer.

Als das Essen fertig ist, gesellt sich auch Hazels Mann zu uns. Er war einige Tage zum Außendienst weg gewesen. Auch wir kennen uns noch von früher, durch John habe ich Hazel damals kennengelernt.

Witzigerweise konnten Hazel und ich uns zu Beginn der Beziehung der beiden gar nicht leiden. Sie dachte, ich will mehr von ihrem Freund, weil uns eine ausgelassene Freundschaft verbindet, in der wir uns auch gern mal sagen, dass wir uns gern haben. Jedoch haben wir uns nie mehr vorstellen können. Irgendwann waren ihre Ängste verschwunden und eine tiefgründige Freundschaft entstand zwischen uns.

Auch wenn es manchmal weh tut, wenn sie mir einen Spiegel vorhält, so bin ich froh über ihre Offenheit und dass sie immer ehrlich zu mir ist. Immerhin gibt es genug Menschen da draußen, die das nicht können.

»Na John, wie war die Arbeit?«, frage ich und begrüße ihn mit einer Umarmung.

»Tja, da gibt es nicht viel zu erzählen. Schön, dass du uns mal wieder besuchst, das letzte Mal ist lang her.«

»Oh ja, und seitdem ist viel passiert«

»Ich hab schon gehört. Glückwunsch zur Trennung von Ron. Das der nicht gut für dich ist, wusste ich von Anfang an.« Er klopft mir anerkennend auf die Schulter.

»Und trotzdem hast du nie etwas gesagt«, stelle ich etwas traurig fest.

»Weil du schon immer deine eigenen Entscheidungen getroffen hast und mal ehrlich, gegen die rosarote Brille hätte ich eh keine Chance gehabt.«

»Ja, da hast du wohl recht. Ich glaube, das Schlimmste war, das ich mich nicht mehr bei dir melden durfte.«

»Naja, jetzt bist du ja hier und das ist das Wichtigste.«

Wir lächeln uns an und John nimmt mich noch einmal fest in seine Arme. Er ist für mich wie ein Bruder.

»Hast du denn mal wieder etwas von Ana gehört?«, möchte Hazel wissen.

»Das letzte Mal ist schon wieder ewig her, fast zwei Jahr glaube ich. Durch ihren Job ist es eh schon schwer Kontakt zu halten, aber Ron hat das Ganze fast unmöglich gemacht. Einmal habe ich sogar gesehen, dass er ihre Nummer in meinem Handy blockiert hat. Wenn ich es nicht mitbekommen hätte, wäre mir das nie in den Sinn gekommen und ich hätte vergebens auf ein Lebenszeichen von ihr gewartet. Ich hab dann festgestellt, dass er fast alle meine Freunde blockiert hatte.« Beim Gedanken daran steigt Wut in mir auf. Ich war so allein und das nur wegen ihm.

»Naja, eine richtige Freundschaft kann das nicht zerstören. Ich mein, schau uns an, auch wenn wir mal lange keinen Kontakt haben, uns wirst du nicht so schnell los.« Hazel lacht und auch ich muss schmunzeln und bin so dankbar, sie zu haben.

Die Tage verfliegen und schon bald naht das Ende meines Urlaubs. Ich spüre, wie sich alles in mir dagegen sträubt wieder nach Hause zu müssen. Nach Hause, wo ist das überhaupt? Und werde ich jemals wieder eins haben?

Nick hat die ganze Woche nichts von sich hören lassen. Ab und an habe ich mit meiner Mama geschrieben und ihr Bilder geschickt.

Dieses Mal werde ich stark bleiben, und ihn ignorieren, wenn er sich meldet, das schwöre ich mir.

»Lena, du kannst auch gern noch ein wenig länger bleiben, wenn du möchtest. Nur weil ich nächste Woche wieder arbeiten muss, musst du nicht heimfahren, wenn du nicht möchtest.«

Ich wundere mich schon lange nicht mehr, warum Hazel immer genau das ausspricht, was ich denke. Sie kennt mich einfach zu gut und kann Menschen lesen wie offene Bücher.

»Das würde ich wirklich sehr gern. Allerdings habe ich selbst keine Urlaubstage mehr übrig. Das heißt ich muss wohl oder übel zurück.« Ich spüre bis in meine Fußspitzen, dass ich das wirklich nicht will. Dass ich eine Auszeit brauche.

»Ich weiß, du machst das nicht gern, aber was, wenn du dich krankschreiben lässt? Immerhin geht es dir wirklich nicht gut und nur weil man es vielleicht nicht sehen kann heißt da ja nicht dass alles gut ist.«

»Aber ich kann doch nicht einfach hier zum Arzt gehen, meine Chefin denkt, ich mache Urlaub, und schmeißt mich am Ende noch raus.« Während ich diese Worte ausspreche, spüre ich, wie egal mir eine Kündigung wäre. Wie es mal war, ist es schon lange nicht mehr. Und es wird auch nie wieder so werden. Allgemein habe ich keine Lust mehr auf meinen Job, denn ich fühle mich schon lange nicht mehr wohl dort. Ständig bin ich überfordert und würde am liebsten wegrennen. Wann immer ich kann, ziehe ich mich ins Lager zurück und verstecke mich.

»Ach Lena, wenn ein Psychologe oder Arzt verordnen würde, dass du wegen deiner Depression verreisen sollst, dann ist das eben so. Na klar könntest du dir auch Medikamente geben lassen, aber ich denke, davon werden am Ende auch wieder nur die Symptome unterdrückt. Wir haben hier eine ganz tolle Ärztin, mit der du sprechen kannst. Und wenn sie es als falsch ansieht, kann ich dich immer noch heimfahren.«

Hazel schaut mich an und wartet auf eine Antwort. Da ist sie wieder, diese Ehrlichkeit, die ich liebe und gleichzeitig manchmal hasse.

»Ich glaube, du hast recht. Zumindest sagt mir das mein Bauchgefühl. Trotzdem will ich nicht einfach wegrennen und alles stehen und liegen lassen.«

Sie schüttelt energisch den Kopf und nimmt meine Hände. »Du rennst doch nicht weg, du nimmst dir nur eine Auszeit. Wenn du wiederkommst, kannst du dich mit neuer Kraft um alles kümmern und vielleicht hast du dann sogar neue Ansichten zu allem und eine neue Perspektive.«

»Also gut, dann gehe ich morgen zu der Ärztin.«

Sie streichelt meine Wange und ich schlinge meine Arme um sie und flüstere »Danke« in ihr Ohr.

Mit übereinandergeschlagenen Beinen sitze ich im Warteraum der Ärztin und kratze an meiner Hand. Als die letzte Person, die vor mir dran ist, aufgerufen wird, möchte ich am liebsten gehen. Wieder und wieder gehe ich in Gedanken durch, was ich der Ärztin sagen möchte. Ich habe Angst, abgewiesen zu werden. Angst vor dem Unverständnis, das mir schon so oft begegnet ist.

»Frau Wagner, Sie können jetzt ins Sprechzimmer gehen.« Ich nicke und schleiche förmlich ins Zimmer. Eine Tür, die ins Nebenzimmer führt, öffnet sich und eine ältere Dame mit blonden kurzen Haaren kommt rein. Sie strahlt Freundlichkeit aus, Ruhe und irgendwie auch positive Energie. Ich fühle mich sofort besser und meine Aufregung verschwindet.

»Guten Morgen, wie kann ich Ihnen helfen, Frau Wagner?«, begrüßt sie mich und reicht mir ihre Hand, während sie sich setzt. Und dann sprudelt alles aus mir heraus, die letzten Wochen und Monate in Kurzform. Alles, was ich mir vorher gedanklich zurechtgelegt habe, ist verschwunden und muss meinem Redefluss weichen. Die Ärztin hört gespannt zu und nickt gelegentlich, während sie sich eifrig Notizen macht. Freundlich und ruhig erklärt sie mir, dass psychische Erkrankungen nicht ihr Spezialgebiet sind, sie allerdings schon ein paar Dinge aus dem Bereich kennt.

»Wenn ich Ihnen einen Rat geben darf, Frau Wagner, versuchen Sie nicht allein aus der depressiven Phase zu kommen. Suchen Sie sich professionelle Hilfe, vielleicht auch in Form einer Gruppe. Und ich verordne Ihnen hiermit ausdrücklich eine Auszeit. Wenn es Ihnen guttut, hier zu sein, dann bleiben Sie noch eine Weile. Ihre Probleme gibt es auch nächste oder übernächste Woche noch.« Sie zwinkert mir zu und schreibt dann etwas in ihren Computer.

Es tut gut, mit ihr zu sprechen, und ich merke, dass ich nicht wegrenne, nur weil ich mir eine Auszeit nehme, um mir über meine Gefühle und die Dinge, die ich will oder eben nicht mehr will, Klarheit zu schaffen. Manchmal braucht man dazu einen gewissen Abstand, erklärt sie mir. Und ich denke, sie hat recht. Sie schreibt mich bis Ende des Monats krank, das bedeutet, ich habe viel Zeit, um mich zu regenerieren und mich zu finden. Um mir Gedanken über meine Zukunft zu machen.

Erleichtert und freudestrahlend verlasse ich die Praxis und fühle mich befreit.

Leider ist meine Chefin, die ich sofort über mein längeres Fernbleiben von der Arbeit in Kenntnis setzen will, nicht da. Der Kollegin möchte ich es nicht erzählen, also bitte ich um einen Rückruf.

In dem Moment, als ich auflege, spüre ich, wie verkrampft ich schon wieder bin und ärgere mich darüber, ihr nicht einfach gesagt zu haben, dass ich die nächsten Wochen ausfalle. Weshalb und warum kann ihr ja egal sein und wenn die Chefin mehr Infos haben möchte, wird sie sich schon selbst melden. Sollen sie sich doch das Maul zerreißen.

Und dann tue ich etwas, was ich mich sonst nie trauen würde. Ich rufe nochmal an und sage ihr genau das, bis wann ich krankgeschrieben bin und dass sie es an die Chefin weiterleiten soll. Als sie fragt, was ich denn hätte, wünsche ich ihr noch einen schönen Tag und lege auf.

Stolz packe ich das Handy zurück in meine Tasche und mache mich auf den Weg zu Hazel nach Hause.

Die Zeit vergeht wie im Flug. Wir sind viel unterwegs, ich besuche weitere Freunde von früher und gehe viel spazieren. Besonders schön ist die Zeit mit Hazel. Gemeinsam wandern wir durch den nahegelegenen Wald, entdecken merkwürdige Pflanzen, die wir nicht kennen, und verbringen die Abende draußen auf einer Bank vor der Scheune mit Ausblick auf die umliegenden Felder. Am liebsten würde ich gar nicht wieder nach Hause fahren. Doch nun soll auch diese Zeit langsam zu Ende gehen.

»Es stört uns wirklich nicht, wenn du noch bleiben möchtest.«

»Das klingt ganz toll und ich bin dir unendlich dankbar dafür, aber sollte ich mich nicht langsam meinen Problemen stellen?«

»Bleib, solange es sich richtig anfühlt. Du hast so ein Strahlen im Gesicht, das ich bei deiner Ankunft vermisst habe. Du bist hier mehr als willkommen. Nimm dir also ruhig die Zeit, die du brauchst.

»Aber macht es dir gar nichts aus, immerhin gehst du wieder arbeiten, der Alltag geht wieder los. Störe ich da nicht?«

Sie schaut mich grinsend an.

»Wenn du ab und zu mal kochst und einkaufst, dann nimmst du mir ja Arbeit ab.«

Tränen steigen in mir auf, weil Hazel so wundervoll und großzügig ist und ich nicht weiß, ob ich ihr das jemals zurückgeben kann. Glücklich falle ich in ihre Arme, lehne meinen Kopf an ihre Schulter und flüstere wieder einmal »Danke« in ihr Ohr.

»Sag mal, hast du dir mal überlegt, wieder hierherzuziehen?«

Ich löse mich aus der Umarmung und schaue sie mit großen Augen an.

Sie knufft mich in den Arm und grinst.

So ein Gedanke wäre mir nie im Leben gekommen. Doch je länger ich darüber nachdenke, umso mehr gefällt er mir.

Wie zwei Teenies hüpfen wir Hand in Hand im Flur auf und ab.

»Ich könnte nochmal von vorn anfangen. Hazel, das ist eine großartige Idee!«

Kapitel 10

Gemeinsam scrollen Hazel und ich durch die Wohnungsangebote in der Umgebung. Und werden fündig.

In der Zwischenzeit hat mir meine Chefin in einer E-Mail mitgeteilt, dass sie eine Kündigung rausgeschickt hat. Wäre ich vor ein paar Wochen noch voller Verzweiflung zusammengebrochen, stört es mich jetzt überhaupt nicht.

Ich habe mich entschieden, ich möchte zurück. Zurück in die Heimat und an den Ort, wo alles noch funktioniert hat. Wo es mir gut ging und ich mich zuhause gefühlt habe. Und um den Ganzen ein Statement zu setzen kündige ich meine Wohnung.

Nun habe ich offiziell drei Monate Zeit, eine geeignete Wohnung zum Wohlfühlen zu finden. Selbst über die Finanzierung meines Vorhabens mache ich mir keine Gedanken. Denn ich möchte einfach mal springen, ohne groß darüber nachzudenken.

Ich werde mir einen Job im Supermarkt suchen, die brauchen immer Leute und wenn das nicht reicht, werde ich mir Unterstützung holen. Immerhin klappt das bei vielen anderen auch. Und das alles dient immerhin meiner Genesung. Das Einzige, was mir noch Bauchschmerzen bereitet, ist, es meiner Mutter zu sagen. Ich habe Angst, dass sie es mir ausreden will. Deshalb zögere ich es hinaus.

Selbst dass Nick sich öfter meldet und fragt, wo ich genau bin und wie es mir geht, kümmert mich auf einmal nicht mehr. Es tut nicht mehr weh. Als hätte ich endlich damit abgeschlossen. Immerhin bin ich ihm fast ein Jahr hinterhergerannt.

Alles fügt sich, als sollte es so sein.

Die dritte Wohnung, die ich mir angeschaut habe, soll es sein. Der perfekte Standort, ein toller Schnitt, ein kleiner Balkon und das alles mitten im Grünen. Ich kann mir sogar die Fliesen für mein neues Bad aussuchen. Alles wird erneuert und in einem Monat kann ich schon einziehen.

Mein Herz hüpft immer wieder mal aus dem Takt vor Freude, ich wusste gar nicht mehr, wie sich das anfühlt. Glücklich sein und voller Vorfreude auf das, was alles kommen wird.

Und dann habe ich eine Nachricht von meiner Mama auf dem Handy. Sofort bekomme ich ein flaues Gefühl im Magen. Wird sie versuchen, es mir auszureden?

Alice hat es verstanden, sie war zwar unendlich traurig, dennoch hat sie Verständnis.

Ich beginne zu lesen. Ganz langsam sauge ich jedes Wort in mir auf.

> Hallo mein Schatz, ich kann deine Entscheidung sehr gut verstehen. Schon als wir damals gemeinsam in die Stadt gezogen sind, hast du dich hier nie wirklich wohl gefühlt. Dann kam Ron und wir dachten, dass du mit ihm jemanden gefunden hast, der dir hilft anzukommen. Denn unser Zuhause war nicht mehr deins. Man sagt ja, zuhause

ist kein Ort, sondern ein Gefühl. Daher waren wir uns sicher, dass dir Ron helfen wird. Leider war das Gegenteil der Fall. Aber auch wenn ich gefühlt habe, dass etwas nicht stimmt, musste ich dich gehen lassen. Du warst zu dem Zeitpunkt schon lange nicht mehr mein kleines Mädchen, sondern eine erwachsene Frau, die ihren eigenen Weg finden muss. Und sind wir mal ehrlich, du hättest niemals auf mich gehört. Du warst verliebt und glücklich. Zumindest eine Zeit lang. Dann hast du dich immer mehr zurückgezogen, dich verschlossen. Das habe ich akzeptiert. Als Mutter kommt man irgendwann an den Punkt, wo man seine Kinder ziehen lassen muss. Das ist schmerzhaft, denn seit ich dich das erste Mal in meinen Armen gehalten habe, schwor ich, dich für immer zu beschützen. Ich bin unheimlich stolz auf dich, denn ich weiß, dass es nicht immer leicht ist. Doch das Leben hat noch viel zu bieten und ich bin mir sicher, dass du dein Glück finden wirst. Bitte denk daran, egal was du tust, welche Entscheidungen du triffst und welchen Weg du gehst, ich bin immer für dich da. Ich werde dich niemals für eine Entscheidung verurteilen und du musst dich auch nie rechtfertigen. Ich liebe dich, mein Kind.

Mama

Als ich fertig bin, ist alles verschwommen. Meine Augen sind über und über mit Tränen gefüllt. Sie macht mir keinen Vorwurf, nicht einmal ausreden will sie es mir. Doch nun ist sie es, die mir einen Spiegel vors Gesicht hält. Mich an Dinge erinnert, die ich schon längst vergessen habe. Ich spüre ihre bedingungslose Liebe und bekomme auf einmal schreckliches Heimweh. Ich möchte mich in ihre Arme legen, ihren vertrauten Geruch einatmen und mich geborgen fühlen. Denn sie ist mehr als nur meine Mama. Sie ist wie meine Schwester, meine beste Freundin und Seelenverwandte. Und nun fühle ich mich ihr mehr verbunden denn je und habe zugleich ein schlechtes Gewissen, weil ich sie so lange aus meinem Leben ausgeschlossen habe. Sogar die Zeit in der Klinik habe ich ihr verschwiegen.

Ich vergrabe mein Gesicht tief in das Kissen auf dem weichen Bett, auf dem ich mich die letzten Wochen gesund geschlafen habe.

Was soll ich jetzt nur tun?

Die Tore zu meinen Gedanken sind wieder geöffnet und alle stürmen mit einem Mal hinein, wie zu einem Konzert. Mein Kopf wird schwer und fühlt sich an, als würde er gleich platzen. Alles ist so furchtbar laut in dem Moment und ich weiß nicht, wie ich meine Gedanken zum Schweigen bringen kann.

Mir wird übel. Ich laufe im Zimmer auf und ab, presse meine Hände auf die Ohren. Doch es hilft nicht.

Alles, was ich verdrängt habe, scheint nun doppelt und dreifach auf mich einzuprasseln.

Die schmerzhaften Erinnerungen und auch die schönen. Momente voller Angst und Panik. Ich denke an die Zeit zurück, als Ron mich eingesperrt hat. Als er mir meine Klamotten weggenommen hat und ich die ganze Zeit nackt zuhause rumlaufen musste, während er auf der Couch gesessen und zugesehen hat. Die demütigenden Worte, die er mir wieder und wieder an den Kopf geknallt hat, um mich im nächsten Augenblick in seinen Armen zu wiegen und so zu tun, als wäre ich alles für ihn. Ich habe es ertragen, dass er sich mit anderen Frauen getroffen hat, während ich nicht einmal Alice sehen durfte. Wann immer jemand für mich klingelte, wimmelte er denjenigen ab und gab sich als den fürsorglichen Freund aus, der sich um mich kümmerte, weil es mir nicht gut ging. Dabei ging es mir wegen ihm nicht gut. Im nächsten Moment sitzen wir im Auto und fahren zu einem Wellnesswochenende. Verbringen die ganze Zeit in einer Suite mit Whirlpool und werden von vorn bis hinten bedient.

Alles läuft an meinem geistigen Auge vorbei wie ein Film. Und dann ist da Nick. Alles in Zeitlupe. Der erste Kuss, mein Auszug, sein Lachen, seine starken Arme, seine graublaugrünen Augen und immer wieder seine starken Arme, die mich beschützt und aufgefangen haben. Und dann ist er plötzlich wieder da, der Schmerz. Der Schmerz, den ich erfolgreich verdrängt habe, weil ich ihn sonst nicht losgeworden wäre.

»Ich liebe dich, aber ich möchte wieder Single sein«, höre ich wieder und wieder, bis es zu einem leisen Flüstern wird. Ganz weit weg. Ich fühle mich zu dem Abend auf der Couch zurückversetzt, als meine kleine zart reparierte Welt komplett zerbröselt ist. In den Moment, als seine Worte mir alles genommen haben, was ich noch hatte. Er hat mich losgelassen, mich fallen gelassen, mich aufgegeben.

Panisch schnappe ich nach Luft und wühle in meiner Tasche nach einer kleinen Dose. Meine Beruhigungstabletten für den Notfall.

Völlig neben mir schütte ich alle noch verbleibenden Tabletten auf meine Hand, schmeiße sie mir in den Mund und spüle sie mit Wasser runter.

Als sie anfangen zu wirken, wird mir bewusst, was ich gerade getan habe. Die lauten Gedanken im Kopf verschwinden langsam und mein Verstand scheint wieder einzusetzen. Leicht benommen gehe ich runter zu Hazel in die Küche und versuche ihr mit wenigen Worten zu erklären, was passiert ist. Ich stelle die kleine Dose auf den Tisch und möchte ins Bad, als ich merke, wie meine Beine nachgeben und ich falle.

»Hey, da bist du ja wieder.«

Ich sehe einen verschwommenen Umriss neben mir. Während ich die Augen für einige Male fest zusammenkneife und dann wieder öffne, wird das Bild langsam klarer. Erschrocken stelle ich fest, dass ich keine Ahnung habe, wo ich bin, und klammere mich an Hazels Arm.

»Schatz, du hast dir ein paar Beruhigungstabletten zu viele eingeworfen. Dann bist du zusammengesackt und ich habe direkt den Notruf gewählt. Sie haben dich gleich mitgenommen und an den Tropf gehängt, um alles auszuspülen«, erklärt sie mir mit ruhiger Stimme.

Ich schaue sie mit großen Augen an und dann verschwimmt mein Bild wieder, weil ich weinen muss.

»Es tut mir so leid, Hazel. Das war richtig scheiße, aber ich …«

»Schhhhh, ich schon gut. Alles wird wieder gut.«

Sie krabbelt in mein Bett und legt sich zu mir. Ich schmiege meinen Kopf an ihre Brust und höre ihrem Herzschlag zu, während sie mich streichelt.

Allmählich erscheinen immer mehr Bruchteile aus den letzten zwei Tagen und auf einmal schrecke ich hoch.

»Scheiße, ich hätte sterben können.« Ein Schmerz zuckt durch meinen Körper, als ich die Worte ausspreche.

Ich spüre Hazels Hand auf meinem Rücken.

»Ist schon gut, du hast mir Bescheid gesagt und ich konnte dir Hilfe holen, es war keine Absicht, das weiß ich.«

»Alles war auf einmal so laut in meinem Kopf. Zu viele Gedanken und Entscheidungen und wieder dieses Gefühl, hier einfach nicht richtig zu sein. Es spielt keine Rolle, an welchen Ort ich bin, das wird mich solange verfolgen, bis ich es gelöst habe. Ich weiß aber einfach nicht wie und aus der Verzweiflung raus und weil ich endlich Ruhe haben wollte, hab ich mir die Dinger reingehauen,« erzähle ich ihr schluchzend.

Sie ist ganz ruhig und gelassen, nimmt mich in den Arm und hält mich ganz fest.

»Weißt du, manchmal brauchen Dinge einfach Zeit und auch einen gewissen Abstand. Es ist nicht falsch, dass du mit zu mir gekommen bist, und weil es dir so viel besser zu gehen schien, dachte ich, es wäre vielleicht eine gute Idee, wenn du wieder zurückkommst. Aber vielleicht ist es das auch nicht. Hier hat sich auch viel verändert, niemand ist stehen geblieben, auch wenn es von außen so aussieht. Und du musst das auch nicht von heute auf morgen entscheiden.«

Wieder bin ich ihr so dankbar für ihre weisen Worte und ihren Rat. Mit niemand anderem möchte ich hier gerade sein.

»Ich hole dich dann heute Nachmittag ab«, sagt sie und steigt aus dem Bett. Sie gibt mir einen Kuss auf meine Stirn und geht.

Als sie gegangen ist, schaue ich das erste Mal seit zwei Tagen auf mein Handy.

> Ich hole dich morgen um zehn ab! Du musst nach Hause kommen, bitte. Ich brauche dich. Es war ein Fehler. Nick

Für eine Weile sitze ich einfach nur da und starre auf mein Handy. Dann lese ich die Nachricht noch einmal und noch einmal. Sie ist von heute, das heißt, er wird morgen hier auftauchen.

Ich lasse mich nach hinten auf das Kissen fallen.

Dann leite ich die Nachricht an Hazel weiter.

Was soll ich ihm antworten, dass ich im Krankenhaus bin? Nein, das soll er nicht erfahren, niemand soll das erfahren. Soll ich ihm überhaupt antworten? Es zulassen, dass er einfach so über mich bestimmt? Müsste ich nicht Kontra geben und ihm widersprechen? Warum will er mich zurückholen?

Er braucht mich. Wozu denn? Immerhin hat er mich die letzten Monate nicht gebraucht. Ich will gar nicht wissen, wie viele Frauen er in der Zwischenzeit hatte. Bei dem Gedanken wird mir schlecht. Noch immer fühle ich mich so stark zu ihm hingezogen, noch immer würde ich für ihn durchs Feuer gehen, dabei hat er mich einfach fallen gelassen. Ist das Liebe?

Eine Nachricht von Hazel:

> Am Ende musst du das selbst entscheiden,
> Lena hör auf dein Bauchgefühl.

Ich kann nicht auf mein Bauchgefühl hören. Denn das hat sich mit meinem Herzen verbündet, das nach ihm schreit. Und woher weiß er eigentlich, wo ich bin? Ob ihm meine Mama Bescheid gesagt hat? Allerdings hätte er dazu zu ihr gehen müssen. In der Zeit, in der wir zusammen waren, haben sie sich zwei Mal gesehen.

Alice weiß nicht, wo ich bin. Nur, dass ich wieder zurück in die Heimat gehen wollte.

Ich muss es einfach wissen und rufe meine Mama an.

»... ja, Nick war bei mir. Ich habe nicht schlecht geschaut, als er vor meiner Tür stand. Schatz, ich glaube er liebt dich noch. Er will um dich kämpfen. Vielleicht war er damals einfach noch nicht so weit.«

»Trotzdem gibt es ihm nicht das Recht über meinen Kopf hinweg zu entscheiden. Ich meine, ich bin froh, endlich wieder selbst entscheiden zu können, und nun kommt der nächste Kerl und es fängt schon wieder an.«

»So würde ich das nicht sehen, Liebes. Er will kämpfen und das Richtige tun. Deshalb will er dich zurückholen. Du hättest sehen sollen, wie er hier gesessen hat und mich angefleht hat, ihm die Adresse zu geben.«

»Trotzdem hättest du mich vorher fragen sollen.«

»Ja, vielleicht hätte ich das. Aber ich habe mich dafür entschieden. ihm eine Chance zu geben, es wieder grade zu biegen, und vielleicht möchtest du das ja auch.«

Wir telefonieren über eine Stunde lang.

Nachdem ich aufgelegt habe, fühle ich mich anders. Leichter. Weiser und geliebt. Ich werde es annehmen. Ich werde zurückgehen. Jedoch nicht wieder zu Nick.

Denn das fühlt sich falsch an. Ich denke, das würde mir nicht guttun. Also werde ich nach Hause gehen. Zurück zu meinen Eltern. In mein altes Zimmer.

Ich weiß, dass es richtig ist und eine gute Lösung. Dennoch fühlt es sich an, als hätte ich versagt.

Den Vertrag für die neue Wohnung lasse ich auf dem Tisch in Hazels Gästezimmer liegen. Ich lasse ihn zurück, wie meinen Neuanfang, den ich hier machen wollte. Ob es die richtige Entscheidung ist, weiß ich nicht.

Nick antworte ich nicht. Ich weiß einfach nicht, was ich schreiben soll. Also lasse ich es so stehen lassen. So wie er mich monatelang im Regen hat stehen lassen.

Als ich meine Sachen unten im Flur abstelle und aus dem Fenster schaue, sehe ich Nicks Auto. Er ist also da. Er ist wirklich gekommen. Ich weiß nicht, ob er mir die nötige Zeit geben will, die ich brauche, denn es klingelt nicht an der Tür und auch das Handy bleibt stumm. Er sitzt einfach in seinem Auto und wartet.

Ich versuche, in mich hineinzufühlen, doch da ist nichts. Gar nichts. Weder Unsicherheit noch Angst oder Glück. Nichts. Einfach leer. Fast so wie damals, eine Zeit lang in der Klinik. Als hätte ich jegliche Gefühle aufgebraucht. Depression, denke ich. Ob sie wieder da ist?

»Depression ist eine Krankheit, die immer da sein wird, aber Sie können lernen, damit zu leben, und dadurch auf sich und Ihren Körper zu hören«, hatte die Psychologin in der Klinik bei meiner Entlassung gesagt. Nur wie frage ich mich wieder und wieder. Ich weiß nicht, ob ich das jemals lernen werde. Im Moment fühle ich mich ziemlich verloren.

Es tut mir leid, dass ich Hazel in dem Augenblick nicht die Dankbarkeit zeigen kann, die ich tief in mir drin empfinde. Der Korken steckt einfach zu tief. Zu meiner Verwunderung versteht sie es und sagt all die

Worte, die ich nicht raus bekomme. Vergießt Tränen und schenkt mir ein Lächeln, das ich gerade nicht geben kann.

Wir fallen uns in die Arme und ich flüstere »Danke für alles, Hazel« in ihr Ohr und küsse ihre Wange und ihre Stirn.

Sie hilft mir, meine Sachen runterzutragen, und als ich aus der Haustür trete und Nick mich sieht, stürmt er sofort los und nimmt Hazel und mir die Sachen ab.

»Hey, ich bin Nick«, stellt er sich höflich vor, während er zum Auto geht und mein Zeug im Kofferraum verstaut. Es ist ein merkwürdiges Gefühl, das sich nun in mir breitmacht. Einerseits ist es, als würden wir uns schon ewig kennen, ich spüre etwas Vertrautes, Warmes zwischen uns. Auf der anderen Seite habe ich mir insgeheim etwas mehr erhofft. Eine Umarmung. Eine Begrüßung. Ein Kuss vielleicht.

Ich traue mich nicht, etwas zu sagen oder zu fragen, denn ich habe Angst vor der Antwort, habe Angst, dass seine Worte noch mehr Schmerz in mir auslösen. Also sitze ich stumm neben ihm im Auto und halte die unerträgliche Stille aus.

»Weißt du, Lena, es war einfach alles etwas viel damals. Meine Mama war auch lange in einer Klinik, bevor du und ich zusammengekommen sind. Und als du dann auch gehen musstest, da war es wie ein Rückblick. Ich hab mich irgendwann einfach gefragt, ob das immer so sein wird. Ob das der Rest meines Lebens ist. Entscheidungen für uns beide treffen, immer auf dich Acht geben. Angst um dich haben müssen. Ich war einfach noch nicht bereit dazu.«

Ich habe Kopfschmerzen, denn zu meinen Fragen, die ich eh schon habe, kommen noch weitere hinzu. Soll das heißen, dass er jetzt so weit ist? Möchte er wieder mit mir zusammen sein? Möchte ich das überhaupt noch?

Lange lag ich auf dem Boden inmitten des Scherbenhaufens, den er hinterlassen hatte. Habe mir die Seele aus dem Körper geweint und den Schmerz kaum ausgehalten. Und nun, wo ich halbwegs ohne fremde Hilfe stehen kann, will er wieder mit mir zusammen sein.

»Nein«, entfährt es mir laut.

»Was meinst du mit Nein?«

Mist, es ist einfach aus mir rausgeschossen. Es zu erklären, daran habe ich nicht gedacht. Ich atme tief ein und wieder aus. Kein Ausweg. Eine Situation, aus der ich nicht fliehen kann. Ich hasse solche Momente. Doch ich möchte ehrlich sein. Auch wenn ich nicht weiß, was ich will, so weiß ich wenigstens, was nicht mehr.

»Du hast mir alles genommen, Sicherheit, ein Zuhause, hast mir den Boden unter den Füßen weggerissen und mir keine Wahl gelassen. Ich weiß, dass es keine angenehme Zeit war, aber mich so im Regen stehen zu lassen, mit den Worten *»Ich liebe dich, aber ich will wieder Single sein«*, das war einfach nicht fair. Und nun bin ich wieder aufgestanden. Und ich werde es schaffen wieder klarzukommen. Allein. Ich weiß nicht, ob ich dieses Wir nochmal kann. Falls du darauf hinauswillst. Ich weiß nicht, ob ich das nochmal schaffe und ob ich das überhaupt will. Ich denke, ich muss mich erst einmal selbst finden. Herausfinden, was ich mag und was nicht. Herausfinden, wie es weitergehen soll. Verstehst du das?«

Stille …

»Ich akzeptiere das. Ich möchte dich einfach nur wieder in meinem Leben haben. Vielleicht können wir einfach erstmal Freunde sein. Und bitte lass uns eine Regel aufstellen, egal ob wir gerade streiten, uns nicht leiden können oder was auch immer, aber versprich mir, dass du immer antworten wirst, wenn ich dir eine Nachricht schreibe. Und ich verspreche, dass ich immer antworten werde. Kein Schweigen mehr. Denn das war die schlimmste Strafe für mich.«

Tränen steigen in mir auf und möchte sie mit aller Macht unterdrücken. Ich will stark sein. Keine Schwäche zeigen. Zumindest nicht jetzt und hier. Ich schaffe es, sie wieder runterzuschlucken. Übrig bleibt ein dicker Kloß im Hals. Wie gern würde ich ihn jetzt einfach umarmen und küssen und meine Hand auf sein Bein legen. So wie früher. Doch ich halte mich zurück, klemme meine Hände unter meine Knie, damit sie keinen Unfug machen.

»Na gut«, sage ich einfach nur, denn mehr fällt mir gerade nicht ein. Ich muss das erst verdauen, darüber schlafen. Mich neu ordnen. Wieder ankommen.

Die restliche Fahrt über schweigen wir. Als wir ankommen, hilft er mir, meine Sachen hochzutragen. Während ich am liebsten anfangen würde, meine Klamotten aus dem Koffer zu holen, um ihn nicht ansehen zu müssen und weil mir die Situation unangenehm ist, stellt er sich unmittelbar neben mich und legt schließlich seine Hände um meine Wangen. Nun bleibt mir nichts anderes übrig, als ihn anzusehen. Kein Entkommen.

Meine Knie werden weich und mein Herz hämmert gegen meine Brust. Er beugt sich vor, kommt immer näher und so sehr mein Kopf auch schreit und ihn am liebsten wegstoßen möchte, so sehr will mein Herz ihn einfach nur küssen.

Die Entscheidung wird mir abgenommen, denn schon wenige Sekunden später spüre ich seine weichen Lippen auf meinen. Zärtlich und ein bisschen fordernd spielen sie miteinander. Es tut so gut und ich merke, wie sehr er mir gefehlt hat. Ich kann mir ein Lächeln nicht verkneifen und kurz darauf liegen wir eng umschlungen in meinem Bett.

Als ich wach werde, liege ich in seinem Arm, mein Bein habe ich um seinen Körper gelegt und nun höre ich sein Herz schlagen, während mein Kopf auf seiner Brust verweilt. Ich wünschte, dieser Moment würde nie mehr enden und doch wäre es mir lieber, nicht in dieser Situation zu sein. Wir haben nicht geredet. Kein Wort. Wir haben miteinander geschlafen, uns gegenseitig gestreichelt und berührt, bis wir Arm in Arm eingeschlafen sind.

Ich schaue ihn an, bis er langsam wach wird.

Seine Augen öffnen sich und ein Lächeln breitet sich auf seinem Gesicht aus. Sanft streicht er eine Haarsträhne hinter mein Ohr und verweilt mit seiner Hand kurz auf meiner Wange.

Mir ist nach Weinen zumute. Einen blöderen Zeitpunkt dafür kann es gar nicht geben. Ich schäle mich aus seinem Arm, schnappe mir meine Sachen und verschwinde im Badezimmer. Leider kann ich auch hier meinen Gefühlen nicht freien Lauf lassen, denn die Wohnung ist sehr hellhörig und zu allem übel hat die Badtür unten einen Spalt. Keine Ahnung wozu der gut sein soll. Während ich auf Toilette gehe, ärgere ich mich, dass ich nicht wenigstens die Zimmertür zugemacht habe.

Als ich aus dem Bad komme, frage ich so beiläufig wie möglich, ob er nicht langsam losmuss.

»Ich habe frei, aber keine Angst, ich lass dich gleich in Ruhe.«

»So war das nicht gemeint, ich habe nur noch so viel zutun und dachte, du müsstest heute noch arbeiten.«

Jetzt grinst er, was mich verunsichert.

»Willst du auch einen Tee?« , frage ich zögerlich.

Mein Kühlschrank ist leer und auch sonst habe ich absolut nichts zu essen im Haus. Da ich keinen Kaffee trinke, habe ich nur Tee.

»Mach dir keine Umstände. Ich will nur kurz unter die Dusche und dann muss ich auch los.«

Obwohl ich gerade eben noch überlegt habe, wie ich ihn loswerden kann, bin ich nun enttäuscht. Diese elenden Gefühlsschwankungen sind einfach nervig.

Während Nick duscht, räume ich meine Klamotten aus dem Koffer, bis sich die Badtür öffnet und er mit freiem Oberkörper vor mir steht. Schon laufen meine Gefühle wieder Amok. Warum muss er auch so heiß aussehen? Es kostet mich viel Kraft, mich zusammenzureißen und ihm einfach sein Shirt in die Hand zu drücken. Wenigstens zieht er es an, ohne Anstalten zu machen, nur sein Grinsen nervt mich. Er kann mich lesen wie ein offenes Buch.

»So, ich mach los. Die letzte Nacht war sehr schön. Bis dann.« Ein flüchtiger Kuss, der ein Kribbeln auf meinen Lippen hinterlässt und nach mehr verlangt.

»Ja, fand ich auch, bis dann.«

Und zack, weg ist er. Es dauert keine fünf Minuten und schon fühle ich mich, als würde mich ein dicker Nebel verschlingen. Eine Gewitterwolke droht über mir aufzuziehen. So schnell ich kann, flüchte ich ins Bett, kuschel mich ein und schmiege mein Gesicht in das Kissen, um seinen Duft einzuatmen und meinen Tränen freien Lauf zu lassen.

Es ist merkwürdig, wieder bei meinen Eltern einzuziehen. Immerhin bin ich mit sechzehn ausgezogen. Ob es zu früh war? Im Nachhinein ja. Ich hätte mich noch ein wenig länger in den Schoß meiner Mama kuscheln sollen. Allerdings habe ich meine Eltern damals gehasst. Ich war vierzehn, als wir, ohne dass ich es wollte, in die Stadt gezogen sind. Raus aus meinem gewohnten Umfeld und weg von meinen Freunden. Als ich dann mit der Schule fertig war und meine Ausbildung angefangen habe, bin ich ein halbes Jahr später mit zwei Mädchen, die ich in der Ausbildung kennengelernt habe, zusammengezogen. Das hat die Beziehung zwischen mir und meinen Eltern auf eine harte Probe gestellt.

Auch wenn ich schon sehr früh selbstständig war, ist es nicht verwerflich, noch zuhause zu bleiben, bis man volljährig ist. Vielleicht wäre es mir dann nicht passiert, dass ich an so einen Mann wie Ron geraten bin, der meine Meinung unterdrückt und mich immer klein gehalten hat.

Dennoch gab es sicher einen Grund, weshalb ich diese Erfahrungen sammeln sollte.

Auf jeden Fall freut sich meine Mama wie verrückt, als ich am nächsten Morgen mit meinem Koffer vor der Tür stehe.

Mein Zimmer ist vorbereitet, das Bett frisch gemacht und alles duftet einfach nach Mama, nach zuhause.

Dank der Unterstützung von ein paar Freunden und Bekannten sind meine wenigen Möbel und Sachen schnell aus meiner Wohnung zu meinen Eltern gebracht.

Da mir nicht mehr viel Zeit bleibt, weil ich es bis zum Schluss aufgeschoben und gehofft habe, noch eine andere Lösung zu finden, muss ich heute noch die Wohnung zur Übergabe fertig machen.

Das ist zum Glück weniger aufwendig als gedacht, da ich die meiste Zeit sowieso nicht da war und kaum Gebrauchsspuren hinterlassen habe. Streichen kann ich mir also sparen.

Zum Schluss fege ich nur noch einmal mit dem Besen alle Räume aus, kehre alles zusammen und bin fertig.

Nick ist seit der Nacht nicht mehr bei mir gewesen. Auch hat er sich sehr selten gemeldet. Ich selbst habe mich nach einer Woche im Bett wieder aufgerappelt und beschlossen, eine Bewerbung zu schreiben. Nur diese eine. Ich will ein Zeichen. Sollte diese eine Bewerbung Früchte tragen, dann werde ich es machen. Und siehe da, einige Tage später habe ich bereits eine Antwort und zu meinem Erstaunen ist es eine Zusage.

Ich werde in die Fußstapfen meines Vaters treten. Zumindest fast. Er ist Heilerziehungspfleger und liegt mir schon lang in den Ohren, dass ich Altenpflegerin oder so etwas in der Art werden soll. Der Beruf passt seiner Meinung nach perfekt zu mir und ich muss zugeben, dass ich mich nun auch dort sehe.

Erst kam mir der Gedanke mit Mitte zwanzig noch eine Ausbildung zu machen blöd vor. Dann habe ich doch im Internet geschaut und ein Pflegeheim gefunden, das kurz vor Beginn des neuen Ausbildungsjahres noch einen neuen Azubi sucht. Kurzerhand habe ich das Schicksal entscheiden lassen und mich einfach beworben. Und nun sitze ich auf meinem Bett, in meinem alten Kinderzimmer und starre auf die leere Wand gegenüber.

Mein Vater ist so stolz auf mich, als hätte ich einen Preis gewonnen. Nein, nicht irgendeinen Preis, sondern den Hauptgewinn. So viele Jahre habe ich um seine Aufmerksamkeit gebuhlt, habe mich danach verzehrt, einmal »*Ich bin stolz auf dich*« aus seinem Mund zu hören und nun, wo ich nicht mehr darum gekämpft habe, bekomme ich auf einmal all das, nur durch eine Bewerbung. Eigentlich wirklich ein Grund zum Feiern, denn es wird ein Neuanfang sein. Jedoch ist die Vergütung ein Witz, denn ich darf von den wenigen Kröten Schulgeld, eine Fahrkarte und meinen Handyvertrag bezahlen. Danach bleiben mir gerade einmal fünfzig Euro. Stur wie ich bin, werde ich auf keinen Fall zum Arbeitsamt gehen und um Hilfe bitten. Ich will nicht von denen abhängig sein. Stattdessen sind es nun meine Eltern, von denen ich abhängig bin. Was auch nicht wirklich besser ist.

Schon in einer Woche soll mein neues Leben beginnen. Ich sitze hier und frage mich, ob mir nicht unzählige Fragen durch den Kopf gehen müssten. Ob ich aufgeregt sein müsste. Doch stattdessen ist mein Kopf einfach leer. Ich schätze, ich habe alles rausgeheult.

Kapitel 11

»Jetzt reiß dich mal zusammen«, ruft meine Chefin, als ich wieder einmal zu ergriffen von dem Schicksal einer unserer Patienten bin. Patient, was ist das auch für ein Wort. Ich würde viel lieber Bewohner sagen. Immerhin leben alle hier und es ist ihr Zuhause.

Bereits seit zwei Monaten arbeite ich nun im Seniorenheim. In der Berufsschule lernen wir die Theorie, die wir in der Praxis schon längst können sollten und müssten. Woher, frage ich mich. Es ist zermürbend.

In etwa so, wie in meiner ersten Ausbildung. Schon in der ersten Woche im Betrieb sollte man alles können. Schade, dass es noch immer so ist, und das in einem sehr anspruchsvollen Beruf.

In der Berufsschule sind fast alle jünger als ich, gerade mal zwei meiner Mitschüler sind im selben Alter. Alle anderen kommen frisch aus der Schule oder haben maximal ein Vorbereitungsjahr oder ein freies soziales Jahr gemacht.

In dem Seniorenheim, in dem ich arbeite, gibt es noch zwei weitere Azubis, die ebenfalls in meine Berufsschule gehen, wobei einer davon sogar in meiner

Klasse ist. Peter und ich verstehen uns gut, ich helfe öfter mal auf seiner Station aus und umgekehrt.

Gerade soll ich mich mit den Biografien der Bewohner befassen. Unglaublich, was einige schon durchlebt haben. Eine alte Dame hat während des Krieges ihre Tochter zur Welt gebracht, diese ist mit Anfang zwanzig gestorben. Wie schrecklich muss es sein, wenn das eigene Kind eher geht als man selbst. Nach anfänglicher Skepsis mir gegenüber verstehe ich mich mittlerweile gut mit ihr. Sie will morgens nicht vollgequatscht werden und ich bin froh, nicht reden zu müssen.

Leider gefällt das meiner Dozentin gar nicht und sie ermahnt mich. »Frau Wagner, Sie müssen Ihrer Patientin schon erklären, was Sie tun. Sonst erschreckt sie sich vielleicht.«

»Das ist schon in Ordnung so, wir haben uns darauf geeinigt, dass Frau Hempel morgens ihre Ruhe haben möchte.«

»Nein, das geht so nicht. Also, Frau Hempel, Frau Wagner wird jetzt Ihren Oberkörper mit einem Lappen waschen.«

Frau Hempel schaut mich irritiert an und blickt dann genervt zu meiner Dozentin.

»So, Frau Hempel und nun wird Frau Wagner Ihre Beine waschen«, erklärt sie als Nächstes.

»Jetzt halten Sie doch endlich mal die Klappe, das ist ja nicht auszuhalten«, entgegnet Frau Hempel plötzlich.

Ich muss mir ein Schmunzeln sehr verkneifen, besonders, als die alte Dame mir zu zwinkert.

Meine Chefin ist nie zufrieden mit mir, weshalb ich versuche, ihr aus dem Weg zu gehen. Ständig erklärt sie mir, dass man durch Vorlesen, Spielen oder Quatschen kein Geld verdient. Das nur die Pflege bezahlt wird, weiß ich selbst, aber ich finde es falsch, wie teilweise mit den Leuten umgegangen wird.

Nachdem eine Dozentin in der Berufsschule gesagt hat, dass wir die Generation sind, die etwas in der Pflege verändern könnte, fühle ich mich noch mehr bestärkt, meine Arbeit so zu machen, wie ich möchte.

Egal, was ich tue, ich denke immer daran, wie es mir gehen würde, wenn ich auf Hilfe angewiesen und im Pflegeheim wäre. Mein Bauchgefühl ist mein ständiger Begleiter und ich lerne endlich, darauf zu vertrauen. Die Bewohner mögen mich und schätzen meine ruhige und geduldige Art. Und mal ehrlich, wer will schon frühmorgens förmlich aus dem Bett geschmissen werden?

Wenn wir in der Frühschicht zu zweit mit fünfzehn Bewohnern sind, teilen wir uns auf. Einer schreibt die Dokumentationen und der andere kümmerte sich um die Bewohner. Nicht alle sind bettlägerig und brauchen meine volle Unterstützung. Viele können sich noch selbst waschen, Zähne putzen und brauchen dann nur beim Anziehen Hilfe. Mittlerweile weiß ich, wer gern einen Moment länger schläft und zu wem ich zuerst gehen kann.

Die erste Erfahrung mit dem Thema Demenz lässt nicht lang auf sich warten. Zwar habe ich mich selbst dazu belesen, doch es live zu erleben war nochmal etwas anderes.

Es ist ein warmer Herbsttag, als eine Bewohnerin beschließt, jetzt »nach Hause zu gehen.« Sie holt ihren Wintermantel aus dem Schrank, zieht ihre Stiefel an und läuft mit ihrem Rollator los.

Im ersten Moment weiß ich nicht so recht, was ich nun machen soll, immerhin ist das doch ihr Zuhause. Wo will sie denn hin? Meine Kollegin kommt mir auf dem Gang entgegen.

»Geh einfach eine Runde ums Haus mit ihr und komm dann vorn zum Eingang wieder rein.«

Ich nicke ihr zustimmend zu und folge Frau Meyer. Ich bin froh, dass es funktioniert und sie wieder mit in ihr Zimmer geht.

Ich weiß oft nicht, ob es Frau Meyer gut geht, da sie die ganze Zeit in ihrer eigenen Welt zu sein scheint. Ab und zu kommen ein paar Wortfetzen heraus, die keinerlei Sinn ergeben. Ich unterhalte mich trotzdem mit ihr, als wäre sie noch da, und manchmal schenkt sie mir ein Lächeln.

Am Wochenende ist die Stimmung meistens aufgelockerter, da an diesen zwei Tagen die Chefin nicht im Haus ist. Das macht sich auch bei den Bewohnern bemerkbar.

Frau Lehmann hat mein Herz ganz besonders erobert. Sie hatte einen Schlaganfall erlitten und wurde erst nach zwei Tagen in ihrer Wohnung aufgefunden. Alles, was sie noch kann, ist zu winken, ein ganz klein wenig zu lächeln und höchstens eine Hand voll Wörter auszusprechen. Ihr Essen bekommt sie über eine Magensonde. Wenn wir sie umlagern, müssen wir sehr vorsichtig sein, damit sie sich nicht übergeben muss. Bei ihr ist es besonders wichtig, sie alle paar Stunden umzulagern, damit sie keine wunden Stellen bekommt. Manchmal lese ich ihr vor. Sie schaut dann aus dem Fenster und oft schläft sie dabei ein.

An einem Regentag, als es ihr sehr schlecht geht, bleibe ich bei ihr und lese ein ganzes Buch vor. Ich frage mich, ob sie noch da ist, voll und ganz, so gefangen in ihrem Körper. Eines von vielen Schicksalen, die ich mir sehr zu Herzen nehme.

Ich bin unzufrieden, besonders, wenn ich einen Bewohner oder eine Bewohnerin nur an den Esstisch bringen und dann sich selbst überlassen muss. Es macht mich wütend und ich fühle mich, als würde ich sie im Stich lassen. Immer wieder hallen die Worte meiner Chefin nach, die sie nur allzu gern wiederholt, wenn ich mal wieder etwas tue, was nicht bezahlt wird.

Ich kann ihr nie etwas recht machen. Besonders nicht, wenn ich bei meinen Aufgaben auch noch Spaß habe.

Als ich mit Lisa, die zum Praktikum bei uns ist, die Zimmer desinfizieren soll, tun wir das auf unsere Weise. Es war nicht in unserem Sinn, die Bewohner aus ihren Wohnungen zu verscheuchen, wie es anscheinend alle anderen immer tun.

»Aber wir müssen doch immer gehen, wenn die Zimmer desinfiziert werden«, sagen die zwei netten Damen aus Zimmer zwölf.

»Tja, heute nicht. Immerhin müssen Sie uns sagen, wo wir Ihre Sachen hintun sollen, damit alles wieder an seinen Platz kommt.«

Während wir sämtliche Oberflächen abwischen, beginnt Lisa ein Lied anzustimmen.

»Das bisschen Haushalt macht sich von allein, sagt mein Mann …« Es dauert keine Sekunde und wir alle stimmen in das Lied mit ein.

»Frau Wagner!«, hören wir meine Chefin über den Gang brüllen.

Einen Moment könnte ich vielleicht noch rausschinden. Aber wozu? Früher oder später werde ich sowieso in ihr Büro gehen müssen.

Auf dem Weg den Gang entlang male ich mir sämtliche Dinge aus, die sie nun schon wieder an mir auszusetzen haben könnte. Bevor ich die Tür öffne, atme ich noch einmal tief durch.

»Schön, dass Sie es einrichten konnten, Frau Wagner. Setzen Sie sich.«

Ich schlucke und setze mich ihr gegenüber. So gerne ich ihrem Blick auch entgehen möchte, so tief hat er sich schon wieder auf meiner Haut eingebrannt.

»Sie wissen, warum ich Sie gerufen habe?«

»Nein«, antworte ich knapp.

»Wie oft habe ich Ihnen schon gesagt, dass Sie sich nicht so lange an sinnlosen Dingen aufhalten sollen?

Nur die Pflege wird bezahlt und das ist Ihre einzige Aufgabe. Da ich Sie schon mehrmals ermahnt habe und Sie sich dennoch immer wieder anderen Dingen widmen, wofür die ehrenamtlichen Helfer und Praktikanten da sind, erteile ich Ihnen heute eine Abmahnung. Hier, unterschreiben Sie, dass Sie diese erhalten und zur Kenntnis genommen haben.«

Mein Magen hat sich während Ihrer Ansprache zu einer Rosine zusammengezogen und drückt mein Mittagessen nach oben. Nie im Traum würde mir einfallen, ihr zu widersprechen. Sie ist der Alptraum, aus dem man lieber sofort aufwachen will. In ihrer Gegenwart kommt man sich so winzig und bedeutungslos vor, dass sich niemand traut, auch nur die kleinste Forderung an sie zu stellen oder ihr zu widersprechen. Ich gebe mir große Mühe, mir meinen Zustand nicht anmerken zu lassen, und unterschreibe die Abmahnung. Ohne ein weiteres Wort verlasse ich das Büro und laufe geradewegs in die Umkleide. Das ist wohl der einzige Ort, an den sie nicht gehen würde. Wütend stopfe ich den blöden Zettel in meinen Spind und lasse mich auf der Bank nieder. Ein Blick auf meine Uhr verrät mir, dass ich noch knapp eine Stunde zu arbeiten habe. Ich muss jetzt stark sein. Die Blöße, vor ihr zu weinen, werde ich mir nicht geben.

Meine Kollegin ist inzwischen fertig mit dem letzten Zimmer. Mitfühlend fragt sie: »Was wollte sie denn von dir?«

»Ach, ich bin der doch immer ein Dorn im Auge und jetzt hat sie anscheinend genug Gründe gesammelt, um mir eine Abmahnung reindrücken zu können.«

»Und was machst du jetzt?«, will sie wissen.

»Naja, ich denke ich mache ganz normal weiter. Ich finde, zur Pflege gehört mehr, als die Bewohner zu waschen oder ihnen auf Toilette zu helfen und all die anderen Dinge. Dazu gehört auch, mal zuzuhören, sich zu unterhalten, etwas vorzulesen oder ihnen bei anderen Dingen behilflich zu sein.«

Mit großen Augen starrt sie mich an.

»Wow, das hast du wirklich schön gesagt. Ich finde, du hast recht. Schade nur, dass die Realität anders aussieht.«

Doch nicht nur beruflich bin ich gefordert. Seit unserer letzten Nacht hat sich Nick kaum gemeldet. Ab und an sehe ich in den sozialen Medien, mit wem er sich getroffen oder was er gemacht hat. Da ich merke, dass mir das nicht guttut, versuche ich nicht mehr nachzuschauen. Für einen kurzen Moment überlege ich sogar, ihn zu blockieren. Doch das wäre eine Reaktion von mir und das möchte ich nicht. Ich komme ohne ihn klar und ich bin niemand, mit dem man mal für eine Nacht Spaß hat, um sich dann nicht mehr melden und so zu tut, als wäre nichts gewesen. Ich muss und will endlich damit abschließen. Es tut einfach zu weh. Eine Beziehung scheint er nach wie vor nicht zu wollen und ich kann mir keine Freundschaft vorstellen. Nicht, solange noch Gefühle im Spiel sind.

Als ich in Küche gehe, sehe ich meinen Vater auf den Balkon stehen. Ich stelle mich neben ihn und blicke in die Ferne.

»Wie schaffst du es, nicht daran kaputt zu gehen, bei all den Schicksalen und Menschen im Heim?«, frage ich ihn.

»Du stumpfst irgendwann ab. Das ist ganz normal. Irgendwann ist es einfach ein Job.«

»Und wenn ich das nicht will? Ich bin nunmal ein sehr mitfühlender Mensch. Ich möchte kein Roboter werden.«

Jetzt schaut er mich an und streichelt sanft über meine Wange.

»Ach Lena, manche Dinge sind einfach so. Aber glaube mir, du hilfst den Menschen schon genug.«

Ich spüre, wie Tränen in mir aufsteigen. Er ist so stolz auf mich. Ich kann ihm unmöglich von der Abmahnung erzählen. Er wäre so enttäuscht von mir. Als er reingeht, bleibe ich noch eine ganze Weile auf dem Balkon stehen. Mir gehen so viele Dinge durch den Kopf. Ich frage mich, ob dieser Job wirklich das ist, was ich machen möchte. Ob ich wirklich die Richtige dafür bin? Warum geht es mir so nahe und warum komme ich nicht richtig an, wo es doch allen anderen egal zu sein scheint, dass wir die Bewohner so oft sich selbst überlassen müssen? Auf einmal stelle ich alles in Frage.

Ich stoße einen tiefen Seufzer aus und gehe wieder rein.

Geschafft lasse ich mich auf mein Bett fallen und schalte den Fernseher ein.

Eine Nachricht ploppt in meinem Handy auf. Sie ist von Nick. Manchmal denke ich, er riecht es, wenn ich an ihn gedacht oder eine Entscheidung gefällt habe, die ihn und mich betrifft.

Er möchte mich sehen und mit mir reden. Prima. Denke ich. Dann kann ich ihm ja auch gleich sagen, dass ich das so nicht mehr kann. Klar, als wenn ich den Mumm hätte, das zu tun. Ich weiß jetzt schon genau, wie das ablaufen wird. Meine Knie werden schon bei dem Gedanken an ihn weich. Ich könnte es auch einfach hier und jetzt beenden. Dann blockiere ich ihn überall und die Sache ist gegessen. Allerdings macht mich seine Nachricht auch ein wenig neugierig. Immerhin will er sich mit mir treffen und reden.

Ich sage zu.

Mit leerem und grummelndem Magen stehe ich vor Nicks Haustür. Ich bin so aufgeregt, dass ich nichts runterbekommen habe heute Morgen. Alles in mir scheint dagegen anzukämpfen, auf die Klingel zu drücken. Einerseits bin ich neugierig, auf der anderen Seite will ich gar nicht wissen, was er zu sagen hat. Am Ende sind es doch wieder leere Versprechungen. Falls er überhaupt jemals Versprechungen gemacht hat. Vielleicht habe ich mir alles nur schöngeredet.

Ich zucke zusammen, als ein Mann neben mir erscheint. Irritiert und fragend schaut er mich an, schließt dann auf und verschwindet hinter der Tür.

Jetzt oder nie, denke ich und drücke endlich auf die Klingel. Es dauert gefühlt ewig bis ein »Ja?« ertönt.

»Ich«, antworte ich zögerlich und frage mich gleichzeitig, wie blöd kann man eigentlich sein kann. Zur anderen Seite, wem würde er sonst erwarten? Ich bin froh, dass er nicht nachfragt, wer »Ich« denn ist.

Der Weg zu seiner Wohnung kommt mir vor wie der, als ich zu meiner Chefin ins Büro musste. Eine dunkle Wolke aus Angst und Zweifel verfolgt mich.

Die Tür öffnet sich und da steht er. Mit nacktem Oberkörper. Na danke, denke ich, während meine Libido gleich wie verrückt im Kreis hüpft und ihn am liebsten direkt bespringen würde. Vielleicht sollte ich mir einen Keuschheitsgürtel umschnallen und den Schlüssel wegwerfen.

Als könnte er meine Gedanken lesen, zieht er sich ein Shirt über. Doch das macht die Sache nicht wirklich besser, denn seine Muskeln zeichnen sich trotzdem ab und ich kämpfe, um den Blick endlich von ihm zu lösen.

Über eine Stunde quatschen wir. Smalltalk. Ich erzähle ihm, wie die neue Ausbildung ist, wie es mir geht und was ich den ganzen Tag so mache, wenn ich nicht gerade Arbeiten bin. Was nicht besonders viel ist, da ich gerade versuche herauszufinden, was mir Spaß machen könnte.

Er hört gespannt zu und dann frage ich ihn, was er so macht. Er erzählt von Partys, Treffen mit Freunden und der Arbeit. Ein Name, den ich zu kennen glaube, taucht kurz auf. Anny. Ich hatte vor vielen Jahren mal eine Freundin, die so hieß. Dann verloren wir uns aus den Augen und haben nichts mehr voneinander gehört. Könnte das wirklich möglich sein?

»Mit Anny habe ich mich dann den restlichen Abend auf der Party unterhalten. Wir sind sogar noch ein Stück zusammen nach Hause gelaufen. Sie wohnt hier gleich um die Ecke, wusstest du das?«

Ich könnte kotzen, als Nick so begeistert von ihr spricht. Insgeheim hoffe ich immer noch, dass es nicht die Anny ist. Sie ist das komplette Gegenteil von mir. Selbstbewusst, weiß, was sie will, und ist alles andere als langweilig. Mal abgesehen davon, dass sie bildhübsch ist. Ich überlege, ihn zu fragen, wie sie aussieht, verwerfe den Gedanken aber wieder. Er spricht jetzt schon viel zu angetan von ihr.

»Und warum erzählst du mir das alles? Also wegen Anny?«

»Naja, weil ihr euch kennt. Zumindest hat sie mir erzählt, dass ihr mal befreundet wart.«

Na toll, das wird ja immer besser. Sie haben also über mich geredet und sich wahrscheinlich köstlich amüsiert.

»Das ist schon Jahre her.«

»Trotzdem ist es doch verrückt, dass ich jemanden aus deiner Vergangenheit treffe.«

Ich möchte wirklich nicht weiter über die perfekte Anny sprechen und überlege, wie ich mich aus der Situation retten kann. Ich kann es mir nicht verkneifen, nervös an meiner Hand zu kratzen.

Nick kommt mir zuvor.

»Ja, ähm, ich muss dann auch nochmal los. Aber war wirklich schön, dass du da warst.«

Einerseits bin ich froh über den Rausschmiss, auf der anderen Seite kommt er ziemlich plötzlich. War das wirklich alles, was er wollte? Smalltalk? Mir von Anny erzählen? Ich meine, was ist mit uns?

Es wäre der perfekte Moment, um ihm zu sagen, was ich denke. Dass ich das so nicht mehr kann und will. Doch es ist, wie ich es mir schon gedacht habe. Sobald ich vor ihm stehe, kann ich das nicht sagen.

Denn sobald ich ihn sehe, will ich um ihn kämpfen. Nur weiß ich nicht wie.

Wir verabschieden uns und ich laufe die Treppen hinunter, ohne mich noch einmal umzudrehen.

»Ich habe mich verliebt«, lese ich auf meinem Handy, während ich mich in die Bahn setze. Schlagartig wird mir speiübel. Wie meint er das? In mich? Nein, er meint sicher jemand anderen? Oh mein Gott.

Sofort steige ich an der nächsten Haltestelle aus, weil ich Angst habe, mein Herz gleich auszukotzen. Gleichzeitig steigt Hitze in mir auf. Dieser blöde Arsch hat sich nicht mal getraut, mir das ins Gesicht zu sagen.

Ich sinke auf die Bank an der Haltestelle nieder und versuche mich auf meine Atmung zu konzentrieren. Ich weiß nicht, was ich antworten soll, ich weiß nicht, ob ich überhaupt etwas antworten soll. Und ich weiß erst recht nicht, ob er eine Antwort erwartet.

Plötzlich piept mein Handy wieder.

> Bitte tu dir jetzt nichts an! Ich will, dass es dir gut geht. Es ist einfach so passiert, dass hätten Anny und ich selbst nie für möglich gehalten. Bitte sag etwas.

Am liebsten würde ich mein Handy so weit wegwerfen, wie ich nur kann, doch meine Hände klammern sich daran, als wäre es ein Rettungsring, der mich vorm Ertrinken bewahren könnte.

Anny, ausgerechnet Anny. Konnte es nicht eine Fremde sein? Jemand, den ich nicht kenne? Mit Tränen in den Augen durchsuche ich meine Kontakte nach ihrer Nummer. Schließlich werde ich fündig. Fragt sich nur, ob es noch die richtige ist. Aber das werde ich gleich herausfinden, denn ich schreibe ihr eine Nachricht.

> Hey, hier ist Lena. Du weißt schon, die, der du damals schon den Freund ausspannen wolltest. Warum müssen es immer

> Männer sein, mit denen ich zusammen bin? Ist die Welt nicht groß genug? Es gibt doch genügend andere. Und komm mir jetzt nicht mit dem Spruch, dass du nicht wusstest, dass Nick mein Freund ist. Immerhin habt ihr über mich geredet. Fahr zur Hölle. Halte dich von Nick fern oder du wirst es bereuen.

Ich wusste gar nicht, dass ich so schreiben kann. Keine Ahnung, wo all die Worte auf einmal hergekommen sind.

Und was soll eigentlich dieser dumme Spruch von Nick, dass ich mir nichts antun soll? Er denkt auch, dass er der Nabel der Welt ist. Ich könnte ihm gerade so eine knallen, das man den Schall bis in die nächste Stadt hören kann.

Ich weiß nicht, wie lange ich schon auf der Bank sitze und wie viele neue Fluchwörter ich erfunden habe. Auf jeden Fall ist die Sonne bereits dabei unterzugehen.

Für Nick habe ich nur zwei Wörter übrig.

> Fick dich.

Mehr fällt mir dazu nicht ein. Alles andere habe ich an Anny ausgelassen.

Wieder piept mein Handy. Anny. Zumindest hoffe ich gerade, dass sie es ist und ich nicht jemand Fremdes, der ihre Nummer geerbt hat, so eine Szene gemacht habe.

> Hallo Lena, es tut mir wirklich leid, aber es hat einfach gefunkt zwischen uns. Nick meint, ihr seid nicht mehr zusammen, und wir haben ja auch schon seit Jahren keinen Kontakt mehr. Außerdem hat das zwischen Nick und mir und das zwischen uns beiden nichts miteinander zu tun. Grüße Anny.

Halte dich einfach aus meinem Leben raus
und wie gesagt, halte dich von Nick fern.
Das geht dich alles nichts an.

Das war es nun endgültig. Nick und ich sind Geschichte. Mit einem erneut gebrochenen Herzen steige ich in die nächste Bahn und fahre nach Hause.

Kapitel 12

»Frau Wagner!!!!«

Muss sie denn jedes Mal so brüllen, wenn sie mich mal wieder in ihr Büro zitiert? Aus meiner anfänglichen Angst gegenüber meiner Chefin im Seniorenheim ist mittlerweile eine tiefe Abneigung geworden. Wann immer ich ihr über den Weg laufe oder mal wieder zu ihr gerufen werde, umgibt sie eine dunkle Wolke, wie sie finsterer nicht sein könnte. Ich versuche, genug Abstand zu halten, weil ich merke, wie die Wolke auf mich übergreift und versucht, auch aus mir einen grummeligen Menschen zu machen.

Die Arbeit scheint Stück für Stück wirklich immer stupider zu werden und so allmählich passiert genau das, was mein Vater prophezeit hat. Ich stumpfe ab. Oft fragen mich die Bewohner, ob es mir nicht gut geht und wo denn mein Lächeln hin sei. Ich selbst bemerke das alles kaum. Es ist, als würde ich keine Zeit mehr haben, mich um mich selbst zu kümmern. Ich gehe nach Hause, schlafe, esse, schaue fern und gehe zur Arbeit. Wenn ich Berufsschule habe, verbringe ich danach meistens noch ein paar Stunden auf der Arbeit, um auszuhelfen.

Ich merke zwar, wie mein Körper abzubauen scheint, jedoch ist mein Tagesablauf gerade mehr als in Ordnung für mich. Zumindest, um eine bestimmte Person zu vergessen. Jeden Tag hoffe ich insgeheim auf eine Nachricht und jeden Tag meide ich Orte, an denen er sich aufhalten könnte. Ich würde es nicht ertragen, Nick mit Anny zu sehen.

Auch Alice merkt, dass es mir nicht gut geht, und versucht hin und wieder, mich aus meinem Zimmer zu locken. Meine Eltern lassen mich die meiste Zeit in Ruhe, was ich sehr begrüße.

Tatsächlich schafft es Alice, mich am Wochenende, als ich einmal nicht zur Schicht eingeteilt bin, aus meiner Blase zu holen.

»Lass uns mal wieder Rad fahren«, schlägt sie gutgelaunt vor. Dass ich kein Fahrrad habe, lässt sie nicht gelten.

»Du kannst das von meiner Mama nehmen, das setzt eh schon Staub an im Keller.«

Ich lasse mich überreden. Pünktlich am Samstagmorgen stehe ich vor der Tür ihrer Eltern. Es ist ein herrlicher Tag. Die Sonne lacht, es ist angenehm warm und riecht frisch. Ich weiß nicht, wann ich das letzte Mal einen Morgen so wahrgenommen habe wie diesen.

Gemeinsam schleppen wir die Fahrräder aus dem Keller und überlegen vor dem Haus, wo wir hinfahren wollen. Alice schlägt vor, ihre Freundin Mia im Stall zu besuchen. »Am Wochenende ist sie meistens bei ihrem Pflegepferd und es ist wirklich schön da oben.«

Ich stimme zu.

Die meiste Zeit geht die Strecke nur bergauf. Ausdauer ist mir schon immer ein Fremdwort gewesen. Es ist aber auch nicht so, dass Alice täglich Rad fahren würde, und trotzdem schafft sie es, den Berg hochzufahren und mir um einige Meter voraus zu sein. Wir beschließen, die Räder für den Rest der Strecke zu schieben.

Fast oben angekommen, halten wir inne und genießen die Aussicht. Wahnsinn, wie klein einem auf einmal alles vorkommt, sogar Probleme.

Noch ein Selfie und schon geht es weiter.

Als wir am Stall ankommen, ist Mia gerade von ihrem Ausritt zurück. Wir stellen unsere Räder ab und begrüßen sie. Mia und ich haben uns zwar schon mal kennengelernt, aber durch ihr Studium in einer anderen Stadt so gut wie nie gesehen.

Wir unterhalten uns über Pferde, als mich ihr Pflegepferd von der Seite anstupst. Ich war Pferden schon viele Jahre nicht mehr so nahe. Als Kind ritt ich selbst viel, als wir dann aber umzogen, fand mein Hobby ein jähes Ende.

Ich strecke dem großen Braunen meine Hand entgegen und er legt seine weichen Nüstern hinein. Ich stelle mich näher an ihn heran und beginne seinen Kopf zu streicheln. Er schließt genussvoll seine Augen und schnaubt immer mal wieder anerkennend. Ich hatte vergessen, wie beruhigend es sein kann, die Energie eines Pferdes zu spüren und sich mit ihm verbunden zu fühlen.

Gemeinsam bringen wir ihn auf die Weide und beobachten, wie er zu seinen Artgenossen läuft und sich ins Gras schmeißt, um sich ausgiebig zu wälzen.

»Na toll, ich habe dich gerade geputzt, du Depp«, ruft Mia dem Braunen grinsend zu.

Ein frischer Wind bläst uns um die Nase, während wir wieder zum Stall laufen, und zum ersten Mal seit Wochen fühle ich mich nicht mehr so ausgelaugt und müde.

Wir bleiben noch eine Weile am Stall, setzen uns auf die Wiese, essen unsere Snacks und reden.

Ich selbst habe Mia bisher nur ein paar Mal flüchtig gesehen und hätte nie gedacht, dass sie so tiefgründig ist. Es ist total entspannend, ihr zuzuhören.

Als wir uns auf den Heimweg machen, ist es später Nachmittag. Zurück bei Alice`Elternhaus merke ich, wie platt ich bin. Doch es hat so gutgetan und ich fühle mich beflügelt.

»Frau Waaaagner!« Montagmorgen, ich bin gerade erst angekommen und diese Frau hat nichts Besseres zu tun, als mich schon wieder in ihr Büro zu zitieren. Ich rolle mit den Augen, worauf meine Kollegin lachen muss.

»Ach Lena, du hast es schon nicht leicht.« Sie tätschelt mir die Schulter und ich gehe geradewegs in die Höhle des Löwen.

Manchmal frage ich mich wirklich, was ich hier noch soll, wenn doch eh alles, was ich mache, falsch ist. Meine Leck-mich-am-Arsch Stimmung hilft mir gerade sehr. Seitdem Nick mir offenbart hat, dass er eine Neue hat, und besonders seitdem ich weiß, wer es ist, gibt es nicht viel zu lachen für mich. Ich fühle mich so emotionslos wie schon lange nicht mehr.

»Schön, dass Sie es einrichten konnten, Frau Wagner. Hier, Ihre Kündigung. Wenn Sie bitte hier unterschreiben würden!«

Jetzt hat sie es doch wieder geschafft, mich zu überraschen. Was zur Hölle? Ich wäge ab, ob ich nach dem Warum fragen oder einfach unterschreiben soll. Da ich noch in der Probezeit bin, muss sie keinen Grund angeben, und das hat sie auch nicht, wie ich feststelle, als ich das Blatt Papier überfliege. Einerseits ist es mir total egal, auf der anderen Seite spüre ich, wie sich mein Magen zusammenzieht.

»Darf ich erfahren, was ich falsch gemacht habe?«, frage ich nun doch noch kleinlaut.

»Sie widersetzen sich Vorschriften und Regeln, wann immer es Ihnen passt. Das kann ich nicht länger dulden. Nachahmer kann ich nicht gebrauchen, deshalb müssen Sie gehen. Ich stelle Sie für die zwei Wochen Kündigungsfrist frei. Und nun packen Sie Ihre Sachen und verlassen Sie mein Haus.«

Autsch, das hat gesessen. Ich trete aus der Tür und schließe sie leise. Bevor ich raus ins Esszimmer gehe, falte ich den Zettel so klein ich kann und lasse ihn in meiner Hosentasche verschwinden. Ich brauche nun schnell einen Schlachtplan, denn ich möchte nicht diejenige sein, die meiner Kollegin sagt, dass ich eben gekündigt worden bin. Ein bisschen Stolz habe ich dann doch noch.

Mit einem kleinen Funken Hoffnung, dass sie mich nicht sieht, betrete ich den Gang. Als ich aus der Tür zum Hausflur gehen möchte, fahre ich erschrocken zusammen.

»Und, was wollte sie von dir?«

Ich schließe kurz die Augen und atme tief ein, während meine Hand noch die Türklinke umschließt. Ach, was solls. »Sie hat mich rausgeschmissen. Ich soll sofort ihr Haus verlassen.« Völlig schockiert schaut mich meine Kollegin an.

»Das kann nicht ihr Ernst sein? Was hast du denn so Schlimmes verbrochen? Soll ich nochmal mit ihr reden?«

»Nein nein, bloß das nicht. Ich habe eben einfach nicht nach ihren Regeln gespielt, das ist alles. Es tut mir leid, dass du nun heute allein klarkommen musst. Aber du kannst dir ja vielleicht von oben jemanden zur Unetrstützung holen.« Kathrin fällt mir um den Hals.

»Mach dir darüber mal keine Gedanken. Es tut mir so leid. Du hast das so toll gemacht und ich habe so gern mit dir zusammengearbeitet. Bitte lass mal was von dir hören.«

Ich erwidere die Umarmung. Sie tut gerade wirklich gut, was ich nicht erwartet hätte. Ich merke, dass mir Kathrin furchtbar fehlen wird. Genauso wie alle anderen hier, außer dem Hausdrachen.

Auf dem Weg zur Haltestelle realisiere ich nach und nach, was da gerade passiert ist. Mein nächster Gedanke ist an meinen Vater gerichtet. Ich kann ihm unmöglich sagen, dass ich gekündigt wurde. Jetzt bereue ich es ein wenig, keine eigene Wohnung mehr zu haben, in die ich mich zurückziehen könnte.

Ich schreibe Alice eine Nachricht. Mit ein bisschen Glück hat sie heute frei und ich kann erstmal zu ihr.

Na klar, komm gern zum Frühstück vorbei. Wie kommt es eigentlich, dass du Zeit hast? Hast wohl frei bekommen?

Naja, nicht ganz. Ich erzähle dir gleich alles. Soll ich Brötchen mitbringen?

Da bin ich ja gespannt. Ja gern, du weißt ja, welche ich am liebsten mag. Bis gleich.

Alles klar, bis gleich.

Beim Bäcker hole ich zwei Mohnzöpfe für Alice und zwei Käsebrötchen für mich. Wenig später stehe ich schon vor ihrer Tür.

»Waaas, die hat dich rausgeschmissen, was machst du denn jetzt?« Ich zucke mit den Schultern und senke den Blick.

»Ich weiß es nicht. Einerseits bin ich froh, ihr nicht mehr über den Weg laufen zu müssen, auf der anderen Seite habe ich damit meine Ausbildung in den Sand gesetzt.«

»Warte mal«, ruft Alice und springt auf. »Kannst du dir nicht einfach einen neuen Betrieb suchen?«

»Könnte ich, aber wer würde mich den so kurzfristig nehmen? Die sind doch alle voll.«

»Was ist das auch für ein Drache? Ich meine, jemand Besseren als dich wird die nie wieder finden.«

Ich werfe ihr einen Handkuss zu.

»Aber mal ohne Mist, frag doch mal in deiner Berufsschule nach oder noch besser, frag deine Mitschüler. Die haben doch auch alle einen Betrieb.«

Jetzt springe ich auf und falle ihr um den Hals.

»Alice, du bist genial!«

»Na wenn es weiter nichts ist«, lacht sie und wir widmen uns wieder dem Frühstück.

Obwohl ich noch nicht weiß, ob ich eine Chance habe und es klappen wird, so habe ich trotzdem ein sehr gutes Bauchgefühl. Vielleicht ist es wirklich gar nicht so schlecht, dass mich der Drache rausgeschmissen hat.

Später sitze ich in Alice` Zimmer und schreibe zumindest erstmal diejenigen aus meiner Klasse an, von denen ich eine Nummer habe. Einige finde ich auf Facebook, doch bevor ich weitersuche, halte ich kurz inne.

Will ich das überhaupt? Vielleicht ist das alles ein Zeichen, weil ich selber gemerkt habe, das ich abstumpfe, was ich nie wollte. Aber vielleicht ist es in einem anderen Seniorenheim auch ganz anders. Immerhin scheinen alle aus meiner Klasse zufrieden zu sein.

Mein Handy leuchtet auf. Chris aus der Schule.

> Hi Lena, das ist ja übel mit deiner Chefin. Ich frage morgen mal bei mir auf Arbeit nach.
>
> Danke Chris, das ist so lieb von dir.

Ich überlege, in welcher Einrichtung er ist, und schaue im Internet nach. Ein riesiges Haus mit fünf Etagen und wahrscheinlich endlos langen Gängen. Das könnte interessant werden.

Also gut, denke ich. Wenn es sein soll, dann wird es klappen. Und wenn nicht, dann muss ich mir etwas anderes überlegen.

Als ich damals kurz vor den Abschlussprüfungen in der Schule war und wir uns für eine Ausbildung bewerben mussten, wollte ich Bürokauffrau werden. Schon in der Schulzeit machte es mir immer Spaß gemacht, am PC zu sitzen. Ich schrieb, tobte mich an Zeichenprogrammen aus und war total fasziniert von allem.

Als ich am späten Nachmittag nach Hause komme, versuche ich der Frage, »wie mein Tag bei der Arbeit war«, zu entgehen und schleiche in mein Zimmer. Was anscheinend überflüssig ist, da niemand da zu sein scheint. Ich atme auf und die Anspannung legt sich. Es ist schön, auch mal allein zuhause zu sein. Also nicht so allein, wie ich es in meiner Wohnung war, aber eben mal für mich zu sein.

Am nächsten Tag bekomme ich wie versprochen eine Nachricht von meinem Mitschüler.

> Hi Lena, du hast Glück. Ein Platz ist noch frei. Ruf einfach an und mach am besten gleich einen Termin aus. Bis dann, Chris.

Das Schicksal hat also entschieden, mir noch eine Chance zu geben. Oder eher, dass ich der Altenpflege noch eine Chance gebe.

Nach einem kurzen Gespräch mit der Assistentin der Geschäftsleitung haben wir schnell einen kurzfristigen Termin gefunden. Als ich aufgelegt habe, scheint mein Herz bei jedem dritten Klopfen zu stolpern, als wolle es mir etwas mitteilen. Doch ich bin fest überzeugt, dass es der richtige Weg ist.

Verschwitzt vor lauter Aufregung und weil ich mich beeilen musste, komme ich vor dem Eingang des Seniorenheims an. Auf den ersten Blick sieht es gemütlich und wie in einem Hotel aus. Ich atme noch einmal durch, bevor ich reingehe. Kurz darauf ist es schon so weit und ich werde von der Assistentin hineingebeten.

Während ich mich ins Büro der Chefin setze, bin ich total fasziniert von der Ausstrahlung dieser Frau. Sie hat etwas Warmes, Herzliches aber auch Bestimmtes an sich und ich fühle mich ab der ersten Sekunde wohl in ihrer Gegenwart. Das hätte es bei meiner alten Chefin nie gegeben. Es hat mich damals sehr gewundert, dass sie mich trotz der Antipathie, die wir zueinander hatten, eingestellt hat.

Wir reden ungefähr eine halbe Stunde miteinander, dann ist es für beide Seiten klar. Wir gehen gemeinsam in das Vorzimmer und sie richtet ihrer Assistentin aus, dass sie den Vertrag fertig machen soll. Da es schon am nächsten Montag losgehen wird, möchte sie mir auch gleich die Station zeigen, auf der ich eingeteilt werde, und mir ein paar Kollegen vorstellen.

Als wir mit dem Fahrstuhl oben im fünften Stock ankommen, herrscht ein wildes Gewusel auf dem Gang. Viele Bewohner sind mit einem Pfleger oder Therapeuten unterwegs. Auch der Aufenthaltsraum ist gut besucht und die Bewohner scheinen sich hier sichtlich wohl zu fühlen. Ich merke, wie sich mein Körper langsam entspannt, beim Anblick der lachenden und zufriedenen Gesichter.

Sich neuen Kollegen vorzustellen, ist immer etwas merkwürdig, das war es früher in der Schule schon und ich glaube, das wird sich wohl nie ändern. Doch alle sind sehr freundlich und scheinen Spaß an ihrer Arbeit zu haben.

Nach unserer Besichtigung gehe ich mit einem Lächeln und einem Vertrag nach Hause. Ich bedanke mich bei meinem Mitschüler und verkünde dann Alice die tolle Nachricht.

Einen Menschen gibt es noch, mit dem ich dieses Glück gerne teilen würde, doch der teilt seines gerade mit einer anderen Frau.

Ich bin Nick erfolgreich aus dem Weg gegangen, habe alle Orte gemieden, an denen ich den beiden begegnen könnte. Doch dass er mir fehlt, kann ich nicht leugnen. Ich frage mich, ob wir dieses Freundschaftsding doch mal ausprobieren sollten. Obwohl ich mir ziemlich sicher bin, dass es mir weh tun wird und ich am Ende doch wieder den Kürzeren ziehen werde, könnte ich ihn so wenigstens wieder sehen.

Mir wird bewusst, was alles seit der Trennung von Nick passiert ist, wie sehr ich mich verändert habe. Ich habe mich aufgerappelt und versuche, meinen Weg zu finden. Gehe oft in mich und reflektiere. Ich denke darüber nach, was mir guttut und was nicht. Und ich verkrieche mich nicht mehr so oft. Nennt man das Selbstbewusstsein? Ich bin mir nicht sicher. Aber egal, was es ist, es fühlt sich gut an.

Die ersten Tage auf der neuen Station scheine ich eine Art Welpenschutz zu haben, denn keiner sagt, dass ich zu langsam bin. Was ich, wenn ich die anderen sehe, definitiv bin. Während einige zehn Bewohner am Morgen schaffen, habe ich gerade mal fünf Bewohner fertig gemacht und bringe einen davon gerade im Rollstuhl an den Mittagstisch. Ich habe einfach ewig gebraucht. Klar liegt das auch daran, dass ich mich erst zurechtfinden muss, doch trotzdem fühle ich mich, als würde ich schon wieder versagen.

Ich dachte, in meiner ersten Einrichtung hätte ich viel zu tun gehabt, doch hier sind es mindestens doppelt so viele Bewohner und nicht wirklich mehr Pfleger. Ich muss einfach schneller arbeiten. Ich möchte das hinbekommen. Jedoch hapert es oft schon daran, dass ich nicht mehr daran denke, wie es dementen Bewohnern geht und dass die meisten schon in einer völlig anderen Welt sind und so gut wie nichts mehr allein können.

Als ich einer Bewohnerin die Zahnbürste mit Zahnpasta in die Hand gebe und sage: »Sie können sich nun die Zähne putzen«, lächelt sie mich an, nickt und brabbelt die ganze Zeit, »ja ja, ja ja.« Als ich sie duschen möchte, bin ich am Ende ebenfalls komplett nass.

»Ihr scheint ja Spaß zu haben. Das ist sehr ungewöhnlich, denn normalerweise duscht Frau Grafe überhaupt nicht gern. Gut gemacht, Lena.«

Meine Kollegin schließt die Tür zum Zimmer wieder und ich grinse über beide Ohren.

Als ich Frau Grafe zu ihrem Mittagstisch bringe und ihr beim Setzen helfe, hätte ich mich am liebsten zu ihr gesellt. Aus dem Augenwinkel beobachte ich, während ich den Raum verlasse, wie ihr ein Teller hingestellt wird und sie einfach nur davor sitzt und ins Nichts starrt. Leider habe ich keine Zeit, ihr das Essen zu reichen, und laut Stationsleitung sind dafür auch andere Hilfskräfte zuständig. Trotzdem tut sie mir so unheimlich leid. Wenn sie an der Reihe ist, wird das Essen sicher schon kalt sein.

Nach zwei Wochen in der neuen Einrichtung beschließe ich endlich, meinen Plan einer Freundschaft mit Nick in die Tat umzusetzen. Ich schreibe ihm eine Nachricht und frage erst einmal, wie es ihm geht. Eine Antwort kommt schnell. Hätte ich gewusst, dass das so sein würde, hätte ich ihm vielleicht schon eher geschrieben.

Es dauert nicht lang und wir machen ein Treffen aus. Der Vorschlag kommt sogar von seiner Seite, sodass ich mir nicht blöd vorkommen muss.

Wir treffen uns draußen und wollen zusammen spazieren gehen. Es tut gut, wieder mit ihm reden zu können, denn er war nicht nur mein Partner, sondern auch mein bester Freund.

»Wie geht es dir denn? Und was macht dein Leben?«

Wie immer ist Nick sehr direkt.

»… und nun bin ich in einem anderen Pflegeheim.« Ich habe versucht, die letzten Wochen so kurz wie möglich zusammenzufassen.

»Wow, bei dir wird es eben nie langweilig. Dabei bist du doch eigentlich gar kein Rebell.« Er stupst gegen meinen Arm.

»Nein, eigentlich nicht, aber ich wollte auch nicht mehr länger das kleine Mäuschen sein und alles runterschlucken.«

»Das ist doch super. Ein Fortschritt, würde ich sagen.«

Ich glaube ein wenig Stolz in seinen Worten zu erkennen und fühle mich gleich ein ganzes Stück größer.

»Und, wie läuft es mit dir und Anny?«

Sofort könnte ich mich ohrfeigen für diese Frage. Aber ich möchte, dass er merkt, dass er mit mir über alles reden kann. Einschließlich seiner Freundin.

»Was willst du denn wissen? Wir sehen uns etwas seltener als am Anfang und haben hin und wieder ein paar Meinungsverschiedenheiten.«

»Ich wollte nur fragen, weil man das so macht in einer Freundschaft.«

Damit habe ich mein Statement hoffentlich deutlich gesetzt.

»Naja, es ist eben der Alltag. Anny fängt gerade noch eine neue Ausbildung an und muss viel und oft lernen. Bevor ich da sinnlos bei ihr rumsitze, bleibe ich meistens gleich zuhause. Sie versteht viele meiner Wünsche nicht und tut sie als protzig oder überflüssig ab. Aber sonst ist es schon okay. Du kennst Anny ja.«

Wir setzen uns auf eine Parkbank und für einen kurzen Moment hängt jeder seinen Gedanken nach. Da ich nicht so recht weiß, was ich antworten soll, bin ich lieber still.

»Du fehlst mir.« Seine Worte hallen lang nach in meinem Kopf, als befänden wir uns in einer Höhle und er würde mir von der anderen Seite etwas zurufen. Ich bin mir nicht sicher, wie ich darauf reagieren soll. Also schweige ich, während sich in mir ein erbitterter Kampf zwischen Kopf, Bauch und Herz abspielt. Wie gern ich ihn jetzt küssen würde, denke ich, als in genau diesem Moment seine Lippen immer näher kommen.

Was hat er vor? Was für eine dumme Frage. Ich muss mich schnell entscheiden, ob ich es zulasse oder die Flucht ergreife. Ganz zum Ärger meines Kopfes, gewinnt mein Herz und die Sehnsucht nach seinen vollen, weichen Lippen.

Ich schließe meine Augen und lasse es geschehen. Auch dass seine Hand an meinem Körper entlang wandert und auch, dass sie in meiner Hose verschwindet. Ich will mich zusammenreißen, schaffe es jedoch nicht ein Stöhnen zu unterdrücken.

Ich schließe die Tür meines Zimmers und lehne mich dagegen. Was ist da gerade passiert? Ich hatte noch nie Sex im Freien. Und dann auch noch mit dem Mann, den ich immer noch über alles liebe. Meine Gefühle stehen kopf. Ich sehe mich gerade auf einer Wiese voller Gänseblümchen sitzen und die Blütenblätter einzeln rauszupfen. Er liebt mich, er liebt mich nicht. Und dann trifft mich ein kleiner Schlag von innen in die Magengrube.

Er hat seine Freundin betrogen, mit mir. Wird er es ihr sagen? Ist da doch noch mehr zwischen uns? Lohnt es sich vielleicht doch, noch ein letztes Mal zu kämpfen? Ich weiß es nicht und meine Gefühle zerreißen meine Gedanken zu Konfetti und verteilen es in meinem ganzen Körper. Ich kann nichts dagegen tun, auf Wolke sieben zu schweben. Weil ich ihn immer noch liebe.

Am nächsten Morgen wache ich schweißgebadet auf. Für eine winzige Sekunde denke ich, es war alles nur ein Traum, doch mein Oberteil, das vor meinem Bett liegt, erzählt eine andere Geschichte. Das heißt, ich habe mich entweder wie ein Wildschwein im Dreck gesuhlt, oder das Ganze ist wirklich passiert.

Ich schaue auf mein Handy. Nichts. Ob er nun wieder schweigen wird? Ob er bei ihr ist? Eifersucht packt mich bei dem Gedanken, dass er neben Anny im Bett liegen könnte.

Ich schiebe ihn beiseite und konzentriere mich auf meine Tagesplanung. Das erste Mal Spätschicht im neuen Seniorenheim. Ich bin sehr gespannt, wie es ablaufen wird. Auch wenn ich mich dort wohlfühle, beschleicht mich immer wieder ein merkwürdiges Gefühl, das ich noch nicht ganz greifen kann.

Nicht über Nick nachzudenken, fällt mir schwerer, als ich dachte. Das Handy liegt im Spind und ich denke unentwegt daran und hoffe so sehr auf eine Nachricht von ihm. Zum Glück vergeht die Zeit wie im Flug. Am Ende der Schicht habe ich wieder einmal das Gefühl, nichts geschafft zu haben, was einen faden Beigeschmack hinterlässt. Ich fühle ich mich wie vom Laster überrollt. So vielen Bewohnern gerecht zu werden, ist wirklich keine leichte Aufgabe. Dennoch möchte ich jedem genügend Aufmerksamkeit geben, denn das hat jeder Mensch verdient.

Bei der Dokumentation tue ich mich noch immer schwer. Man darf nichts Subjektives schreiben. Jedes Mal denke ich darüber nach, was jetzt subjektiv und was objektiv ist. Besonders wenn es darum geht, auch etwas über das Befinden desjenigen zu schreiben. Immerhin kenne ich die Bewohner noch nicht sehr lang. Ich bin sehr froh, als mich eine Kollegin in den Feierabend entlässt.

Todmüde falle ich zuhause ins Bett.

Am nächsten Morgen erschreckt mich der Wecker so sehr, dass ich mir den Kopf anstoße. Das muss mir erstmal einer nachmachen. Genau in dem Moment fällt mir auch auf, dass ich seit gestern Abend nicht mal mehr auf mein Handy geschaut habe.

> Ich hoffe, wir wiederholen das. Nicht unbedingt draußen, doch ansonsten genau so. ;)

Ich bin mir nicht sicher, ob mir die Nachricht gefällt. Mein Kopf hat bereits begonnen, Nicks Worte zu zerpflücken und von allen Seiten zu betrachten, zwischen den Zeilen zu lesen. Nur dass es da nicht viel zu lesen gibt.

Er will mich wiedersehen. Zum Sex. Nicht mehr und nicht weniger.

Enttäuscht lasse ich mich wieder aufs Bett fallen und starre an die Decke.

Je mehr ich darüber nachdenke, umso mehr entwickelt sich Nick zum Arschloch und die Nachricht zu einer Art, die ich absolut nicht mag.

Ich dachte, er wollte, dass ich eigene Entscheidungen treffe? Na gut, hier ist meine Entscheidung:

> Ja, das war wirklich abenteuerlich, doch ich finde nicht, dass es einer Fortsetzung bedarf.

Ha, jetzt hab ich‘s ihm aber gegeben. Zufrieden lege ich mein Handy auf meinen Nachttisch und gehe duschen.

Als ich wiederkomme, habe ich drei neue Nachrichten erhalten. Und eine vierte folgt, als ich das Telefon in die Hand nehme. So schwer es mir fällt, ich beschließe, sie nicht zu lesen. Stattdessen frage ich Alice, ob sie Zeit hat. Ich muss das dringend mit ihr auswerten. Ich brauche eine zweite Meinung.

»Ach Lena, wo bist du da denn wieder reingeraten?« Sie schaut mich ein wenig mitleidig an, nachdem sie die Nachrichten gelesen hat.

»Was schreibt er?«

»Warum liest du es nicht selbst, wenn du es wissen willst?«

»Weil ich nicht will, dass es mich wieder runterzieht. Deswegen solltest du sie lesen und dann sagen, ob ich sie gefahrlos lesen kann oder lieber nicht.«

Sie zieht ihre Augenbrauen hoch und verzieht dabei ihre Lippen ganz merkwürdig, so wie sie es immer tut, wenn sie mir eigentlich sagen will, dass ich ein Vollhorst bin.

»Ich weiß ja selber, wie bescheuert das ist, aber ich kann nun mal nicht anders. Ich bin geblendet von meinen Gefühlen. Ich schaffe es einfach nicht, die rosarote Brille abzunehmen.«

Ich erzähle ihr, was an dem Tag passiert ist, und von den letzten Wochen. Erst jetzt merke ich selbst, wie ausgelaugt ich bin. Und das von der Arbeit und vor allem von meinen Gefühlen.

»Den Nachrichten nach zu urteilen, möchte er es nicht beenden. Also das mit euch beiden. Wobei ich das nicht gut finde, da bei dir noch große Gefühle im Spiel sind. Dann soll er seine Freundin verlassen, wenn er nicht zufrieden ist oder sie nicht liebt.«

Ich nicke. Ich weiß, dass Alice recht hat, aber bin mir nicht sicher, ob ich es schaffe, das von ihm zu verlangen.

»Was ist, wenn ich ihm das als Ultimatum schreibe und er sich daraufhin nicht mehr meldet? Oder wenn ich ihn damit vergraule?« Alice schüttelt die ganze Zeit mit dem Kopf.

»Lena, ganz ehrlich, das hast du wirklich nicht verdient. Du hattest doch schon damit abgeschlossen, ich denke, du hättest es dabei belassen sollen, und damit, dass du etwas Besseres verdient hast, fange ich jetzt gar nicht erst an. Es tut weh, das von ihr zu hören, besonders, weil sie absolut recht hat. Er spielt mit mir.

Jetzt nehme ich mein Handy selbst wieder in die Hand und lese die Nachrichten sorgfältig, in der Hoffnung, irgendetwas zwischen den Zeilen zu erfahren, auch wenn es nicht da steht.

»Die Frage ist eben, ob er mich noch liebt. Vielleicht war das mit Anny nur ein kurzes Verliebtsein. Ich weiß noch genau, wie es ist, wenn die Schmetterlinge im Bauch verrückt spielen und man nur noch an den anderen denken kann.«

»Trotzdem ist es unfair sich dich warmzuhalten, und mit Sicherheit weiß diese Anny von nichts.«

Das stimmt, er muss sich entscheiden. Ich will so nicht weitermachen. Es tut einfach so sehr weh, zu wissen, dass er immer wieder zu ihr geht, bei ihr schläft oder sie bei ihm und sie das haben, was ich mir sehnlichst von ihm wünsche. Doch ich weiß nicht, ob ich noch einmal stark genug bin, einen Schlussstrich zu ziehen.

Kapitel 13

Jeden weiteren Tag, den ich im Seniorenheim verbringe, fühle ich mich schlechter. Verantwortlich für die ganzen Seelen und besonders dafür, sie im Stich zu lassen. Weil ich immer noch so langsam bin, ist die Stimmung unter den Kollegen auch eher angespannt. Zu Beginn hatten alle noch Verständnis, immerhin musste ich mich erst einarbeiten. Doch nun bin ich seit fast zwei Monaten hier und kann und möchte meine Gewohnheiten einfach nicht ablegen. Leider bedeutet das mehr Arbeit für die anderen und das heißt im Umkehrschluss, dass diese nur noch weniger Zeit für einen Bewohner haben. Ein Teufelskreis, der mich zunehmend unglücklich macht und dem ich gern entkommen möchte. Ich weiß nur nicht wie.

Nach einer weiteren Woche auf Station werde ich zur Chefin gerufen. Der Weg dorthin lässt meinen Magen schwer wie Blei werden. Ich möchte sie nicht enttäuschen, denn ich bin dankbar für die Chance, die sie mir gegeben hat. Dennoch kann ich nicht abstreiten, dass ich wohl nie ankommen werde in diesem Beruf. Zumindest nicht, wenn alles so bleibt wie bisher.

»Hallo Frau Wagner, setzen Sie sich doch bitte. Möchten Sie vielleicht ein Glas Wasser?«

Sie ist genauso freundlich wie ganz am Anfang und wieder spüre ich diese Wärme, die von ihr ausgeht, und ich fühle mich geborgen. Dankend nehme ich ein Glas Wasser und stoppe mich selbst, da ich es sonst beinahe in einem Zuge ausgetrunken hätte.

»Frau Wagner, ihren Kollegen ist aufgefallen, dass Sie irgendetwas zu bedrücken scheint. Möchten Sie mit mir darüber sprechen?«

Oh Gott, sie haben es bemerkt? Dabei habe ich doch die ganze Zeit versucht, so normal wie möglich zu sein. Ich zupfe an meiner Hose und überlege, was ich sagen soll.

»Naja, wissen Sie, ich mag den Beruf wirklich gern, doch ich habe immer wieder das Gefühl, die Patienten im Stich zu lassen. Ich mag es nicht, morgens so abzuhetzen und sie dabei lieblos zu behandeln.«

Sie hört mir aufmerksam zu. Der Raum füllt sich mit Gedanken, die unaufhörlich aus meinem Kopf entspringen und mir die Luft zum Atmen nehmen.

»Wissen Sie, Frau Wagner, ich denke, Sie sind ein sehr sensibler Mensch. Und das, was Sie mir erzählt haben, beweist auch, dass Ihnen die Menschen sehr ans Herz gewachsen sind. Leider lässt es unser Pflegekonzept nicht zu, sich so aufopfernd um jeden Einzelnen zu kümmern. Dafür haben wir ehrenamtliche Helfer und auch Praktikanten.«

Ich weiß, dass sie es nicht böse meint, und dennoch fühlt es sich auf einmal so an, als wäre ich hier fehl am Platz. Als würde ich hier nicht hergehören. Als hätte man mich bei der Berufswahl aus Versehen in die falsche Spalte gesteckt. Leider hat sie recht.

»Naja, es stimmt schon, ich habe auch manchmal das Gefühl einfach überfordert zu sein von all den Gefühlen, die mich überkommen, wenn ich einen Menschen und sein Schicksal vor mir sitzen habe. Ich habe das Bedürfnis, demjenigen wenigstens ein kleines Lächeln ins Gesicht zu zaubern. Ich habe mich auch schon gefragt, ob das wirklich das ist, was ich machen möchte und kann. Ich komme immer wieder an meine Grenzen, weil ich mehr möchte als das. Ich möchte nicht nur an- und auziehen, waschen, kämmen, Zähne putzen und dann wieder alles von vorn.«

Ich verstumme und für einen Moment ist nur das Tastaturgeklimper aus dem Vorzimmer ihrer Assistentin zu hören. Dabei kommt mir ein Gedanke in den Sinn. Als ich meinen ersten Computer von meiner Oma bekam, war ich stolz wie sonst etwas. Sofort startete ich das Schreibprogramm und wollte in die Tasten hauen. Doch mir fiel nichts ein, was ich hätte schreiben können. Dann fing ich irgendwann an, Texte abzuschreiben oder Songtexte zu übersetzen und abzutippen. Es machte mir so viel Spaß und wann immer wir eine Hausaufgabe auf bekamen, die wir am PC lösen durften, war ich Feuer und Flamme. Ein Beruf im Büro wäre mir trotzdem nicht einmal im Traum eingefallen. Ich dachte immer, dass ich dafür nicht genug bin. Doch nun keimt dieser Wunsch wieder auf und stellt sich ganz stark in den Vordergrund.

»Frau Wagner, ich würde Sie sehr gern unterstützen, falls Sie einen anderen beruflichen Wunsch haben. Wie schon gesagt, ich denke über kurz oder lang werden Sie in der Altenpflege nicht glücklich werden.«

Mit diesen Worten holt sie mich zurück ins Hier und Jetzt. Ob ich meinen Gedanken nachgeben soll?

»Ich würde so gern im Büro arbeiten. Ich habe schon mal darüber nachgedacht, Bürokauffrau zu werden, den Gedanken aber wieder verworfen. Jeder, der mich kennt, hat gesagt, das wäre kein Beruf für mich und dass ich auf jeden Fall etwas mit Menschen machen soll. Das wäre meine Berufung. Vielleicht sollte ich wirklich endlich mal auf das hören, was ich möchte«, platzt es plötzlich aus mir raus.

»Das sollten Sie auf jeden Fall!«

Da war es wieder, ihr warmes herzliches Lächeln. Es fühlt sich an wie eine Umarmung und eine Hand, die mir gereicht wird, die mir helfen soll, das anzunehmen, was ich mir wünsche.

»Sie haben recht. Ich glaube, mir wäre am meisten geholfen, wenn Sie mich kündigen. Dann kann ich versuchen, bei der Agentur eine Umschulung zu bekommen. Vielleicht habe ich ja dieses Mal Glück.«

Sobald ich diese Worte ausgesprochen habe, fühle ich mich auf einmal so frei, so leicht und dennoch bin ich total erschrocken über mich selbst, dass ich mich getraut habe, das laut sagen.

»In Ordnung, wenn ich Ihnen damit helfen kann, dann werde ich das tun. Das soll aber nicht heißen, dass ich Sie loswerden möchte!« Sie reicht mir ihre Hand und wir besiegeln unseren Deal.

Gleich am nächsten Tag mache ich mich auf zur Agentur für Arbeit. Je näher ich dem riesigen Gebäude komme, desto langsamer werde ich. Der Gedanke daran, um etwas bitten zu müssen und ohne die Hilfe aufgeschmissen zu sein trägt dazu bei, dass sich mein Magen krampfhaft zusammenzieht. Vor der Drehtür bleibe ich stehen und werde sogleich von einigen meiner Mitmenschen geschubst.

Ich lasse mich von der nächsten Welle an Menschen mit in das Gebäude treiben und muss mich drinnen erst einmal orientieren. Zum Glück sehe ich gleich eine Information und hoffe, dass die Dame, die dort sitzt, mir helfen kann.

Ich räuspere mich, jedoch scheint sie das nicht zu interessieren, denn sie schaut weiterhin auf den Bildschirm vor sich und tippt in die Tasten.

»Entschuldigen Sie bitte!« Die Worte kommen so leise aus mir, dass ich selbst verwundert bin. Ich atme tief ein, nehme all meinen Mut zusammen und versuche es noch einmal.

»ENTSCHULDIGEN Sie bitte!« Jetzt nur nicht einknicken, denke ich und versuche, meine Schultern gerade zu halten.

Es funktioniert. Sie schaut mich an. Leider kann ich aus ihrem Blick nicht deuten, ob sie freundlich ist oder sauer, weil ich sie gestört habe.

»Oh Entschuldigung, ich habe Sie gar nicht gesehen, ich war zu vertieft. Wie kann ich Ihnen helfen?«

Der Brocken, der von mir abfällt, könnte nicht größer sein. Ich bin so erleichtert, dass sie kein böser Drache ist. Solche Menschen kann ich gerade einfach nicht ertragen.

»Kein Problem. Ich möchte mich arbeitssuchend melden, können Sie mir sagen, wo ich hinmuss?«

Sie lächelt und erklärt mir freundlich den Weg.

Als ich in der ersten Etage ankomme und mich anstelle, stehe ich fast im Treppenhaus, so viele Menschen sind da. Es kostet mich viel Energie, nicht einfach das Weite zu suchen. Doch das Warten zahlt sich aus. Auch die Frau, bei der ich nun stehe, scheint nett zu sein, denn sie begrüßt mich mit einem Lächeln, was ich ihr aufgrund der Menschenmassen hier hoch anrechne.

Mit einem Formular in der Hand suche ich das Zimmer, zu dem ich gehen soll. Die nette Dame hat mich direkt bei einer Beraterin angemeldet. Vorher soll ich den Zettel ausfüllen.

Verwundert blicke ich auf das Blatt, als ich mich neben die Tür gesetzt habe. Dort steht, ich soll meine Wünsche für das Beratungsgespräch aufschreiben. Na gut, dann werde ich genau das tun.

Als ich fertig bin, lasse ich meinen Blick schweifen. Die Gänge wirken schier unendlich und es herrscht eine unangenehme Stille. Alle, die vorbeikommen, schauen ernst. Es ist, als würde ich die grauen Wolken um sie herum spüren und ein kleiner Teil bei mir abgeladen werden. Ich versuche, das Grau abzuschütteln. Ich möchte positiv in dieses Zimmer gehen, ich möchte freundlich sein.

Die Tür öffnet sich und eine kleine Frau mit dunklen Haaren, die sie zu einem Dutt zusammengebunden hat, und einer Brille bittet mich rein. Sie wirkt auf den ersten Blick streng, doch spüre ich etwas Wärme.

Sie geht mit mir erstmal alle Formalitäten durch und vervollständigt meine Vita, wie sie es so schön nennt. Dann rutscht sie etwas zur Seite und mustert mich von oben bis unten.

»Sie möchten also Bürokauffrau werden?«

Ich nehme all meinen Mut zusammen. »Ja, das möchte ich.«

»Und warum ausgerechnet Bürokauffrau? Ich meine, verstehen Sie mich nicht falsch, aber Sie haben doch einen tollen Beruf gelernt, in dem Sie eigentlich immer etwas finden müssten. Büroleute rennen hier weiß Gott schon genügend durch die Gegend, da werden Sie schwer einen Job finden.«

Jegliche Farbe scheint aus meinem Gesicht zu weichen, das kann ich spüren. Mein Magen krampft und ich habe Mühe, kein schmerzverzerrtes Gesicht zu machen.

»Wissen Sie, ich habe einfach schon immer gern am PC geschrieben oder daran gearbeitet. Ich schreibe gern Bewerbungen und verfasse schon seit Jahren Anschreiben für meine Familie und Freunde. Es macht mir einfach unheimlich Spaß. Natürlich ist Verkäuferin einer der wohl sichersten Berufe, in dem man immer Arbeit finden kann, doch ich kann in dem Bereich einfach nicht mehr arbeiten. Ich habe vor über einem Jahr eine Psychotherapie gemacht und bin seitdem auf der Suche nach mir und nach dem, was ich wirklich kann und machen möchte.«

Mein Herz klopft mir bis zum Hals, als ich diese Worte ausgesprochen habe.

Die Dame zieht eine Augenbraue hoch und ich kann ein kleines Lächeln in ihrem Gesicht erahnen. Dann zieht sie sich auf ihrem Drehstuhl wieder zurück vor ihren Bildschirm und tippt auf ihrer Tastatur rum.

»Also schön Frau Wagner, normalerweise ist eine andere Beraterin für Sie zuständig, ich werde sie mal anrufen und fragen, ob sie eventuell einen Moment Luft hat.«

Ich nicke stumm, aber mit einem Lächeln im Gesicht. Meine Mutter hat immer gepredigt, dass ich freundlich sein und lächeln soll, egal, wie mies mein Gegenüber drauf ist. Damit erreicht man immer mehr.

»Sie haben Glück, sie kann Sie gleich empfangen.« Mit diesen Worten erhebt sie sich von ihrem Stuhl und führt mich wieder nach draußen. Sie geht mit mir durch viele Gänge und ich befürchte, nicht mehr raus zu finden.

Sie klopft an eine Tür, steckt ihren Kopf durch den schmalen Spalt und bittet mich dann, einzutreten. Sie schließt die Tür hinter mir von außen und ich stehe verwirrt vor einer Frau mit wunderschönen lockigen blonden, langen Haaren. Sie sieht aus wie ein Engel und sie lächelt.

»Setzen Sie sich doch, Frau Wagner. Meine Kollegin hat mir bereits kurz mitgeteilt, welchen Wunsch Sie haben. Bitte erzählen Sie mir noch, wie es zu der Kündigung kam und warum Sie nun in einem völlig anderen Bereich arbeiten möchten.«

Das fällt mir nicht schwer und so schütte ich ihr mein Herz aus. Zwischendrin nickt sie immer mal wieder und schreibt fleißig mit.

»Also gut, ich denke, ich kann Ihnen helfen.«

Mein Herz beginnt wie wild zu schlagen und mein Grinsen wird immer breiter.

»Wirklich?«, frage ich ungläubig nach.

»Ja, denn nächsten Monat findet eine neue Umschulungsmaßnahme statt und es ist noch ein Platz frei.«

»Oh mein Gott, ist das wirklich wahr? Einfach so?«

Ich kann mein Glück kaum fassen und würde sie am liebsten in den Arm nehmen. Sie sieht nicht nur aus wie ein Engel, sie ist auch einer.

Sie erklärt mir die nächsten Schritte und als ich zustimme, beginnt sie wie wild auf ihrer Tastatur zu tippen und mit ihrer Maus rumzuklicken. Dann ertönt der Drucker. Sie unterschreibt und stempelt viele Blätter, bevor sie mir diese hinlegt. Ich überfliege die Zettel und unterschreibe.

Jetzt fühlt es sich an, als wäre ich in Trance und gar nicht richtig anwesend, als wäre das alles nur ein Traum.

In ein paar Tagen soll ich Post von der Agentur bekommen und dann alles Weitere erfahren.

Sie lächelt immer noch und auch ich kann nicht aufhören zu grinsen. Ob sie weiß, dass dies für mich ein Neubeginn bedeutet?

»Vielen Dank. Sie wissen gar nicht, wie viel mir das bedeutet.«

»Schon gut Frau Wagner, dafür bin ich ja da.«

Sie verabschiedet mich mit einem Lächeln und ich würde ihr schon wieder am liebsten um den Hals fallen.

Wie auf einer flauschigen rosa Wolke laufe ich den Gang zurück, aus dem ich vorhin mit der anderen Beraterin gekommen bin. Am liebste würde ich die ganze Welt teilhaben lassen an meinem Glück. Doch ich beschließ,e es noch für mich zu behalten, bis wirklich alles unter Dach und Fach ist.

Als ich die schriftliche Zusage mit allen wichtigen Infos bekomme, überlege ich, es Nick zu erzählen. Ich habe mich nicht mehr bei ihm gemeldet und ignoriere seine Nachrichten und Anrufe. Auch wenn wir beschlossen haben, den anderen nicht mehr zu ignorieren, kann ich das jetzt einfach gerade nicht.

Ich wollte, dass er sich zwischen mir und Anny entscheidet, doch anscheinend kann er das nicht. Ich gehe unseren Chatverlauf durch und versuche, mal wieder zwischen den Zeilen zu lesen, wie ich es so oft tue, in der Hoffnung, irgendetwas übersehen zu haben. Wieder muss ich mir eingestehen, dass da nichts ist, außer den Worten, die eben da stehen.

Ich schicke Alice eine Sprachnachricht und gleich danach auch eine an Hazel. Auch sie hat die letzten Wochen mitgefiebert und mich immer wieder erinnert, dass ich nach wie vor zurückkommen kann. Wenn ich es mir anders überlegen würde.

Als ich fertig bin und mein Handy gerade beiseitelegen will, piept es. Eine Nachricht von Nick. Als hätte er gemerkt, dass ich an ihn gedacht habe.

> Hey Lena, es tut mir wirklich leid. Ich wollte dir nicht weh tun und du hast absolut recht. Ich muss mich entscheiden und das habe ich nun getan. Anny weiß Bescheid. Ich habe ihr gesagt, dass ich dich immer noch liebe und dass ich nun bereit bin zu kämpfen. Natürlich ist sie wütend und enttäuscht, aber ich habe trotzdem das Gefühl, sie versteht es. Aber selbst wenn nicht, ändert das nichts an dem, was ich für dich empfinde. Lena, ich möchte dich wiederhaben. Du hast es geschafft, auf eigenen Beinen zu stehen. Und ich weiß jetzt, dass ich keine andere will, sondern nur dich. Du bist der Mensch, der mich versteht, der mich glücklich macht, mich zum Lachen bringt und bei dem ich mich wohl fühle. Bitte gib uns noch eine Chance. Gib mir noch eine Chance und verzeih mir. Ich war ein kompletter Idiot. Das erkenne ich jetzt.
>
> In Liebe, Nick

Nachdem ich alles gelesen habe, laufen mir vor Glück Tränen über meine Wangen. Und trotzdem bin ich mir nicht sicher, ob ich das alles überhaupt noch will. Ich frage mich, ob es nicht schon zu spät ist. Die kaputten Teile meines Herzens scheinen endlich wieder ganz. Was, wenn ich in alte Muster verfalle und er mich dann wieder fallen lässt?

Geschafft von den Ereignissen der letzten Tage vergrabe ich mich in meine Kissen und will einfach nur noch schlafen.

> Guten Morgen Süße, hättest du Lust auf ein Mädelswochenende? John ist mal wieder im Außendienst und bleibt gleich dort bis nächste Woche. Sag Bescheid.

Ich weiß wirklich nicht, wie sie das immer wieder macht, doch sie scheint einen Spürsinn dafür zu haben, wenn ich sie gerade brauche. Dankbar nehme ich an und am nächsten Tag steht sie auch schon vor der Haustür und holt mich ab.

Auf der Fahrt bin ich sehr in mich gekehrt und froh darüber, dass Hazel die Ruhe nicht zerstört. Auch dafür hat sie ein Gefühl und gibt mir die Zeit, die ich brauche. Ich genieße den Blick auf die Felder, die Natur und die Weite, beobachte die Wolken und lasse meine Gedanken schweifen.

Als wir ankommen, holt Hazel meine Reisetasche aus dem Kofferraum und stellt sie neben den Hauseingang. Sie nimmt meine Hand, wispert »komm mit« und ich folge ihr, ohne zu fragen, was sie vorhat.

Mitten auf der Wiese hinter dem Schuppen bleibt sie stehen und setzt sich. Ich tue es ihr gleich und kurz darauf liegen wir inmitten von Gänseblümchen und beobachten die Wolken. Ich beginne mich zu entspannen und auf meine Atmung zu achten. Eine Übung, die ich in der Klinik gelernt habe. Achtsam sein, mit sich und der Natur. Ich rieche die frische Luft, das Gras und dann ist da noch etwas anderes. Etwas kitzelt auf meiner Hand, die neben meinem Kopf liegt. Als ich sie anhebe, sehe ich einen Marienkäfer darüber laufen. Diese kleinen roten Käfer mit ihren schwarzen Punkten haben manchmal einen ganz eigenartigen Geruch. Ich schaue rüber zu Hazel.

»Kennst du den Duft von Marienkäfern?«, frage ich sie. Ein Lächeln breitet sich auf ihrem Gesicht aus und sie schaut mich an.

»Natürlich kenne ich den. Wer denn nicht?«

»Nun ja, so ziemlich alle, die ich kenne.«

Hazel kichert, worauf ich anfange zu lachen. Kurz darauf lachen wir beide und bekommen uns gar nicht mehr ein. Das hier ist einer der Momente, die ich über alles liebe. Es rauszulachen, ist die schönste Art, den Kummer und die Sorgen zu vertreiben. Ernst sein, können wir noch lang genug. Ich rolle über die Wiese den Berg hinab und spüre das Kribbeln in meinem Bauch und die Unbeschwertheit, die mir gefehlt hat. Ich höre Hazel immer noch lachen und stimme wieder mit ein. »Danke«, flüstere ich in den Himmel.

Dieses Wochenende ist etwas, das ich dringend gebraucht habe. Es tut so unfassbar gut. Wir essen draußen vor dem Schuppen auf einer Bank und trinken Wein, beobachten den Sonnenuntergang und schweigen viel. Denn was ich neben Hazels Anwesenheit wirklich brauche, ist die Natur. Die Ruhe, ohne ganz ruhig zu sein, die frische Luft, gemischt mit lauter Gerüchen, die es auf dem Dorf gibt und Zeit, um in mich zu gehen und in mich hineinzuhorchen. Um mir darüber klar zu werden, was ich wirklich will, und was ich nicht mehr möchte. Ich bin mir bewusst, dass es noch sehr lange dauern wird, bis ich wirklich weiß, wer Lena Wagner eigentlich ist. Doch das ist gut, solange ich es rausfinden darf. Vielleicht ist das sogar ein Prozess, der nie endet.

Kapitel 14

Bereits nach wenigen Wochen bin ich voll und ganz in der Umschulung angekommen. Ich werde eine Bürokauffrau. Ich sitze fast jeden Tag mit einem fetten Grinsen vor meinem PC und kann mein Glück immer noch nicht fassen. Es hat wirklich geklappt und die Beraterin hat Wort gehalten.

Wir sind eine bunte Mischung aus den verschiedensten Menschen. Die meisten haben schon Kinder und sind verheiratet. Ich hingegen habe mich gerade erst für Nick entschieden. Doch ab und zu merke ich, dass ich auf der Hut bin, auch wenn ich ihn liebe. So, als könnte ich schneller sein als er, falls er mich noch einmal verlassen will.

Und ich bin bei meinen Eltern geblieben. Dieses Mal werde ich nicht wieder den Fehler machen und zu schnell bei ihm einziehen. Nein, ich möchte mich erst einmal noch ein bisschen mehr selbst finden und kennenlernen. Und ich möchte auch, dass er für uns kämpft.

Unser Dozent erklärt gerade, dass wir nun mit dem Thema Finanzbuchhaltung beginnen werden. Zugegeben, mit Zahlen hatte ich es noch nie so richtig und nun will ich einen Beruf erlernen, in dem es von Zahlen nur so wimmelt. Klar gehören auch noch viele andere Dinge dazu, doch vor Finanzen habe ich am meisten Respekt.

Der Witz an der ganzen Geschichte ist, je komplizierter etwas ist, umso besser bekomme ich es hin. Mein Hirn arbeitet auf Hochtouren und wenn eine Aufgabe meiner Meinung nach zu einfach ist, denkt mein Kopf einfach um zehn Ecken und präsentiert dann die richtige Lösung.

Als mein Dozent die Berechnung begutachtet, runzelt er die Stirn.

»Nun ja, das Ergebnis ist richtig, aber ich verstehe nicht, warum du es dir so kompliziert machst.«

»Das fragen Sie mal lieber mein Gehirn. So macht es für mich einfach mehr Sinn.«

Er schmunzelt.

»Solange Sie es hinbekommen und verstehen.«

Ich bin selbst total überrascht, dass ich die Rechnungen hinbekomme. Auch alle anderen Aufgaben machen so viel Spaß. Ich merke, wie ich mich immer mehr zum Marketingbereich hingezogen fühle. Werbetexte schreiben, Slogans und all das. Sich Gedanken zu machen, wie ein Flyer aussehen könnte, und ihn dann zu gestalten. Bilder und Texte anzuordnen, mit verschiedenen Schriftarten und Größen spielen. Einfach genial.

Der Kontakt zu Nick wird wieder enger, ich habe mich für ihn entschieden, ihm aber auch gesagt, dass ich Zeit brauche, um nicht wieder in alte Muster zu verfallen. Besonders brauche ich Vertrauen. In mich selbst und letztlich auch in ihn. Vor allem, damit ich nicht ständig denke, er würde mich bei der nächstbesten Gelegenheit wieder verlassen.

Es fällt mir schwer, mich einfach mal treiben zu lassen, und nicht in jeden Spruch oder jede Reaktion von ihm mehr hinein zu interpretieren. Ich beobachte ihn, jedes Stirnrunzeln, immer bereit ihm zuvorzukommen. Das ist wahnsinnig anstrengend und ich wünschte, ich könnte das ablegen.

Während meine Mama immer noch hellauf begeistert ist, seitdem ich wieder zuhause wohne, finde ich es nach und nach immer anstrengender.

Mein Vater denkt, er müsste mir ständig sagen, was ich wann, wo und wie tun soll. »Wäschst du gleich noch das Geschirr ab? Und kannst du auch gleich noch saugen? Ach und da wäre noch …«

Selbstverständlich helfe ich mit, wo ich kann. Dennoch habe ich mein eigenes Leben und meinen eigenen Kopf und möchte selbst über mich und meine Handlungen bestimmen. Die Lena, die sich von Ron rumkommandieren lassen hat, gibt es nicht mehr. Ich weiß, dass er es gut meint, dennoch ist es schlauchend.

Meine Mama hat mit mir ihre beste Freundin wieder, direkt ein paar Zimmer weiter. Sie schüttet mir ihr Herz aus, wann immer sie kann. Allerdings gibt es bei ihr meist nur ein Thema, weil es das Einzige ist, was sie belastet. Ihr Job. Sie gibt sehr viel, strengt sich immer an und gibt hundert Prozent, während anderen das Ganze nicht so wichtig zu sein scheint und sie dann wiederum deren Dreck wegräumen darf. Ich weiß, dass eine Arbeit in der Reinigung kein hoch angesehener Beruf ist, und trotzdem ist der Bereich sehr wichtig. Besonders im Krankenhaus.

»Ach, die Schwester hab ich auch gefressen, sie sagt nie hallo. So richtig arrogant. Dann musste ich drei Mal in der letzten Woche den Bereich wechseln und ich sag`s dir, wie es da aussah! Da frage ich mich immer, was die den ganzen Tag lang machen, während ich gar nicht weiß, wo mir der Kopf steht, um alles zu schaffen. Elf Dienste stehen mir nächste Woche wieder bevor und nur ein Frei dazwischen«, berichtet sie mir.

Ich höre ihr gern zu und bin für sie da. Dennoch ist es manchmal anstrengend, besonders wenn ich andere

Dinge im Kopf habe. Da sie Angst hat, dass es woanders noch schlimmer sein könnte, will sie sich auch keinen neuen Job suchen und so dreht sich alles im Kreis.

Als ich mit Nick über die Gegebenheiten zuhause spreche, hält er mir einen Schlüssel unter die Nase. Und wieder rattert mein Hirn und spinnt sich eine Geschichte zusammen.

»Hier, damit du auch mal eine Auszeit von deiner Familie bekommst. Außerdem wäre es schön, wenn du öfter bei mir wärst. Damit hast du die Möglichkeit zu kommen und zu gehen, wann immer du magst.«

Erst zögere ich, weil ich einfach Angst habe, damit etwas loszutreten, für das ich noch nicht bereit bin. Doch dann greife ich nach dem Schlüssel und gehe damit endlich den nächsten Schritt. Immerhin ist es auch ein Vertrauensbeweis von ihm. Ich könnte mitten in der Nacht vorbeikommen, wenn er wirklich noch eine Andere hätte, wäre das ziemlich blöd. Es scheint ihm wirklich ernst zu sein.

Es dauert nicht lang und die ersten Sachen von mir ziehen wieder bei Nick ein. Doch dieses Mal ist es irgendwie kein Vergleich zu damals. Vielleicht liegt es daran, dass ich noch einen Rückzugsort habe oder auch an mir selbst. Ich bin viel offener und selbstständiger, das merke ich selbst und das tut mir und vor allem unserer Beziehung richtig gut.

Ich gehe auf in der Rolle der Bürokauffrau und stecke meine ganze Energie in die Ausbildung. Ich freue mich darauf, Neues zu lernen, und entdecke so viele ungeahnte Talente in mir. Und was das Beste daran ist, mein Vater ist stolz auf mich.

Ich treffe mich wieder viel öfter mit meinen Freundinnen und tue alles, worauf ich Lust habe. Nick und ich gehen auf Partys, besuchen gemeinsame Freunde und dennoch hat jeder seine Freiheiten und wir können auch mal allein sein. Niemals hätte ich gedacht, dass eine Beziehung so sein könnte. Manchmal sitze ich einfach nur bei Nick auf der Couch und denke darüber nach, dass dies das normale Leben ist, dass es anderen immer so geht. Und dann merke ich, in was für einer schrecklichen Beziehung ich gesteckt habe und was sie mit und besonders aus mir gemacht hat.

Nicks Aufmerksamkeit und seine Liebe tun so gut. Immer mal wieder eine kleine Geste, ein kleines Geschenk. Und ehe wir uns versehen, ist aus Verliebtsein Liebe geworden. Wir streiten nie, diskutieren höchstens mal. Auch wenn wir uns einmal nicht einig sind, verstecke ich meinen Kopf nicht mehr wie eine Schildkröte in ihrem Panzer. Ich stehe zu meiner Meinung. Das wäre früher undenkbar gewesen. Ich merke, dass es nicht schlimm ist und keine Konsequenzen hat. Und wenn, dann nur positive. Allgemein hat sich mein ganzes Denken verändert, seit ich beschlossen habe, anstatt immer und überall etwas Schlimmes und Negatives zu erwarten, das Gegenteil zu tun. Nämlich in allem etwas Positives zu sehen. Und es funktioniert.

Die Zeit der Ausbildung ist wahnsinnig schnell vorübergegangen und nun stehen die Prüfungen an. Während ich vor dem schriftlichen Teil kaum Angst hatte, bereitet mir die mündliche Prüfung schlaflose Nächte. Niemals hätte ich gedacht, in meinem Leben nochmal eine solche Prüfung ablegen zu müssen.

Nick hat es nicht vergessen, obwohl ich nur einmal erwähnt habe, wann meine schriftliche Prüfung stattfindet.

Na, wie ist es gelaufen?

Ich freue mich sehr über seine Nachricht, bin aber noch zu aufgeregt, um zu antworten.

Mittlerweile bin ich so gut wie komplett bei ihm eingezogen. Ich habe zwar meine Adresse nicht geändert, doch das macht für uns keinen Unterschied. Und spätestens wenn wir dann gemeinsam in eine größere Wohnung ziehen, ändert sich auch meine Anschrift.

Mittlerweile mag ich Nicks Wohnung sehr und fühle mich wohl. Im Laufe der letzten zwei Jahre sind immer mehr Sachen von mir dazugekommen und wir haben uns gemeinsam neue Möbel und Deko gekauft. Wir fahren mit Nicks Eltern zusammen in den Urlaub und ich habe angefangen, meinen Führerschein zu machen. Es hat eine Weile gedauert, bis ich so weit war und loslegen wollte, doch dann konnte ich es kaum erwarten. Die erste Fahrstunde habe ich mir selbst zum Geburtstag geschenkt, was den Fahrlehrer sehr irritiert hat. Doch für mich bedeutet es noch ein Stück mehr Freiheit.

Bei Nick angekommen, warten Kerzen, ein Kuchen und ein Geschenk auf mich. Obwohl ich noch nicht weiß, wie ich bei der schriftlichen Prüfung abgeschnitten habe, freue ich mich total über die Geste. Als ich die Schachtel auspacke, gerate ich ins Staunen. *Fossil* steht in großen Buchstaben auf der Metallschachtel. Mir kommen die Tränen, als ich eine wunderschöne Armbanduhr in den Händen halte. Eine kleine Uhr in Roségold mit einem weißen Lederarmband, ganz zart und feminin.

»Ein kleines Geschenk, für deinen Abschluss.«

»Aber ich bin doch noch gar nicht fertig und ob ich bestanden habe, weiß ich auch noch nicht.«

»Das macht nichts, der Wille zählt und ich bin mir sicher, das du bestehst.«

»Die war bestimmt schweineteuer. Danke. Du bist großartig.« Wir umarmen uns und in dem Moment fällt der Stress der letzten Wochen von mir ab.

Die nächsten Tage habe ich frei und verbringe einen davon mit Alice. Meine euphorische Stimmung wird schnell gekippt, als sie mir von ihren Zukunftsplänen erzählt.

»Ich habe in einer Schulung neulich einen total schnuckligen Typen kennengelernt. Und jetzt halt dich fest. Er kommt aus meiner Heimatstadt und ist kürzlich aus der Schweiz wieder dahin gezogen.«

»Okay und was willst du mit dem? Ich meine, die letzte Fernbeziehung ist schon schief gelaufen, ich will nicht, dass dir die nächste auch wieder das Herz bricht.«

»Na ja, wir haben uns danach noch auf einen Kaffee getroffen und gequatscht und wenn ich möchte, könnte ich in dem Hotel, in dem er arbeitet, noch eine Weiterbildung machen. Dann wäre ich endlich Hotelfachfrau. Das wäre genial.«

»Aber ich dachte, du magst deinen Job an der Rezeption im Hotel so sehr. Und seit wann möchtest du Hotelfachfrau werden?«

»Ach Lena, jetzt komm schon. Ich habe dir schon vor Monaten erzählt, dass ich mehr aus meinem Job machen will. Hier bekomme ich die Chance dazu nicht. Dort könnte ich mein Ziel innerhalb von zwei Jahren erreichen.«

»Und ganz nebenbei noch mit dem Typen zusammenkommen«, sage ich in einem sarkastischen Ton.

»Das wäre dann das Sahnehäubchen. Ich sage der, ist ganz anders als alle, die ich bisher kennengelernt habe.«

»Ach Alice, das sagst du jedes Mal. Und dann kommt immer das böse Erwachen.«

»Aber Fakt ist doch, dass es nicht in erster Linie um den Typen geht, sondern um eine wirklich großartige Chance für mich.«

»Ja, das stimmt,« stelle ich traurig fest.

Einerseits kann ich sie so gut verstehen und gönne ihr das Glück von ganzem Herzen. Ihre letzte Beziehung ist immerhin eine Weile her. Besonders das Ende war mehr als mies, denn der Typ hat sie betrogen und sie hat es über drei Ecken erfahren. Und dann hat er es so stehen lassen, als hätte es an der Entfernung gelegen. Doch bei dem Gedanken, sie zu verlieren, wird mir ganz schlecht. Wann immer es mir schlecht geht, kann ich zu ihr. Wann immer wir Zeit haben, sehen wir uns. Die vielen gemeinsamen Abende vorm Fernseher oder beim Spazieren, die ganze gemeinsame Zeit, die uns so fest zusammengeschweißt hat. All das wird es bald nicht mehr geben, wenn sie wirklich geht. Zu Hazel habe ich viel seltener Kontakt, seit ich aus meiner Heimat weggezogen bin. Und das, obwohl wir gerade mal anderthalb Stunden mit dem Auto voneinander entfernt sind. Alice wird noch viel, viel weiter weg sein.

Am Abend versucht mich Nick zu trösten.

»Du kannst sie doch besuchen, immerhin hast du nun einen Führerschein.«

»Ja, das schon, aber sechs Stunden Fahrt sind eben echt heftig. Wir werden uns nicht mehr mal schnell für eine Stunde sehen können.«

Für einige Zeit falle ich zurück in alte Muster und vergrabe mich zuhause. Dann flattert der Brief für die mündliche Prüfung rein, gerade jetzt, wo ich es überhaupt nicht gebrauchen kann. Doch dann besinne ich mich wieder darauf, wie wichtig mir das Ganze ist. Ich möchte nicht nur bestehen, sondern wirklich gut abschneiden. Sogar eine Firma interessiert sich schon für mich. Wir handeln aus, dass ich mich melden soll, wenn ich bestanden habe.

Hoch motiviert und auch ein wenig aufgeregt beginne ich den ganzen Stoff der letzten zwei Jahre noch einmal im Schnelldurchlauf durchzugehen und die meiner Ansicht nach wichtigen Sachen besonders ins

Augenmerk zu nehmen. Dass viel hängen bleibt, glaube ich zwar nicht, jedoch möchte ich alles versuchen, um möglichst gut vorbereitet zu sein. Besonders wegen meiner Angst, vor Menschen zu sprechen.

Und dann ist es schon so weit. Mit flauem Magen mache ich mich auf den Weg. Ich darf sogar Nicks Auto nehmen, obwohl ich mir nicht sicher bin, ob das gut ist, wegen meiner Aufregung. Um zehn soll ich dran sein. Fast eine Stunde eher fahre ich auf den Parkplatz. Schließlich weiß man ja nie. Auf dem Fahrtweg von zehn Minuten könnte Stau sein oder ich finde das Zimmer nicht in dem riesigen Gebäude, das völlig verwinkelt ist und unzählige Räume hat.

Sicherheitshalber frage ich direkt an der Information nach dem Weg. Ich muss fast bis ganz nach oben und entscheide mich für die Treppen, vielleicht beruhige ich mich unterwegs noch etwas. Und falls nicht, kann ich wenigstens nicht im Aufzug stecken bleiben.

Oben angekommen, laufe ich einen langen Gang entlang. Vorbei an nervös wippenden Füßen, gesenkten Blicken und nestelnden Fingern.

Ich biege ab und folge den aufsteigenden Zahlen neben den Türen. Je näher ich dem Zimmer komme, desto mehr droht mein Herz aus meiner Brust zu springen. Keine Ahnung, wie ich das überstehen soll, ohne einen Herzinfarkt zu bekommen. Sofort denke ich darüber nach, was passieren würde, wenn ich wirklich zusammenbreche oder mich vor Aufregung übergeben müsste. Ich würde im Boden versinken. Das darf auf keinen Fall passieren.

Ich setze mich neben die Tür, die in dem Moment auf geht. Schlagartig schaue ich auf meine neue Uhr, die heute mein Glücksbringer sein soll. Ich habe immer noch eine halbe Stunde Zeit.

Das Mädchen, das gerade aus dem Zimmer gekommen ist, setzt sich neben mich und starrt an die Wand. Im Augenwinkel sehe ich, wie sie mit ihrem Fuß wackelt.

Bald werde ich es sein, die hier sitzt und auf ihr Ergebnis wartet.

Ich versuche, mich auf meine Atmung zu konzentrieren. Einatmen, kurz halten und wieder ausatmen. Nach einer Weile scheint sich mein Körper etwas zu beruhigen. Ich habe sogar ein Buch dabei, für die Wartezeit, doch an Lesen ist jetzt nicht zu denken. Die Tür öffnet sich und sofort springt mein Herz wieder bis zum Hals. Das Mädchen wird hereingerufen und ich halte es vor Spannung kaum aus. Wer sind die Personen, die da drin auf mich warten? Sind sie nett?

Als die Tür erneut aufgeht, schaue ich in ein lächelndes Gesicht und sofort geht es mir ein klein wenig besser. Das Mädchen setzt sich erneut neben mich und packt etwas in ihren Rucksack. Dann schaut sie mich an. »Die Prüfer sind sehr nett und die Fragen waren auch voll in Ordnung. Ich wünsch dir viel Glück.«

»Danke«, flüstere ich und erwidere ihr Lächeln.

Ich schaue ihr nach, bis sie abbiegt und aus meinem Blickfeld verschwindet.

Noch fünfzehn Minuten. Wahrscheinlich werden das die längsten meines Lebens. Ich schwanke noch immer zwischen Übelkeit, Angst und dem Gedanken einfach schnell die Flucht zu ergreifen. Leider ist das Letztere keine Option. Und schon geht die Tür wieder auf und ich muss mich zurückhalten, um nicht aufzuspringen.

»Frau Wagner?«

»Ja.«

»Wenn Sie möchten, können wir auch schon ein bisschen eher anfangen.«

Ohne darüber nachzudenken, nicke ich. Je eher ich es weghabe, umso besser.

Ich betrete den Raum und lasse meinen Blick kurz schweifen. Links von mir sind einige Tische zu einer Tafel zusammengestellt. Daran sitzen drei Frauen und ein Mann. So weit so gut. Vor mir ist ein hochkant aufgestelltes Whiteboard. So weit so gut.

Die Prüferin gleicht meine Daten mit mir ab und erklärt den Ablauf der Prüfung. Ich bekomme kaum ein Wort raus und nicke daher nur ständig. Dann fragt sie mich, ob ich mich in der Lage fühle, die Prüfung zu absolvieren. Kurz überlege ich, denn wenn ich ehrlich bin, fühle ich mich elend. Doch es würde auch beim nächsten Mal nicht besser werden, dann bringe ich es lieber jetzt hinter mich.

»Ja«, antworte ich etwas lauter als gewollt.

Ich darf einen Umschlag aus einem Stapel ziehen, in dem sich ein Zettel mit den Aufgaben befindet. Mir bleiben zehn Minuten, um sie an dem Tisch in der Ecke zu lösen. Die Ergebnisse soll ich dann vorn am Whiteboard vorstellen.

Zögerlich greife ich nach einem der Umschläge und gehe nach hinten. Am Tisch angekommen, trete ich aus Versehen gegen das Stuhlbein, wodurch ein lautes Knarzen durch den Raum schallt. »Sorry«, presse ich kleinlaut hervor und setze mich. Ich öffne das Kuvert mit den Aufgaben und überfliege diese erst einmal. Dann schlucke ich den Kloß im Hals runter, wodurch er nur noch größer wird. Ich muss das jetzt machen. Ganz in Ruhe und Stück für Stück. Eine Aufgabe nach der anderen. Im Gedanken spreche ich mir selbst gut zu. Du schaffst das, du schaffst das. Du kannst das.

Dann beginne ich zu schreiben und zu rechnen.

Eine Stimme von vorn reißt mich aus meiner Blase. Die Zeit ist vorbei.

Den Tränen nahe nehme ich die Zettel und meine Tasche und gehe nach vorn.

Mit zitternden Händen stehe ich vor den Prüfern und lese die erste Aufgabe vor, um sie auch gleich zu beantworten.

»Haben Sie alle Aufgaben komplett gelöst?«

Am liebsten würde ich mich unsichtbar machen. Was ist denn falsch daran? Ich sollte die Aufgaben doch lösen.

»Ja«, antworte ich leise.

»Ach herrje, das hätten Sie nicht machen müssen. Uns genügen die Ansätze, dann wissen wir, dass Sie es beherrschen.«

Wärme steigt in mir auf und ich habe das Gefühl, mein Kopf würde glühen. Mit zittrigen Händen schreibe ich die Lösung der nächsten Aufgabe an und erkläre meinen Lösungsansatz. Stille. Ich kann die Gesichtsausdrücke der Prüfer nicht deuten, was mich noch nervöser macht.

Die nächsten Fragen sind aus dem Bereich der Bürowirtschaft. Plötzlich fragt mich der Prüfer etwas und ich bemerke, dass ich mit meiner Antwort in eine falsche Richtung gegangen wäre, und rudere schnell zurück. Ich schaffe es noch, die Kurve zu bekommen, und er lächelt mich zufrieden an. Dann bin ich fertig und werde gebeten, kurz draußen Platz zu nehmen.

Ich setze mich neben die Tür auf den Gang und lege meinen Kopf in meine Hände. Es ist vorbei. Ob ich es geschafft habe? Sie haben nichts durchblicken lassen.

Die Zeit verstreicht, als würde eine Schnecke ins Ziel kriechen, mit Zwischenstopp. Dann endlich die Erlösung. »Frau Wagner, Sie können nun wieder reinkommen.«

Wieder stehe ich vor den Prüfern wie schüchternes Kind.

»Wenn Sie bestehen, haben Sie dann schon einen Job?«, fragt eine der Prüferinnen und hat dabei ein kleines Lächeln auf den Lippen.

»Ja, allerdings nur, wenn ich bestehe«, antworte ich und versuche, meine zittrigen Hände zu verbergen.

Sie steht auf, kommt zu mir und hält mir eine Mappe hin. Ein breites Lächeln formt sich nun auf ihrem Gesicht. »Sie haben gut bestanden, Frau Wagner.«

Tränen rollen unaufhaltsam meine Wange herunter und die Prüferin ist so ergriffen, dass sie mich in den Arm nimmt.

Kapitel 15

»Ich werde das nie hinbekommen.« Völlig gestresst lasse ich mich zuhause auf die Couch fallen. Es war wieder mal ein harter Tag, so wie die letzten Tage und Wochen auch. Eigentlich die letzten Monate. Ich war so überglücklich gleich nach der Ausbildung einen Job zu haben, dass ich weder vorher Fragen gestellt, noch einen Probetag gemacht habe. Alles klang so gut. Und nun sitze ich am Tresen und bin mehr eine Sekretärin als eine Bürokauffrau. Und das obwohl auf dem Vertrag Bürokauffrau steht und eben nicht Sekretärin.

Ich gehe ans Telefon, mache Notizen oder helfe direkt, wenn ich kann. Die meisten Kunden rufen zur Mittagszeit an, weil da die Arztpraxen geschlossen sind und die Krankenschwestern Zeit haben, sich um das System zu kümmern und Fehler zu beheben. Eine falsche Eintragung hier, ein Update da.

Die Firma, für die ich arbeite, vertreibt Arztsoftware, bietet Seminare dafür an und kümmert sich als Support um jegliche Anfragen. Auch einen Außendienst gibt es. Dieser kümmert sich um alle IT-Angelegenheiten der Kunden und das direkt vor Ort.

Daher bestehen meine Aufgaben auch darin, die Termine der Außendienstler zu koordinieren und die nötigen Geräte zu bestellen. Dennoch habe ich noch immer einen Funken Hoffnung, dass ich mich auch an der Buchhaltung beteiligen kann.

»Frau Wagner, ich kann nicht die ganze Zeit ans Telefon gehen, das ist Ihre Aufgabe, sonst schaffe ich die Buchhaltung nicht.«

»Ich war nur kurz auf der Toilette, Entschuldigung. Ich kann Ihnen gern bei der Buchhaltung helfen!«

»Nein, das ist nicht Ihre Aufgabe.«

Diese Worte aus ihrem Mund zu hören, tut wirklich weh. Denn es bedeutet, dass sie nie vorgehabt hat, mich wirklich darin einzuarbeiten.

»Hey Sonnenschein«, ertönt es, als ein Kollege an den Tresen kommt. Ich mag ihn, er ist nicht aufgesetzt freundlich, sondern wirklich nett. Doch dieses Mal schaffe ich es nicht, sein Lächeln zu erwidern.

»Was ist denn heute los, Frau Wagner?« Er beugt sich über den Tresen und flüstert: »Ärgert Sie der Hausdrache wieder?« Ich zucke mit der Schulter, ehe ich etwas sagen kann, klingelt auch schon wieder das Telefon. Ich muss mich sehr bemühen, durch meinen Kloß im Hals laut und deutlich zu sprechen.

Am Nachmittag bekomme ich eine neue Aufgabe. Ich soll die Daten der Kunden überarbeiten und aktualisieren. Damit werde ich ewig beschäftigt sein und meine Vorgesetzte hat wieder ihre Ruhe, denke ich.

»Ach Lena, willst du dir nicht einen neuen Job suchen? Du quälst dich nun schon seit Wochen.«

Ich weiß, dass Nick recht hat, aber es fühlt sich wie versagen an und dazu bin ich noch nicht bereit. »Ja, ich kann mich ja mal umschauen. Aber was ist, wenn es woanders noch schlimmer ist? Und vor allem: Wie sieht das auf meinem Lebenslauf aus, wenn ich nun schon wieder den Arbeitgeber wechsle?«

»Ist doch egal, wie das aussieht, du kannst doch erklären, dass du ein völlig anderes Aufgabengebiet bekommen hast, das nicht zu dir und deinen Vorstellungen passt.«

Ich schnaufe. Es nervt, wieder einmal in einer so blöden Situation zu sein, aus der es auf den ersten Blick keinen Ausweg gibt.

»Oder du sprichst mal mit einem deiner Chefs. Den einen findest du doch so nett und du hast gesagt, du kannst gut mit ihm.« Das schon, denke ich, doch damit kann ich ihn doch nicht belästigen und nerven.

»Mal sehen. Ich werde schon eine Lösung finden.«

Nick weiß, wann es Zeit ist, das Thema abzubrechen. Wir entspannen den restlichen Abend auf der Couch und schauen einen Film.

Viel zu schnell bricht der nächste Morgen an und ich quäle mich aus dem Bett und gehe ins Bad. Im Spiegel betrachtet, scheint es, als wäre alles Fröhliche aus meinem Körper geflüchtet. Mein Gesicht sieht fahl und müde aus. Ich überlege, was ich mir noch Gutes tun kann, um mich doch noch ein wenig auf den Tag zu freuen und mich zu motivieren. Doch beim Gedanken an die Arbeit vergeht mir jegliche Lust. Mit den Worten »Ich muss da jetzt durch« verwehre ich mir, mich wieder ins Bett zu verkrümeln und mich zu verstecken.

Im Büro fällt mein Blick ständig auf die Uhr, in der Hoffnung, dass bald Mittag und somit immerhin die Hälfte des Tages geschafft ist. Am Nachmittag werde ich mich um die Bestellungen der Ersatzteile kümmern. Wir wollen immer genügend im Lager haben.

Als endlich Mittag ist, überlege ich, dieses Mal den Anrufbeantworter einzuschalten, um endlich einmal in Ruhe essen zu können. Kurzerhand stelle ich ihn einfach ein und gehe hoch in die Küche. Einige der Kollegen sitzen schon am Tisch, unser Chef kommt gerade rein und meine Vorgesetzte betritt ebenfalls die Küche. Ich schaffe es nicht einmal, die Schale in der sich mein Mittag befindet, zu öffnen, da bohrt sich schon das Geräusch des klingelnden Telefons in meinen Kopf. Etwas skeptisch schaue ich es an.

»Ich habe den AB ausgemacht, der ist wohl versehentlich angeschaltet worden«, berichtet meine Vorgesetzte mit einem Grinsen, das sie aussehen lässt wie Kermit der Frosch. Ich entferne mich vom Esstisch, schnappe mir noch schnell Zettel und Stift und ziehe mich in die hintere Ecke der Küche zurück.

Wieder einmal spricht der Arzt am Telefon nur Kauderwelsch und ich muss runter an den PC, um nachvollziehen zu können, was er denn hat und wie wir ihm helfen können. Ich versuche, ihn hinzuhalten, damit mein Kollege aus dem Support wenigstens in Ruhe essen kann. Als ich gerade wieder hochgehen will, klingelt es erneut. Ein ganz normaler Tag zur Mittagszeit im Büro. Ich entscheide, gleich unten zu bleiben und später zu essen, in der Hoffnung, meine Kollegin könnte mich dann ablösen.

»Ihr Essen wird ja kalt, Frau Wagner, warum sind Sie denn nicht wieder hochgekommen?«

Fragt sie das jetzt ernsthaft? Mit einem tiefen Atemzug versuche ich die Worte, die ich ihr gerade am liebsten um die Ohren hauen würde, runterzuschlucken. Sie ist meine Vorgesetzte und ich möchte nicht hochkant rausfliegen.

»Da kamen heute so viele Anrufe, da bin ich gleich sitzen geblieben. Könnten Sie kurz für mich übernehmen, damit ich essen gehen kann?«

»Nehmen Sie das Telefon doch einfach mit, ich schaffe sonst meine Buchhaltung nicht, wenn ich ständig ans Telefon gehen muss.«

Danke für nichts. Es fällt mir schwer, meinen Groll zurückzuhalten. Doch diesen Sieg möchte ich ihr nicht gönnen. Lächelnd antworte ich: »Natürlich.«

In der Küche angekommen, bin ich froh, dass alle gerade fertig sind und gehen. So bin ich wenigstens für einen Moment allein. Ich setze mich und schlinge das Essen in mich hinein. Erstens, weil ich Hunger habe, und zweitens, weil jeden Moment dieses beschissene Ding wieder klingeln wird. Die aufsteigenden Tränen schlucke ich schmerzhaft herunter.

Ich starre meine Schuhe an und versuche, jeden Blickkontakt mit anderen Patienten zu vermeiden. Wieder spüre ich, wie die Blicke der anderen auf mir haften, weil ich nicht krank aussehe, huste, einen gebrochenen Arm habe oder irgendwelche anderen Beschwerden, die offensichtlich wären. Nein, es ist in mir. Es lässt mich schon seit einigen Nächten nicht mehr schlafen und zermürbt mich mit jedem Tag hinter dem Tresen im Büro mehr und mehr. An diesem Morgen habe ich beschlossen, nicht ins Büro zu gehen. Zum Arzt wollte ich auch nicht. Aber leider ist das meine einzige Option. Schon allein die Krankmeldung im Büro hat mich meine restlichen Nerven gekostet, die ich noch hatte. Ich wusste, dass so früh am Morgen nur der Anrufbeantworter anspringt. Dennoch hatte ich das Bedürfnis, krank klingen zu müssen, weshalb ich ins Telefon krächzte, was das Zeug hielt.

Während ich im Wartezimmer sitze, wird mir mit jeder Sekunde übler. Dem Arzt etwas vorzugaukeln, ist für mich keine Option. Ich werde ihm sagen, wie es auf der Arbeit abläuft.

»Frau Wagner bitte!«

Ich zucke zusammen, springe gleich danach auf und folge der Krankenschwester ins Zimmer. Auf dem Stuhl sitzend, fange ich an, an meinen Händen zu kratzen. Meine Ohren nehmen jedes noch so leise Geräusch wahr. Als sich Schritte dem Zimmer nähern, stockt mir fast der Atem vor Aufregung.

»Hallo Frau Wagner, wie kann ich Ihnen heute helfen?«

»Naja also …«

Ich habe Mühe, die aufkeimenden Tränen zu unterdrücken.

»… es macht mich einfach fertig. Dabei gebe ich mir solche Mühe.«

Nun schluchze ich, was das Zeug hält, und kann meine Tränen nicht länger unterdrücken.

Er schaut mich mitfühlend an und hält mir eine Taschentuchbox hin.

»Warum sind Sie denn nicht schon eher hergekommen? So ein Verhalten am Arbeitsplatz ist auf keinen Fall normal. In Ihrem Fall kann das Ihre Depression wieder auslösen.«

So weit habe ich bisher nicht gedacht. Seitdem es mir besser geht, habe ich darauf nicht mehr geachtet.

Er fackelt nicht lang und schreibt mich für zwei Wochen krank.

»Am besten schauen Sie sich nach einem neuen Job um.« Mit diesen Worten verabschiedet er sich und wünscht mir eine gute Besserung. Sollte ich nach der Zeit noch eine Krankschreibung benötigen, bräuchte ich nur an der Anmeldung Bescheid zu geben.

Am liebsten hätte ich ihn in den Arm genommen.

Zuhause angekommen, ist die Wohnung leer. Nick hat Frühschicht und wird erst in ein paar Stunden wieder zuhause sein. Einerseits bin ich froh, allein zu sein, auf der anderen Seite habe ich Angst vor der Stille und absolut keine Ahnung, was ich jetzt tun soll.

Am liebsten würde ich mich im Bett verkriechen, doch das kommt mir falsch vor. Ich habe das Gefühl irgendetwas tun zu müssen.

Eine Weile sitze ich einfach nur auf der Couch, habe meine Beine schützend vor meine Brust genommen und meine Arme um sie geschlungen. Die Enge tut gut. Und auf einmal kommt mir eine Idee.

Ich erinnere mich an meine Dozentin, die mir vor meinem Abschluss noch erzählt hat, dass sie jemanden kennt, der Unterstützung gebrauchen könnte. Ich sprinte zum Laptop und schalte ihn an. Ihre E-Mail-Adresse habe ich gespeichert, da ich ihr damals meine Bewerbung zum Drüberschauen geschickt hatte. Es dauert eine Weile, bis ich endlich mit meiner Nachricht an sie zufrieden bin. Ich möchte nicht so verzweifelt klingen, wie ich gerade bin. Dennoch soll sie wissen, dass es dringend ist.

Abgeschickt. Nun heißt es warten.

Ich stöbere noch eine Weile im Internet herum und klappere die verschiedenen Jobportale ab. Während ich mich durch einige Angebote lese, frage ich mich, ob die Anforderungen schon immer so hoch waren und ich das gar nicht mitbekommen hatte. Die wollen alle so viel und geben dann so wenig. Unglaublich. Frustriert klappe ich den Laptop zu und überlege, was ich mir Gutes tun kann, damit sich meine Laune wieder hebt.

Ich habe solche Angst, wieder in dieses tiefe Loch aus Verzweiflung und des Nichtfühlens zu geraten.

Kurzerhand beschließe ich, mir etwas zu kochen und dann einen schönen Film anzuschauen. Ich werde mich richtig einkuscheln auf der Couch. Vielleicht zünde ich noch eine Kerze an.

Früher habe ich nie gern gekocht, doch mittlerweile probiere ich viele neue Sachen aus. Heute fällt meine Wahl auf Tortellini in Käse-Sahne-Soße. Wie ich diese Dinger liebe. Nick mag sie nicht so gern, daher ist das der ideale Zeitpunkt, welche zu kochen.

Mit einem Grinsen mache ich es mir so richtig gemütlich, bis das schlechte Gewissen anklopft.

Ist das nicht wahnsinnig egoistisch, dass du dir nur für dich etwas kochst und jetzt hier faul auf der Couch rumlümmelst, während andere arbeiten gehen?

So sehr ich auch versuche, die Gedanken loszuwerden, es klappt nicht. Tränen der Verzweiflung rollen über meine Wangen und lassen mein Essen salzig schmecken.

Ich stelle den Teller beiseite, verkrieche mich unter die Decke und schließe meine Augen.

Ein merkwürdiges Gefühl holt mich aus meinem Traum. Als ich die Augen öffne, sitzt Nick neben mir und streichelt mein Gesicht.

Ohne das ich es verhindern kann, heule ich Rotz zu Wasser.

»Was ist denn passiert? Komm her!«

Ich lasse mich in seine starken Arme nieder und drücke meinen Kopf an seine Brust. Sein Herzschlag hat etwas Hypnotisches und beruhigt mich jedes Mal.

Ich erzähle ihm von meinem Arztbesuch und welche Gedanken mich dann zuhause überfallen haben.

Sein sanftes Lächeln lässt mich meinen Schmerz für einen Moment vergessen.

»Ach Lena, natürlich kannst du es dir gemütlich machen und etwas Leckeres essen. Alles, was dir hilft und dich glücklich macht, ist erlaubt.«

Ich weiß, dass er recht hat, dennoch fühlt sich alles so falsch an. Ich fühle mich falsch an.

Er streicht über meinen Kopf und flüstert dabei: »Alles wird gut.«

Kurz darauf sitzen wir gemeinsam auf der Couch. Ich, eingekuschelt unter der Decke mit meinen Tortellini, die er für mich aufgewärmt hat, und er mit einem Döner, den er sich schnell im Laden um die Ecke geholt hat. Dank Nick fühlt es sich nicht mehr falsch an und dafür bin ich ihm unendlich dankbar.

Kapitel 16

Meine Dozentin hält Wort und vermittelt mir den Kontakt für die Chance auf einen neuen Job. Bereits ein paar Tage später sitze ich mit dem entsprechenden potenziellen neuen Arbeitgeber an einem Tisch in einem Café.

Gleich zu Beginn des Gesprächs bietet er mir das Du an, welches ich dankend annehme. Sofort verfliegt die Aufregung ein Stück weit und ich werde lockerer. Im Verlauf des Gesprächs mit Norbert wird mir langsam klar, dass er gar nicht der Chef ist. Sondern ein überlasteter Vertriebsmitarbeiter, der dringend jemanden bräuchte, der einige Aufgaben für ihn übernimmt. Natürlich möchte ich gern diejenige sein, die das macht. Wir verstehen uns sehr gut und die Zeit verfliegt.

Norbert muss los und ich möchte unbedingt in sein Team. Allgemein klingt die Firma sehr gut. Familiär, nicht zu groß, aber auch nicht zu klein. Es gibt sogar ein Marketingteam, einen Support und vieles mehr. Wir einigen uns darauf, dass ich eine Bewerbung fertig mache und er sie seinem Chef zukommen lässt. Dann habe ich den Fuß in der Tür. Ich muss also, wenn alles gut geht, nur noch ein paar Wochen durchhalten.

Ich kann wieder lächeln hinter meinem Tresen. Während ich Telefonate oder die Post annehme, mich um die Seminare kümmere und die vielen anderen Aufgaben einer Sekretärin erledige.

Leider vertröstet mich Norbert immer und immer wieder. Sein Chef scheint gerade andere Prioritäten zu haben als meine Bewerbung. Dennoch will ich nicht aufgeben, denn ich möchte dort arbeiten, koste es, was es wolle.

Ein paar Tage später erhalte ich eine E-Mail von Norbert. Gespannt öffne ich die Nachricht, in der Hoffnung, dass sein Chef endlich meine Bewerbung gelesen hat. Doch mich erwartet etwas anderes. Ein Stellenangebot der Firma.

»Es gibt bisher nur einen Mitbewerber. Er hat Germanistik studiert«, erzählt mir Norbert am Telefon, als ich ihn nach Feierabend anrufe. So wie das Wort *studiert* erklingt, fühle ich mich sofort kleiner, als ich bin. Ich meine, wer bin ich denn schon gegenüber eines Studierten?

»Meinst du wirklich, ich habe eine Chance gegen ihn?«

»Definitv, er war zum Probearbeiten da und wenn ich die Blicke von Marcel richtig gedeutet habe, ist er nicht sehr angetan. Also sei schnell! Du passt absolut hier rein.«

Ich fühle mich total geschmeichelt und motiviert. Norbert ist einfach ein Herzensmensch.

»Aber dann hast du ja wieder keine Hilfe!«, stelle ich fest.

»Da findet sich schon noch jemand, mach dir da mal keine Gedanken.«

Als er aufgelegt hat, schaue ich mir die Stellenbeschreibung noch einmal genauer an. Was ist eigentlich Content Marketing?

Nachdem ich mich im Internet ausgiebig dazu belesen habe, überkommen mich wieder Zweifel. Ja, ich schreibe gerne am PC, aber Marketing? Das ist nochmal eine ganz andere Hausnummer.

Kurzerhand frage ich Hazel, Alice und sogar Mia, ob sie denken, dass ich das kann, denn meine Selbsteinschätzung lässt sehr zu wünschen übrig.

Die erste Antwort kommt von Hazel mit einem fetten:

> Na klar kannst du das!

Und auch Alice und Mia antworten mit einer motivierenden Nachricht. Also schnappe ich mir den Laptop und schreibe erstmal grob auf, was ich im Anschreiben sagen möchte.

Am Abend beschließe ich noch, einen Flyer zu entwerfen. Da das Unternehmen mit dem Verkauf von Büromöbeln beschäftigt ist, überlege ich, mich als eine Art Produkt vorzustellen. Ich schnappe mir ein Blatt Papier und schreibe alles auf, was mir einfällt. So viele Ideen sprühen aus mir raus und es dauert nicht lang, bis ich erneut am Laptop sitze und den Flyer mit Worten und Bildern fülle.

> Lena bedeutet nicht nur Qualität, sondern auch Zuverlässigkeit und Innovation. Mit einer Vielzahl an nützlichen Eigenschaften für den täglichen Gebrauch ausgestattet, meistert man mit Lena jede noch so schwierige Hürde.

> Lena ist handlich und platzsparend. Der Aufbau ist simpel und nimmt nur ein paar Handgriffe und ein wenig Zeit in Anspruch. Das Modell Lena ist perfekt darauf abgestimmt, damit Sie es für Ihren Gebrauch anpassen können.

Ich drucke ihn zwei Mal aus und stecke ihn in eine Mappe. Die werde ich zum Vorstellungsgespräch mitnehmen, falls ich eingeladen werde.

Erst als Nick nach Hause kommt, bemerke ich, wie spät es schon ist. Ich habe völlig die Zeit vergessen, es hat so viel Spaß gemacht, mal wieder kreativ am Laptop zu arbeiten.

Ohne Punkt und Komma sprudelt alles aus mir raus und ich überschwemme Nick damit. Er sitzt einfach nur da und grinst mich an, während er mir zuhört.

»Findest du die Idee blöd? Denkst du, ich kann das?«

»Klar, warum nicht? Versuch es doch einfach. Schlimmer als jetzt kann es wohl kaum noch werden.«

Ich grinse ihn ebenfalls an. Es tut gut, so entschlossen zu sein, und zu wissen, dass er hinter mir steht.

Später liege ich noch lange wach und stelle mir vor, wie es wäre, wirklich dort anfangen zu können.

Nach einigen Tagen habe ich schon eine Antwort in meinem E-Mail-Postfach. Sie sind interessiert und möchten mich gern kennenlernen. Perfekt, denke ich, und dann sehe ich die vorgeschlagenen Termine. Alle morgens. Wie soll ich das denn anstellen? Ich arbeite doch von acht bis sechzehn Uhr. Sofort wird mir heiß. Was soll ich denn jetzt nur machen?

Nick liegt noch im Bett und ich möchte ihn ungern wecken. Er soll seinen freien Tag genießen können. Ich werde allein eine Lösung finden.

Auf dem Weg ins Büro wäge ich sämtliche Möglichkeiten ab und beschließe zu fragen, ob auch ein Gespräch am Nachmittag möglich wäre. Obwohl das bedeuten würde, dass ich erst gegen siebzehn Uhr da sein könnte. Das ist doch bescheuert. Wer würde schon bis zum Abend warten, um ein Vorstellungsgespräch zu führen? Ich lösche meine Zeilen wieder. Es muss einen anderen Weg geben. Doch das bedeutet wohl, dass ich meine Vorgesetzte um einen Urlaubstag bitten muss. Ich hasse es, sie um etwas bitten zu müssen.

Der Tag ist wie verhext, wann immer ich mit ihr sprechen möchte, kommt irgendetwas dazwischen. Es macht mich noch wahnsinnig, denn ich weiß langsam nicht mehr, ob ich es nochmal schaffen werde, meinen Mut, zusammenzunehmen.

»Frau Wagner, ich muss heute eher los, bitte übernehmen Sie noch die Archivierung für mich. Danke.« Während sie mit mir spricht, zieht sie schon ihren Mantel an und holt ihre Tasche. Jetzt oder nie, denke ich.

»Ich bräuchte bitte einen Tag Urlaub.«

Habe ich das gerade wirklich laut gesagt? Ich wünschte, sie hätte es überhört. Doch anscheinend hat sie das nicht, denn sie schließt die Tür wieder und kommt zurück.

»Also so spontan geht das nicht, Frau Wagner. Was ist denn so wichtig, dass sie einen Tag brauchen?«

»Iiiich muss zur Gynäkologin und sie hatten nur diesen Termin morgens frei«, stammle ich. Würde mein Kopf rot werden, wenn ich lüge, er würde jetzt aussehen wie eine Tomate.

»Dann kommen Sie doch nach Ihrem Termin einfach ins Büro, dann brauchen Sie keinen ganzen Tag zu nehmen.« Ich nicke und hoffe, dass sie nicht weiter darauf eingeht.

»Schicken Sie mir den Termin per E-Mail, dann weiß ich Bescheid.«

Endlich geht sie.

Ich lasse mich auf meinen Bürostuhl sinken und wünschte, ich hätte es nicht angesprochen.

Während der restlichen Arbeitszeit überlege ich, wie ich aus der Nummer wieder rauskommen soll. Hoffentlich will sie keinen Zettel vom Arzt haben, dann bin ich verloren.

Ich bestätige den Termin zum Vorstellungsgespräch. Nun bleibt nur zu hoffen, dass alles klappt und ich keinen Ärger bekomme oder auffliege. Das wäre mir so unangenehm.

Und dann ist es auch schon so weit. Während der Fahrt zu meinem Gespräch gehe ich in Gedanken alle möglichen Fragen durch, die kommen könnten. Ich habe sämtliche Internetseiten dazu durchgeforstet und mir viele Notizen gemacht. Dennoch kratze ich nervös an meiner Hand, als hätte mich eine Mücke gestochen.

Auf dem Weg zum Eingang laufe ich an riesigen Schaufenstern vorbei und sehe schon die ersten Büromöbel. Das muss wohl der Showroom sein, von dem auf der Webseite die Rede war.

Ich betrete den großen Raum. Es dauert nicht lang und schon werde ich empfangen und jemand führt mich zu einem riesigen Konferenztisch. Ich lege meine Tasche auf den Stuhl neben mir ab.

Dann kommen zwei Männer auf mich zu. Mir bleibt die Sprache weg, als sie vor mir stehen und sich vorstellen. Ich hatte mir den Teamleiter der Marketingabteilung wesentlich älter vorgestellt. Nun sitzen mir zwei Männer gegenüber, die kaum älter zu sein scheinen als ich. Zu meinem Glück hilft mir das sehr und ich kann freier und lockerer sprechen.

»Hallo Frau Wagner, wir hoffen es ist in Ordnung, wenn wir uns duzen. Dann ist es nicht so förmlich. Wir pflegen hier einen sehr persönlichen und eher familiären Umgang miteinander.«

»Natürlich, ich bin Lena.«

»Super, ich bin Marcel, Leiter der Marketingabteilung, und das hier ist mein Kollege Marcel, aus dem Bereich Webdesign.«

Ich muss schmunzeln, als ich höre, dass beide Marcel heißen, und erhalte ein Lächeln von beiden zurück.

»Gut, möchtest du uns dann gern erst einmal ein bisschen von dir erzählen?«

Mir wird warm, denn ich weiß nie so recht, wo ich anfangen soll. Mich kurz zu fassen, fällt mir oft schwer.

»Ähm ja, also ich habe viele Jahre als Verkäuferin gearbeitet. Dann habe ich mich in der Altenpflege versucht und als ich gemerkt habe, dass das nichts für mich ist, habe ich eine Umschulung zur Bürokauffrau gemacht.« Ich halte inne und warte auf eine Reaktion der beiden.

»Okay und du schreibst gern am PC?«

»Ja, das habe ich schon immer gern gemacht. In der Umschulung habe ich mich besonders im Marketingbereich wohl gefühlt. Content Marketing ist ein interessanter Bereich.«

»Naja, wir sind nicht so die Schreiberlinge.« Sie schauen sich an und grinsen.

»Hast du schon mal etwas von html, SEO oder Keywords gehört?«

Anscheinend sehen sie die vielen Fragezeichen über meinen Kopf schweben.

»Keine Angst, das zeige ich dir alles und du musst auch nicht zwingend Vorkenntnisse haben«, versichert mir Marcel aus dem Marketing.

Sie erzählen mir noch ein bisschen von der Firma, wie sie entstanden ist, und welche Abteilungen mittlerweile existieren. Gespannt klebe ich an ihren Lippen. Die beiden haben etwas Motivierendes an sich. Als Marcel aus der Grafikabteilung über die Website spricht, die er selbst gebaut hat, funkeln seine Augen voller Stolz.

Am Ende fragen mich beide noch einmal ungläubig, ob ich mir wirklich vorstellen kann, den ganzen Tag Texte zu schreiben. Meine Antwort ist ganz klar »Ja, total.« Wir einigen uns auf zwei Probetage. Und auch wenn ich noch keinen blassen Schimmer habe, wie und wann ich diese machen soll, sage ich zu und freue mich schon wahnsinnig darauf.

Alles, was die beiden erzählt haben, klingt total spannend. Auch wenn ich mich nach dem Gespräch frage, ob ich das wirklich hinbekomme, möchte ich es versuchen. Nun geht es nicht mehr nur darum, aus dem anderen Büro rauszukommen, sondern einen interessanten Job zu ergattern.

Kurz bevor wir uns verabschieden, ziehe ich die Flyer aus meiner Mappe und überreiche sie etwas zögerlich.

»Ich dachte, ich versuche mal etwas Neues«, erkläre ich, weil die beiden mich fragend anschauen.

»Das könnt ihr euch ja nachher in Ruhe anschauen, wenn ihr möchtet«, sage ich schnell noch und gehe.

Vor lauter Vorfreude wäre ich beinahe nach Hause gefahren, anstatt noch ins Büro zu gehen. Zum Glück fällt es mir ein, als die Haltestelle angesagt wird, bei der ich normalerweise aussteigen müsste. Bevor die Türen der Bahn wieder schließen, springe ich schnell raus. Alles in mir sträubt sich, jetzt dieses Haus zu betreten. Doch eine andere Möglichkeit habe ich gerade nicht, außer ich will riskieren, dass sie mich rausschmeißen.

Drinnen angekommen, ziehe ich schnell meinen Mantel aus und schalte den PC ein. Ich rufe ein flüchtiges »Hey« ins Büro und mache mich dann direkt an meine Arbeit.

Zum Glück spricht mich meine Vorgesetzte nicht auf meinen »Arztbesuch« an. Sie scheint so viel zu tun zu haben, dass ich sie die restliche Zeit, in der ich da bin, gar nicht zu Gesicht bekomme. Ab und zu höre ich, wie sie etwas zu ihren Kollegen sagt, das ist auch schon alles und ich bin unglaublich froh darüber.

Ich beschließe, am Wochenende mit Nick zu überlegen, wie ich die Probetage machen kann, ohne dass hier jemand Wind davon bekommt.

Auf dem Heimweg erzähle ich ihm am Handy vom Vorstellungsgespräch. Anscheinend ist meine gute Laune ansteckend, denn auch er ist auf einmal euphorisch und freut sich. Er holt mich sogar von der Haltestelle ab.

Schon auf dem Heimweg überlegen wir, wie ich zwei Tage frei bekommen könnte. Letztlich werde ich meine Vorgesetzte um zwei unbezahlte freie Tage bitten und kann nur hoffen, dass sie mitspielt und keine Fragen stellt. Das mit dem Urlaub ist ja schon einmal gescheitert und innerhalb der Probezeit, in der ich mich noch befinde, würde ich eh keinen bekommen.

Gleich am nächsten Tag nehme ich all meinen Mut zusammen und will sie fragen, sobald sie das Büro betritt. Dann muss ich nicht das ganze Wochenende darüber nachdenken.

Als sie nach über eine Stunde überfällig ist, schaue ich um die Ecke in ihr Büro und frage den Kollegen, ob er etwas weiß.

»Frau Schmidt kommt heute nicht. Hat Sie Ihnen das nicht gesagt?«

Nein, anscheinend hat sie das nicht, sonst würde ich dich ja nicht fragen, denke ich. Mit einem Kopfschütteln gehe ich wieder zu meinem Schreibtisch und lasse mich wie ein nasser Sack auf den Stuhl fallen. Was mache ich denn jetzt nur? Die Probetage sollen schon nächste Woche stattfinden. Jetzt habe ich definitiv ein Problem. Und schon kommt mir der Gedanken in den Kopf, dass es vielleicht nicht sein soll. Dass es nicht der richtige Job für mich ist. Oder soll es eine Herausforderung sein? Wie auch immer, ich brauche eine Lösung. Doch die werde ich heute nicht bekommen.

Die restliche Zeit im Büro ist mir nach Heulen zumute und ich unterdrücke mehrmals die Tränen. Der Kloß im Hals wird immer größer. Wie schafft sie das nur, mir trotzdem alles zu versauen, obwohl sie nicht einmal da ist? Unfassbar.

Niedergeschlagen und sauer auf die ganze Welt komme ich nach der Arbeit zuhause an.

Nicks mitfühlender Blick gibt mir den Rest. Nun laufen die Tränen unaufhaltsam meine Wangen runter und ich lasse mich einfach nur auf den Boden im Flur sinken. »Das ist so unfair«, schluchze ich.

Nick setzt sich neben mich und ich spüre seine Hand auf meinem Rücken. Er redet mir gut zu und als ich mich an seine Brust kuschle und sein Herz höre, beruhigt mich das. Wir schauen uns an und ich weiß, was er denkt. Doch das wäre meine absolut letzte Option.

Das Wochenende vergeht viel zu schnell. Die meiste Zeit habe ich im Bett verbracht. Nick hat sich mit seinen Freunden getroffen, war einkaufen und hat für uns gekocht. Ich habe es einfach nicht geschafft, mich zu frisch zu machen und umzuziehen. Doch vielleicht habe ich das auch mal gebraucht, einfach im Bett zu bleiben.

Wie gern hätte ich mich mit Alice getroffen. Das wäre ein toller Bollywoodabend geworden. Nur mit ihr kann ich diese schmalzig schönen Filme schauen, ohne dass es merkwürdig ist. Doch leider ist sie nicht mehr hier und wohnt am anderen Ende der Welt. Zumindest fühlt es sich für mich so an.

Natürlich könnte ich ihr schreiben oder ihr eine Sprachnachricht schicken, aber das ist nun mal einfach nicht dasselbe. Außerdem habe ich schon eine Weile nichts weiter von ihr gehört, außer der Antwort auf meine Frage, ob der Job etwas für mich wäre. Ich wünschte, sie würde sich öfter melden, mich weiterhin an ihrem Leben teilhaben lassen. Warum ist das nur so schwer, sobald man in einer anderen Stadt wohnt? Immerhin haben wir uns hier ständig geschrieben und hatten viel Kontakt. Und das, obwohl wir in derselben Stadt gewohnt haben und uns ständig hätten sehen können.

Am Montagmorgen wache ich schweißgebadet auf. Ich fühle mich, als hätte ich die ganze Nacht gearbeitet, und irgendwie habe ich das auch. Meine Gedanken drehen sich die ganze Zeit nur darum, wie ich die zwei Probetage realisieren kann. Es führt einfach kein Weg daran vorbei, mit Frau Schmidt zu sprechen, auch wenn ich mir davon absolut nichts verspreche. Schon jetzt höre ich ihre Antwort. Doch ich muss da jetzt durch, wenn ich das wirklich will. Ich frage mich, wie andere das schaffen. Wie soll man denn einen neuen Job finden, wenn man solche Arbeitszeiten wie ich hat? Geschweige denn Arztbesuche wahrnehmen oder überhaupt ein Leben nach der Arbeit haben? Ich bin meist die Erste, die das Büro betritt, und oft die Letzte, die geht.

Der Weg zur Arbeit erscheint mir langsam wie eine Endlosschleife, aus der es für mich kein Entrinnen gibt.

Als ich die Tür aufschließe, steht mein Kollege schon vor dem Tresen und sortiert irgendwelche Zettel.

»Hallo Herr Lange, wie war Ihr Wochenende?«

»Frau Schmidt ist krank. Wir müssen uns also um alles allein kümmern. Ich suche eine Abrechnung, vielleicht können Sie mir ja helfen, Frau Wagner?«

Sie ist nicht da. Einerseits fällt es mir schwer, meine aufkommende Freude zu unterdrücken, auf der anderen Seite kann ich nun nicht mit ihr über mein Frei sprechen. Warum muss denn zu den Steinen, die eh schon im Weg liegen, immer noch eine Tonne oben dazukommen?

»Natürlich, welche genau suchen Sie denn?«

»Die von Dr. Connert. Ich glaube, das war von vor zwei Wochen.«

Ordentlich wie ich bin, habe ich die Rechnung schon fein säuberlich abgeheftet. Zielgerichtet ziehe ich den betreffenden Ordner aus dem Regal und reiche meinem Kollegen wenige Sekunden später die Abrechnung, die er gesucht hat.

»Wow, Sie sind ja echt hinterher mit der Ablage. Vielen Dank.«

Ich wittere eine Chance.

»Sagen Sie, soll ich mich während der Abwesenheit von Frau Schmidt um die Buchhaltung kümmern?«

Das wäre die perfekte Gelegenheit.

»Nein, das ist nicht nötig. Ich kümmere mich darum.«

Mist. Das war‘s dann wohl endgültig mit der Buchhaltung. Da meine Vorgesetzte immer da war, habe ich mir nie die Frage gestellt, wer für mich zuständig ist, wenn sie einmal nicht da ist.

»Sagen Sie, ich hatte letzte Woche mit Frau Schmidt über zwei freie Tage in dieser Woche gesprochen. Sie wollte mir heute Bescheid geben, ob ich sie bekommen kann.«

Eine kleine Notlüge, doch das ist es wert.

»Wann sollen die denn sein?«

»Am Donnerstag und Freitag.«

»Da sind wir doch diese Woche eh nicht da. An den zwei Tagen haben wir mit den Chefs ein paar Außentermine und Seminare. Also wenn Sie ihre Aufgaben bis Mittwoch schaffen, können Sie an den Tagen frei machen.«

Ich fasse es nicht, dass mir diese blöde Kuh nicht mal Bescheid gesagt hat, dass zu der Zeit keiner im Haus sein wird. Denn das heißt, ich brauche an den Tagen keine Telefonate anzunehmen und müsste somit nur meine paar Aufgaben erledigen, die jede Woche anfallen. Nicht mal ein Frei gönnt sie mir.

Der Groll verfliegt, als mir wieder einfällt, was das für mich bedeutet. Ich kann zur Probearbeit gehen.

»Das hat sie wohl in der Hektik vergessen. Danke, Herr Lange.«

Die nächsten drei Tage im Büro vergehen wie im Flug. Und zum Mittwochnachmittag habe ich alles erledigt. Ich habe mich super mit meinem Kollegen und mit den anderen verstanden und brauchte das blöde Telefon nicht mit zum Essen zu nehmen. Könnte es doch immer so sein.

»Na dann, ich wünsche Ihnen ein schönes verlängertes Wochenende, Frau Wagner. Den Rest können Sie auch nächste Woche erledigen.«

Mit diesen Worten verabschiedet sich mein Kollege und ich kann sogar eine Stunde eher Feierabend machen. Ich könnte nicht glücklicher sein.

»Danke, Herr Lange. Viel Erfolg bei Ihren Terminen und dann natürlich auch ein entspanntes Wochenende.«

Ich kann mir ein Grinsen nicht verkneifen, als ich gehe. Das hält den ganzen restlichen Tag an.

Der nächste Morgen erscheint mir so unwirklich. Die Sonne scheint zur Begrüßung ins Schlafzimmer und schon jetzt tanzen die Schmetterlinge in meinem Bauch. Ich schalte Musik im Wohnzimmer an, lasse alle Türen offen und mache mich fertig für meinen ersten Probetag. Um zehn soll ich da sein. Das heißt, ich muss erst in einer Stunde losfahren. Ich mache mir einen Tee, esse eine Kleinigkeit und ziehe mich dann entspannt an. Was ich anziehen möchte, habe ich mir bereits gestern Abend ausgesucht und rausgelegt. Während meiner Anprobe hat Nick auf der Couch gesessen und mir amüsiert zugeschaut.

Auf der Fahrt stelle ich mir vor, wie es wäre, schon dort angestellt zu sein. Das Kribbeln hält die ganze Zeit an. Ich bin so gespannt, was mich erwartet.

In der neuen Firma angekommen, führt mich Marcel erst einmal herum und zeigt mir die Büros, die Küche und die Toiletten. Er erklärt mir grob den normalen Tagesablauf, wer für was zuständig ist, mit wem ich später eng zusammenarbeiten würde, und dann zeigt er mir auch schon meinen Schreibtisch.

Er hat extra ein paar Aufgaben vorbereitet, die ich in den nächsten Stunden am PC lösen kann. Voller Euphorie öffne ich die Datei und lese die erste Aufgabe. Mit einem Schlag fallen alle Schmetterlinge in meinem Bauch wie kleine Steine zu Boden. Ich lese die Aufgabe noch einmal durch. Und ein weiteres Mal.

Ich spüre, wie Hitze in mir aufsteigt. Ich habe absolut nicht den leisesten Schimmer, was SEO, SEA und die ganzen anderen komischen Sachen sein sollen, die da stehen. Und das Schlimmste, Marcel sitzt direkt neben mir an seinem Schreibtisch.

Ohne seinen Blick von den Bildschirmen vor sich abzuwenden, schlägt er vor: »Schau doch am besten erstmal im Internet, was die ganzen Begriffe bedeuten, dann kannst du auch etwas mit der Aufgabe anfangen. Und hab keine Angst, jeder hat mal angefangen, ich erwarte nicht von dir, dass du das alles kennst! Du sollst dich damit auseinandersetzen.«

Woher weiß er, dass ich keinen Plan habe? Vielleicht ging es wirklich schon vielen so. Wer weiß, wer schon alles zur Probearbeit hier war. Egal, ich muss mich jetzt konzentrieren. Immerhin bin ich nicht auf den Kopf gefallen. Ich bekomme das hin.

Drei Stunden später sitze ich mit einem anderen Marcel aus dem Bereich Webdesign vor meinem Bildschirm und er erklärt mir das Grundgerüst und die Grundlagen dafür, wie man eine Webseite erstellt.

Nach vier Stunden gibt es ein erstes Fazit. Ich sitze mit den beiden erneut an dem riesigen Konferenztisch und wir unterhalten uns kurz. Für mich steht fest, dass ich auf jeden Fall morgen wiederkomme. Das ist alles so interessant und spannend, davon will ich mehr.

Marcel vom Webdesign meint, dass ich morgen meine erste Produktbeschreibung eigenständig auf die Website der Firma integrieren soll, und ich platze fast vor Stolz, dass er mir so eine Aufgabe jetzt schon zutraut.

Mit einem Lächeln, das nicht breiter sein könnte, verabschiede ich mich von den beiden. Am liebsten wäre ich noch länger geblieben, doch auf der anderen Seite war das innerhalb der kurzen Zeit schon so viel Wissen, dass ich erstmal verarbeiten muss und möchte.

Zuhause erzähle ich Nick von meinem aufregenden Probetag.

»Na siehst du, und du warst noch so aufgeregt und dachtest, du bekommst das nicht hin.«

Das stimmt, meistens male ich mir die Situation schon vorher aus und dann spinnt sich eine Geschichte in meinem Kopf zusammen, die schlimmer nicht sein könnte. Um die Ecke zu denken, kann manchmal sehr anstrengend sein. Umso besser, dass es dann doch ganz anders war als gedacht.

Am nächsten Tag lächle ich jeden auf dem Weg zum Büro jeden an und bekomme neben verwirrten Blicken auch einige Grüße in Form eines Lachens zurück.

Marcel erklärt mir meine Aufgabe und zieht sich dann zurück. Dass der andere Marcel neben mir sitzt, finde ich immer noch etwas befremdlich. Dann entschließe ich mich, das zu nutzen, und ihn direkt zu fragen, wenn ich unsicher bin oder etwas nicht weiß.

Irgendwann bin ich so vertieft in meine Aufgabe, dass ich gar nicht bemerke, wie schnell die Zeit vergangen ist und dass ich mittlerweile allein im Büro sitze.

»Kommst du mit zum Essen?« Etwas verunsichert nicke ich, schnappe mir meine Brotdose und folge Marcel zu dem großen Konferenztisch. Je näher wir dem Tisch kommen, desto langsamer werde ich. Der ganze Tisch sitzt voller Menschen. Wo kommen die denn alle her? So viele waren das doch gar nicht. Augenblicklich fängt mein Herz an zu rasen und ich hoffe, mich einfach an den Rand setzen zu können und nicht aufzufallen.

Als ich meinen Blick schweifen lasse, zähle ich sechzehn Leute. Die meisten sind ebenfalls noch recht jung. Sie unterhalten sich über irgendeine Serie, die wohl gerade im Fernsehen läuft. Besonders Marcel aus der Webabteilung scheint Feuer und Flamme für die Serie zu sein. Er zieht alle Blicke auf sich und stellt einige Szenen nach. Ein echter Entertainer. Als er fertig ist, stimme ich in das Lachen aller ein. Es ist ein gutes Gefühl, einfach mit da zu sein, ohne den Stempel der Neuen, die eigentlich noch nicht dazu gehört. Keiner schaut mich blöd von der Seite an.

Auf den Weg zurück ins Büro, spricht mich dann doch ein bekanntes Gesicht an.

»Hey Lena, schön dass du da bist. Scheint ja gut zu laufen, oder?«

»Hallo Norbert, ja, es ist wirklich toll und macht richtig Spaß. Ich hoffe, es wird etwas daraus und dass ich mich nicht allzu blöd anstelle.«

Er lächelt mir zu und klopft sanft auf meine Schulter. »Das wird schon, wirst sehen. Nur Mut.«

Jetzt erst recht, denke ich, als ich mich wieder an den Schreibtisch setze und hole nochmal alles aus dem Text raus, was geht. Eine Produktbeschreibung ist gar nicht so einfach. Darüber habe ich vorher noch nie nachgedacht. Dabei lese ich gern welche, besonders, wenn es um Haarprodukte geht. Das will ich auch können, Menschen mit Hilfe der Beschreibung dazu bringen, das Produkt zu kaufen.

Als ich fertig bin, schaue ich mir das Ergebnis auf der Webseite an. Für einen kurzen Moment habe ich das Gefühl, mein Herzschlag hat ausgesetzt und ist nun nicht mehr im Takt.

Die ganze Seite ist total verhauen, alles steht kreuz und quer irgendwo, nichts ist mehr da, wo es eigentlich stehen soll. Mir wird schlagartig heiß und übel. Das war‘s also, ich habe verloren.

Kapitel 17

Mein Puls rast und ich spüre, wie Schweißperlen an meiner Haut runterlaufen. Ich wackle auf meinem Stuhl vor und zurück.

Marcel schaut zu mir rüber. »Alles gut bei dir?«

»Nein, eigentlich nicht«, gebe ich kleinlaut zurück.

Er schaut auf meinen Bildschirm, dann sieht er mich an und lacht laut los.

Jetzt bin ich völlig verwirrt. Lacht er mich etwa aus?

»Ach Lena, das ist doch nicht schlimm. Du hast sicher irgendwo ein Zeichen vergessen oder einen Befehl nicht abgeschlossen. Marcel hat dir ja gezeigt, wie das geht. Schau einfach im Code nach und wenn du den Fehler nicht findest, gehst du zu Marcel.«

Das beruhigt mich jetzt nicht wirklich. Wie soll ich da nur einen Fehler finden, zwischen den ganzen Codes? Das ist alles ein ganz großes Kauderwelsch.

Nach einer halben Stunde verzweifelten Suchens gebe ich schließlich auf und suche Marcel. Dass er ebenfalls lacht und mich mit einem schelmischen Grinsen zu meinem Schreibtisch begleitet, verunsichert mich noch mehr. Mir ist absolut nicht nach Lachen zumute.

Es dauert keine Minute und er zeigt mir, an welcher Stelle ich tatsächlich eines dieser div‘s nicht geschlossen habe. »Das heißt, dass das Programm nicht weiß, wo der Textbereich zu Ende ist, und den Text deshalb auf der ganzen Seite schön verteilt«, erklärt mir Marcel.

»Mach dir keinen Stress, das macht überhaupt nichts. Ich hab dir extra eine Seite gegeben, die so gut wie nie besucht wird.«

Ob mich das beruhigt, weiß ich noch nicht so genau, denn es nervt mich viel zu sehr, dass ich diesen winzigen Fehler nicht entdeckt habe.

»Das passiert jedem am Anfang. Ich mache das schon so lange, deshalb sehe ich so etwas meist sofort. Das klappt bei dir dann auch, wirst sehen.« Mit diesen Worten verabschiedet er sich bei mir und übergibt mich an seinen Kollegen Marcel.

Da wir allein im Büro sind, besprechen wir hier seine Einschätzung mir gegenüber.

»Du lernst wirklich schnell dazu, hast eine angenehm ruhige Art und du kannst gut schreiben. Also wenn du das immer noch machen möchtest, dann gebe ich meine Empfehlung an den Chef weiter.«

»Oh ja, das kann ich und das möchte ich. Es hat so viel Spaß gemacht. Ich werde mich voll reinknien.«

Er lacht schon wieder.

»Ja, du hast Biss, das muss man dir lassen. Okay, dann kannst du jetzt gehen und wir melden uns.«

Ich könnte nicht glücklicher sein, als ich das Büro verlasse. Ich hoffe so sehr, dass ich mich gegen den Studierenden behaupten konnte. Die letzten zwei Tage haben wirklich Spaß gemacht. So eine Aufgabe hatte ich noch nie. Ich würde so viel dazu lernen und wäre im Marketing tätig, wie cool wäre das denn?

Das gesamte Wochenende schwärme ich Nick von dem Job vor, bange und hoffe. Auch dass mein Arbeitsplatz bei einer Zusage am anderen Ende der Stadt wäre, kann mich nicht davon abhalten, es so sehr zu wollen.

Mit gefühlt einem Wimpernschlag ist schon wieder Montag. Lustlos schleppe ich mich ins Büro und könnte kotzen, als ich sehe, dass meine geliebte Kollegin und Vorgesetzte wieder da ist. Ich möchte unbemerkt hinter den Tresen verschwinden, da hat sie mich schon gesehen.

»Sie können doch nicht einfach zwei Tage frei machen, Frau Wagner. Sie wissen schon, dass das eine Abmahnung nach sich zieht. Eigentlich müsste ich Sie rausschmeißen.«

Wie bitte? Jetzt hat sie wirklich nicht mehr alle Tassen im Schrank.

»Na hören Sie mal, immerhin war es der Kollege, der mir gesagt hat, dass in den zwei Tagen eh alle nicht da sind und ich deshalb auch nicht erscheinen brauche, wenn ich meine Aufgaben schaffe. Und das habe ich.«

Sie sprintet um die Ecke und stellt den Kollegen zur Rede.

Mir fällt ein Stein vom Herzen, als der meine Aussage bestätigt. Sie kommt wieder aus ihrem Büro gestapft, überprüft meine Ablage und schaut in den Aktenschrank. Mit einem »pffff« geht sie wieder in ihr Büro und schließt die Tür. Zufrieden setze ich mich an meinen Schreibtisch und schaue dem PC beim Hochfahren zu. Dieses Teil kommt eindeutig aus der Steinzeit.

Eine Stunde später geht die Tür des Büros wieder auf und Frau Schmidt schmeißt triumphierend einen Stapel Dokumente in meine Ablage.

Ich muss mir ein Lachen unterdrücken beim Gedanken daran, wie sie wohl die letzte Stunde geackert hat, damit sie mir den Stapel da reinknallen kann und denkt, sie würde mir damit eins auswischen.

Den ganzen Tag über checke ich immer wieder mein Mailpostfach und schaue auf mein Handy, ob ein Anruf oder eine Nachricht reingekommen ist. Doch bis auf ein paar Whatsapp von Nick, mit dem ich ein bisschen Smalltalk halte, kommt nichts.

Zum Feierabend bin ich ein wenig frustriert und denke aber, dass irgendeine Antwort kommen muss. Egal ob positiv oder negativ. Also heißt es, weiter warten.

Der nächste Tag läuft fast gleich ab. Mit Frau Schmidt scheint ein regelrechter Wettkampf im Gange zu sein. Was mir sogar Spaß macht, denn so schaffe ich meine Arbeit noch schneller und pünktlich zum Feierabend ist die Ablage wieder leer. Ein bisschen Genugtuung verspüre ich durchaus, das muss ich zugeben.

Am Mittwoch werde ich langsam immer nervöser. Ob die mich vergessen haben? Es kann doch nicht so lange dauern, sich zu entscheiden. Es sei denn, es waren doch noch einige Bewerber mehr. Meine Gedanken kreisen und als ich überlege, mich einfach selbst nochmal zu melden, ploppt auf einmal eine E-Mail auf.

Beinahe hätte ich laut aufgeschrien.

Sie nehmen mich. Da steht, ich kann in den nächsten Tagen vorbeikommen und den Vertrag unterschreiben. Das ist die beste Nachricht seit langem und ich habe sehr viel Mühe, mich zurückzuhalten, um nicht doch noch einen Freudenschrei auszubringen. Den hebe ich mir für zuhause auf.

Es ist völlig dreist und es ist mir völlig egal, denke ich, während ich zu meinem bald neuen Arbeitgeber fahre. Frau Schmidt denkt, dass ich zu einem Arzttermin gehe, und nimmt widerwillig die Anrufe während meiner Abwesenheit entgegen. Die Zeit muss ich selbstverständlich nachholen, aber auch das kümmert mich nicht. Mein Grinsen reicht fast bis zu den Ohren, als ich das Büro der neuen Firma am nächsten Tag betrete.

Marcel begrüßt mich und erklärt, dass ich noch ein kurzes Gespräch mit dem Chef haben werde. Kaum hat er die Worte ausgesprochen, plumpst mein Herz eine Etage tiefer. Ich hasse solche Gespräche abgrundtief. Mir wird warm und es wird nicht lang dauern, bis der Angstschweiß meine Klamotten völlig durchnässt haben wird.

Zum Nachdenken bleibt keine Zeit, denn ich werde kurz darauf in ein Büro geschickt, wo ich mich schon mal setzen kann. Bevor ich dazu komme, nochmal durchzuatmen und meinen Puls ein wenig zu kontrollieren, kommt ein Mann ins Zimmer und schließt die Tür hinter sich.

Ich kenne ihn vom Mittagessen an dem riesigen Konferenztisch im Showroom. Nur hatte ich nicht mitbekommen, dass er der Chef ist. Er sieht sehr jung aus, hat braune Haare die ein wenig wirr wirken. Als wäre er gerade erst aufgestanden. Sein Vollbart macht ihn noch sympathischer. Er setzt sich mir direkt gegenüber und hält mir seine Hand hin.

»Hey, ich bin Jan Peters, schön, dass du da bist. Dann erzähl mir doch mal ein bisschen über dich, denn wenn ich ehrlich bin, bin ich nicht dazu gekommen, mir deinen Lebenslauf anzuschauen.«

Seine rehgleichen Augen schauen mich an. Diesem Mann könnte ich nie böse sein. Er hat irgendwas an sich, charmant, niedlich und er verströmt eine motivierende und positive Energie. Das habe ich noch nie erlebt.

»Hallo, ich bin Frau, äh Lena Wagner.« Er lächelt.

Ich erzähle ihm alles in Kurzform und versuche zu erklären, warum es genau dieser Job sein soll und wie mir die zwei Tage gefallen haben. Dann erzählt er auch etwas über sich und die Firma. Das meiste habe ich schon von den beiden Marcels erfahren, doch ich höre seiner weichen Stimme gern zu. Am Ende unseres Gesprächs bin ich total entspannt. Er hat es geschafft, mich zu beruhigen, ohne es zu wissen.

»Na dann, gehen wir mal unterschreiben.«

»Okay«, stammle ich ungläubig.

Ich laufe hinter ihm her, zum Tresen am Eingang, wo bereits der Vertrag liegt. Ohne weitere Umschweife unterschreibt er und reicht mir den Vertrag in zweifacher Ausführung. Ich nehme ihn in meine Hände und überfliege die Zeilen. Immerhin will ich ihn nicht länger als nötig aufhalten.

»Du musst das nicht hier lesen«, sagt er grinsend zu mir. »Nimm den Vertrag mit nach Hause, lies dir alles in Ruhe durch und wenn was ist, schreibst du eine Mail. Ansonsten bringst du ein Exemplar unterschrieben wieder her oder schickst es mit der Post.«

Mir fällt ein Stein vom Herzen. Und ich nicke dankend.

»Na dann, willkommen bei uns.«

Ein weiteres Mal reicht er mir seine Hand und ich erwidere den festen Händedruck freudestrahlend.

»Alles Weitere kannst du dann ja mit Marcel besprechen.«

»Das mache ich. Vielen Dank Herr, ich meine Jan.«

Er verabschiedet sich und ich werfe noch einen Blick in das Büro von Marcel.

»Wir schreiben«, ruft er mir zu und winkt dabei.

»Okay, ich freue mich. Danke dir«, antworte ich, bevor ich mich schnell auf den Weg ins Büro mache. Ich bin so dankbar, dass er sich für mich entschieden hat. So ein Vorstellungsgespräch hatte ich noch nie und auch die Probetage waren so entspannt.

Bald arbeite ich also im Content Marketing. Diese Worte sage ich mir immer wieder in Gedanken.

Zwei Stunden habe ich gebraucht, dass Frau Schmidt alles andere als begeistert ist, lässt sie mich gleich spüren. Immerhin soll ich ja nicht vergessen, wer hier das Sagen hat. Wobei das eigentlich nicht sie ist, sondern meine beiden Chefs. Auch wenn ich die beiden sehr selten sehe, da der eine meist von zuhause aus arbeitet oder in seinem Büro ungestört sein möchte und der andere meistens im Außendienst ist.

Als ich Nick meine Bedenken und Ängste wegen der Kündigung erzähle, versteht er mich überhaupt nicht. Immerhin habe ich nun einmal die Oberhand.

»Naja, aber wenn ich an die nächsten zwei Wochen denke, dann wird mir ganz übel. Immerhin muss ich dem Chef mit der Kündigung gegenübertreten. Ich habe so etwas noch nie gemacht.«

»Glaub mir, so eine Kündigung ist das Beste auf der ganzen Welt. Damit kannst du der Alten mal so richtig eins reinwürgen. Ich meine, so geht man nicht mit Menschen um und nun kann sie ihre Anrufe allein entgegennehmen.«

»Du hast ja recht, aber ich weiß wirklich nicht, ob ich schon bereit bin für so einen Schritt.«

»Sagen wir es mal so, es wird dir nichts anderes übrig bleiben, wenn du deinen neuen Job antreten willst.«

Er zwinkert mir zu. Auch wenn ich weiß, dass er recht hat und ich das jetzt durchziehen muss, bleibt ein mulmiges Gefühl zurück.

Im Büro warte ich, bis einer der Chefs zur Tür hereinkommt. Kurz nach dem Mittag ist es dann endlich so weit. Herr Lehmann erscheint in der Küche, klopft kurz auf den Tisch und verschwindet dann auch direkt in sein Büro.

Na klasse, denke ich. Doch vor allen Kollegen hätte ich mich nie getraut, zu sagen, dass ich mit ihm sprechen muss. Besonders nicht, weil ich seine Art kenne.

Der Plan, zu warten, bis alle mit dem Essen fertig sind und ich dann zu ihm gehen kann, schlägt ebenfalls fehl, denn Frau Schmidt sitzt noch immer am Tisch und sieht nicht aus, als würde sie gleich verschwinden.

Angespannt gehe ich zurück hinter meinen Tresen und kümmere mich um meine Aufgaben. Als sie endlich an mir vorbei in ihr Büro geht, nehme ich meinen ganzen Mut zusammen, schnappe mir meine Mappe mit der Kündigung und sprinte die Treppen hoch.

Ich atme tief ein und klopfe dann an die Tür zu Herrn Lehmanns Büro.

»Was ist denn?«, werde ich mit seiner lauten, rauen Stimme gefragt.

Ich schiebe meinen Oberkörper zur Tür rein und frage, ob er einen Moment Zeit für mich hätte.

»Kommen Sie in einer halben Stunde nochmal wieder«, krächzt er durch das verrauchte Zimmer und nimmt dann seinen Telefonhörer in die Hand.

Leise schließe ich die Tür und schaue gleich auf die Uhr. »Halb zwei«, flüstere ich und gehe wieder an meinen Platz.

Frau Schmidt geht mit einem Ordner die Treppen hoch. So wie es klingt, ist sie jetzt beim Chef im Büro. Na hoffentlich braucht sie nicht ewig. Immer wieder schaue ich auf die Uhr. Die halbe Stunde ist schon lange vorbei und meine Vorgesetzte ist immer noch nicht wieder aufgetaucht. So langsam frage ich mich, ob sie das mit Absicht macht. Nein, ich sollte das nicht schon wieder auf mich beziehen.

Als sie die Treppen wieder runterkommt, ist sie nicht allein. Unser Chef verabschiedet sich und ich stehe mit offenem Mund da und schaue über den Tresen hinterher, während er die Tür von außen schließt.

So habe ich mir das nicht vorgestellt. Ich könnte ihm die Kündigung auch einfach in sein Büro legen, doch dann kann ich nicht sicher sein, ob Frau Schmidt sie eher sieht. Obwohl mir selbst das egal sein könnte. Nein, so möchte ich das nicht. Ich will es schaffen, ihm in die Augen zu sehen und die Kündigung persönlich zu übergeben. Das bin ich mir selber schuldig.

Ich verschiebe mein Vorhaben auf Montag. Auch wenn das bedeutet, zwei Tage nur daran zu denken.

Und so kommt es auch. Das ganze Wochenende nerve ich Nick mit meinen Gedanken. Erst redet er mir noch gut zu, zeigt Verständnis und ist für mich da. Am Sonntag sieht das Ganze schon anders aus. Er zieht sich an, schmeißt seine Sachen in den Rucksack und verschwindet mit den Worten: »Ich geh ein bisschen in die Garage.«

Nun bin ich allein mit mir und dieser Endlosschleife an Gedanken. Es macht mich völlig wahnsinnig.

Fernsehen, lesen, an der Konsole spielen, nichts hilft. Kurzerhand rufe ich Hazel an. Wir sprechen über eine Stunde miteinander und als ich auflege, geht es mir endlich besser.

Nick reagiert nicht auf meine Nachricht, was mich einerseits sauer macht und auf der anderen irgendwie enttäuscht.

Ich entschließe mich dazu, ein wenig spazieren zu gehen.

Als ich zurückkomme, ist er immer noch weg. Ich denke darüber nach, dass ich schon wieder ständig nur von mir rede. Warum erzählt er nicht einfach selbst etwas? Muss man Männern immer alles aus der Nase ziehen?

Genervt schreibe ich ihm eine Nachricht. Die Antwort folgt dieses Mal sofort.

> Wird heute spät bei mir, ich geh mit den Jungs noch ein Bier trinken, warte nicht auf mich. Bis dann.

Mit anderen Worten, halt endlich die Klappe, Lena. Okay, ich habe verstanden. Ich lese die Nachricht nochmal und bekomme ein schlechtes Gewissen, weil ich Nick gegenüber schon wieder so egoistisch bin. Dabei möchte ich das gar nicht. Ich beschließe, ihm Frühstück für die Arbeit zu machen. Als die Sandwiches fertig sind, lege ich sie eingepackt in den Kühlschrank und klebe noch einen Zettel drauf.

Kapitel 18

Endlich ist Montag. Mit Nick habe ich nicht mehr gesprochen, denn als ich ins Bett gegangen bin, war er immer noch nicht wieder zuhause. Als ich aufwache, ist das Bett neben mir leer. Anscheinend ist er schon zur Arbeit gegangen.

Wenigstens habe ich jetzt die richtige Laune, um die Kündigung tatsächlich auf den Tisch zu hauen.

Nick hat das Frühstück mitgenommen, stelle ich erleichtert fest, als ich in den Kühlschrank schaue.

Ich haste ins Bad, mache mich fertig, ziehe mir etwas über und schmiere mir noch eilig ein Brot, bevor ich in den Flur sprinte und zur Bahn renne.

Als der Chef das Haus betritt, sammle ich all meinen Mut und stelle mich direkt vor ihn.

»Herr Lehmann, hätten Sie mal fünf Minuten für mich?«

»Sicher Frau Wagner, kommen Sie in einer halben Stunde in mein Büro.«

Mir fällt ein Stein vom Herzen, weil er nicht nach Details fragt, denn Frau Schmidts Hals wird immer länger.

Überlegen schnappe ich mir eine halbe Stunde später meine Mappe und gehe erhobenen Hauptes die Treppe nach oben. Etwas zaghaft klopfe ich an die Tür zum Büro des Chefs.

»Ja, nun kommen Sie schon rein«, ertönt es hinter der Tür.

Sein Blick richtet sich direkt auf die Mappe in meinen Händen.

»Was gibt es denn?«

Stumm überreiche ihn das Blatt Papier, wodurch sich unsere Wege trennen werden.

Aus dem Augenwinkel beobachte ich, wie er die Zeilen überfliegt.

»Reisende soll man nicht aufhalten. Das kommt zwar etwas überraschend, aber gut. Was machen Sie denn dann, wenn ich fragen darf?«

Ich bin völlig perplex, so freundlich habe ich ihn noch nie erlebt und erst recht nicht so verständnisvoll. Das gibt mir Mut und nun, wo ich ohnehin nichts mehr zu verlieren habe, kann ich ihm auch von der neuen Stelle erzählen.

»Ich arbeite dann im Content Marketing. Ich finde den Bereich so spannend. Ich werde Texte für die Webseite der Firma erstellen, Produktbeschreibungen anfertigen und noch vieles mehr.«

»Hmm, interessant. Dann wünsche ich Ihnen alles Gute. Wir sehen uns ja noch.«

Als ich das Büro von Herrn Lehmann mit der unterschriebenen Kündigung verlasse, brauche ich einen Moment für mich und gehe in das gegenüberliegende Bad. Mein Körper wird durchströmt von Gefühlen, die ich noch nie verspürt habe. Es ist eine Mischung aus Stolz, Vorfreude und wohliger Wärme. Ich habe es geschafft. Und nun wird auch bei Nick und mir alles wieder gut werden, weil das Thema vom Tisch ist.

Leider trifft das Gegenteil ein.

Obwohl ich das Jobthema während der letzten zwei Wochen, in denen ich noch mit meiner überaus freundlichen Vorgesetzten durchhalten muss, nicht anspreche, verhält sich Nick total merkwürdig. Er behandelt mich, als wäre ich selbstverständlich. Erst hat er für uns gekämpft und nun? Was soll das alles? Oder will er mich jetzt doch nicht mehr?

Wir streiten wegen jeder Kleinigkeit und zum Schluss überlege ich sogar, zu gehen. Alles ist mir zu viel. Ich möchte mich auf meinen neuen Job konzentrieren und dachte, dass Nick mir immer den Rücken stärken würde. Doch das tut er zurzeit überhaupt nicht. Mein Herz schmerzt, denn ich weiß einfach nicht, was los ist und was ich tun kann. Er blockt Gespräche ab, weicht Fragen aus und ich komme einfach nicht an ihn ran.

Und als hätte sie es wieder einmal geahnt, fragt Hazel, ob ich übers Wochenende vorbeikommen möchte. Ich nehme dankend an.

Während ich meine Sachen packe, schleichen sich düstere Gedanken in meinen Kopf. Was, wenn er wieder Schluss machen will?

Nein, das kannst du vergessen, Freundchen. Dieses Mal werde ich dir einen Schritt voraus sein.

Ohne weiter darüber nachdenken zu wollen, fasse ich kurzerhand den Entschluss, es einfach zu beenden.

Ich bitte Hazel etwas später zu erscheinen, damit ich noch in Ruhe mit Nick sprechen kann. Ich bin froh, dass sie nicht nachfragt, da ich nicht weiß, ob sie versuchen würde, es mir auszureden. Mein Entschluss steht fest. Besser ich ziehe die Notbremse, bevor er mir wieder den Boden unter den Füßen wegreißt. Ich habe keine Lust, noch einmal zu fallen.

Mein Koffer ist gepackt und steht zur Abfahrt bereit. Auch alles andere habe ich gepackt und werde es am Sonntagabend abholen, erkläre ich Nick, als er nach Hause kommt. Mal wieder habe ich keine Ahnung, wo er war oder was er gemacht hat. Ein weiterer Grund, mir das nicht mehr antun zu müssen.

Als ich mit meiner Ansprache fertig bin, steht er einfach nur mit offenem Mund da. Irgendwie ist das eine Genugtuung für mich. Seine Augen glitzern, als ich ihn zum Abschied küsse. Doch ich werde nicht zurückblicken. Nicht nochmal.

Mein Plan steht. Die nächste Zeit werde ich erstmal wieder bei meinen Eltern unterkommen und dann werde ich mir den nächsten Schritt überlegen.

Hingegen meiner Befürchtung, Hazel würde mir alles ausreden wollen, als sie mich abholt, akzeptiert sie meine Entscheidung. Sie stellt mir lediglich ein paar Fragen. Das genügt allerdings schon, um mein Hirn in Fahrt zu bringen. Ich lasse die letzten zwei Wochen Revue passieren und ärgere mich immer mehr über Nicks Verhalten. Warum ist er auf einmal so anders und warum scheint ihm alles plötzlich so gleichgültig zu sein?

Als wir bei Hazel ankommen, ist es bereits dunkel. Auch wenn die Fahrt nur anderthalb Stunden gedauert hat, so ist sie mir dieses Mal wie eine Ewigkeit vorgekommen. Auf jeden Fall hatte ich zu viel Zeit zum Nachdenken. Das bin ich gar nicht mehr gewohnt. Mein Verhalten zu analysieren und zu hinterfragen. Alles, was ich in der Therapie gelernt habe, scheine ich vergessen zu haben.

Als ich nach über einer Stunde immer noch nicht einschlafen kann, schäme ich mich für meinen Abgang vor Nick. Er wirkte sehr verzweifelt. Auch wenn ich damals keine Möglichkeit hatte, den Grund für Nicks Entscheidung zu erfahren, so muss ich doch jetzt nicht Gleiches mit Gleichem vergelten. Oder doch? Vielleicht war es genau das, was ich gebraucht habe. Was wir gebraucht haben. Er, damit er auch mal einen Ohnmachtsmoment hat und versteht, dass das, was wir haben, nicht selbstverständlich ist, und ich, damit ich endlich wirklich richtig abschließen und vertrauen kann.

Ich starre an die Decke in Hazels Gästezimmer und auf einmal wird mir so vieles klar und lässt mich gleichzeitig alles in Frage stellen.

Ich stelle fest, dass ich zwar gesagt habe, dass ich ihm vertraue, es aber nie getan habe. Jede noch so kleine Handlung von Nick habe ich sofort analysiert und als etwas dargestellt, was es gar nicht war. Als würde ich bewusst einen Fehler suchen, den ich ihm dann unter die Nase reiben kann. Etwas, damit ich sagen kann: »So, das war‘s, ich gehe.« Was bin ich doch für ein Vollidiot. Sofort schalte ich mein Handy an, das ich vor der Abfahrt ausgemacht hatte. Zehn Nachrichten auf der Mailbox und alle von Nick.

Ich höre mir eine nach der anderen an und merke immer mehr, dass ich es war, die einen Graben zwischen uns gebaut hat. Dass ich es war, die ihn mit ihrem Verhalten weggeschubst hat. Es ist mir nur nicht aufgefallen, weil ich so beschäftigt mit dem neuen Job war. Alles hat sich so nach Neuanfang angefühlt.

Die letzte Nachricht treibt mir die Tränen in die Augen. Ich schluchze, vergrabe mein Gesicht tief ins Kissen und weine wie schon lange nicht mehr.

Ich habe den Menschen, der mich aus tiefsten Herzen liebt, weggestoßen. Am liebsten würde ich sofort wieder nach Hause fahren, in der Hoffnung zu retten, was hoffentlich noch zu retten ist. Doch das kann ich jetzt mitten in der Nacht unmöglich von Hazel verlangen. Es bleibt mir nichts anderes übrig als bis zum nächsten Tag zu warten.

Ich überlege, Nick anzurufen, doch ich wüsste nicht, was ich sagen soll. Kann meine Gedanken noch nicht in Worte fassen. Ich muss alles erst sortieren.

Erschöpft schlafe ich schließlich ein.

Am nächsten Morgen rufe ich Nick sofort an. Die Mailbox geht an. Panik erfasst mich und schnürt mir die Kehle zu. Ich renne die Stufen hinunter in der Hoffnung, dass Hazel schon wach ist.

Erleichtert sehe ich sie in der Küche sitzen und an ihrem Kaffee nippen. Ich schmeiße mich auf den Stuhl gegenüber und alles sprudelt aus mir raus.

Als ich fertig bin, lächelt sie. Es ist ein zufriedenes Lächeln. Sie steht auf, geht um den Tisch und umarmt mich. »Ich wusste, dass du selbst darauf kommen würdest«, flüstert sie mir ins Ohr.

Erneut laufen mir die Tränen über die Wangen. Doch dieses Mal lächle ich dabei.

»Na komm, zieh dich an und hol deine Sachen, ich fahre dich heim.«

»Wirklich? Aber was wird dann aus unserem Mädelswochenende?«

»Mensch Lena, das können wir doch nachholen. Eure Beziehung zu retten, ist jetzt erstmal wichtiger.«

»Aber ich kann auch mit dem Zug fahren.«

»Ach was, so ein Quatsch. Ich lasse dich doch jetzt nicht drei Stunden mit dem Zug fahren, wo ich, wenn ich schnell fahre, höchstens eine Stunde brauche. Und dann können wir wenigstens noch ein bisschen quatschen.«

Dankbar schaue ich sie an und sprinte los. Womit habe ich nur so eine Freundin verdient? Und wie kann ich ihr jemals dafür danken?

Während der Fahrt reden wir über Hazels Beziehung, erinnern uns an früher und grölen zu den Backstreet Boys. »… I want it that way …«

Als wir vor dem Haus ankommen, verabschiede ich mich von Hazel und drücke ihr einen fetten Schmatz auf die Wange. »Danke, so jemanden wie dich habe ich gar nicht verdient.«

»Doch Lena, das hast du und irgendwann wirst du das auch so sehen.«

Ich nicke und laufe mit meinem Koffer los, bevor mich die Tränen wieder erfassen.

Als ich die Wohnungstür aufschließe, scheint niemand da zu sein. Erneut versuche ich, Nick auf dem Handy zu erreichen. Nichts. Es ist immer noch aus. Mir wird übel, weil ich nicht weiß, wo er ist und was er gerade tut. Vielleicht war er die ganze Nacht nicht da.

Auf dem kleinen Tisch vor der Couch liegt eine Schachtel und auf dem Boden davor ein zerknüllter Zettel. Ich hebe ihn auf und setze mich, während ich ihn auseinanderfalte.

Ein herzzerreißender Liebesbrief offenbart sich mir und treibt mir erneut Tränen in die Augen. In der Schachtel ist nichts anderes als ein Verlobungsring.

Mit einem Mal werde ich in die Zeit zurückkatapultiert, in der mein Ex Ron mir einen Antrag gemacht hat. Wie er mir ein besseres und neues Leben versprochen hat und dann alles nur noch schlimmer wurde. Der Gedanke an all das, was war, schnürt mir selbst jetzt noch die Kehle zu.

Ich schließe die Schachtel und lege sie zurück auf den Tisch. Das kann ich nicht. Nicht jetzt und nicht so. Besonders nicht, um einen dummen Streit wiedergutzumachen.

Der Gedanke daran, dass dies der Auftakt zu einem Leben sein könnte, aus dem ich geflohen bin, lässt mir das Blut in den Adern gefrieren.

Was mache ich denn jetzt bloß? Ich will Nick, aber doch nicht so. Zumindest jetzt noch nicht.

Auf einmal kommt mir ein Satz in den Sinn. »Liebe dich selbst und du kannst jeden heiraten.« Das hat damals der Therapeut in der Klinik zu mir gesagt, doch ich habe es nie wirklich verstanden. Doch jetzt wird mir auf einmal klar, was er mir damit sagen wollte.

Wenn ich mich selbst nicht liebe, nicht mag, wie soll es dann ein anderer? Ich war so darauf versessen mich zu verändern und ein anderer Mensch zu sein, jemand, mit dem Nick zusammen sein möchte, dass ich das Wesentliche völlig vergessen habe. Dabei wollte ich mich doch erst einmal selbst finden, mich kennen und lieben lernen.

Schlagartig wird mir so vieles bewusst und alles prasselt mit einem Mal auf mich ein. Als hätte man die Türen zum Ausverkauf im Kaufhaus geöffnet und alle rennen unaufhaltsam hinein.

Meine Tränen fließen und ich habe nicht vor sie aufzuhalten. Das hier ist gleichsam das Schrecklichste und Schönste, das Nick für mich hätte tun können. Denn es hat mir die Tür zu mir selbst geöffnet. Und nun habe ich noch mehr Angst, es nicht mehr retten zu können. Ihn vor den Kopf zu stoßen.

Ich höre, wie der Schlüssel ins Türschloss gesteckt wird, und kurz darauf steht Nick im Raum und sieht mich erschrocken an.

Mir fällt wieder ein, dass der Zettel zerknüllt war. Vielleicht wollte er gar nicht, dass ich ihn lese. Aber dann hätte er doch alles weggeräumt.

»Hey, du bist da.«

»Ja, nach deinen Nachrichten auf der Mailbox wollte ich unbedingt zurück und mit dir reden.«

Er lässt seine Sachen fallen und kommt fest entschlossen auf mich zu. Ich stehe auf und laufe ihm entgegen. Wir fallen uns in die Arme, küssen uns und schmiegen unsere Körper aneinander, als seien sie wochenlang getrennt gewesen.

»Du hast mir gefehlt«, flüstert er in mein Ohr und zieht mich noch fester an sich.

»Aber ich war doch die ganze Zeit da.«

Jetzt schaut er mir tief in die Augen.

»Nein Lena, du warst in letzter Zeit nicht mehr dieselbe. Und ich wusste nicht, warum, und was ich hätte tun können.«

»Und ich dachte schon, du hast vielleicht eine Andere oder willst mich nicht mehr. Deshalb habe ich mich von Hazel abholen lassen und wollte wieder zu meinen Eltern gehen. Ich hatte Angst, dass du mich noch einmal so sehr verletzt.«

»Dann lagen wir wohl beide voll daneben. Bitte lass uns wieder über solche Dinge sprechen. Ich will nicht, dass alles kaputt geht, nur weil wir zu blöd sind, den Mund aufzubekommen.«

Schluchzend antworte ich: »Ja, da hast du recht. Es tut mir so leid. Irgendwie habe ich mich verloren oder bin gerade dabei mich zu finden. So genau weiß ich das noch nicht.«

Er nickt mir zu und streichelt über mein Haar. Dann legt er seine Hand in meinen Nacken und wir küssen uns. Eine tiefe Vertrautheit ergreift mich und ich fühle mich so geborgen wie schon lange nicht mehr.

»Ich liebe dich, Nick. Ich hoffe, du nimmst es mir nicht übel, aber zum Heiraten finde ich es noch etwas zu früh.«

Er geht einen Schritt zurück und greift sich verlegen an den Hinterkopf, während er die Schachtel auf dem Tisch fokussiert.

»Ja, ich weiß auch nicht so genau, was mich da geritten hat. Was ich aber ganz klar sagen kann, ist, dass ich mit dir alt werden möchte, Lena.«

Oh Gott, jetzt kommt hoffentlich nicht noch ein richtiger Antrag, denn dann müsste ich im Boden versinken.

Mit einem Lächeln schnappt er sich die Schachtel und den Zettel und verschwindet damit im Schlafzimmer.

Erleichtert atme ich auf. Das hätte ich ihm nicht antun wollen, jetzt noch offiziell nein zu sagen.

Wir setzen uns auf die Couch, er faltet die Decke auseinander und wir kuscheln uns ein.

Bis tief in die Nacht hinein reden wir über Gott und die Welt. Ich erzähle ihm von meiner Erkenntnis aufgrund seines Briefs und von meinen Bedenken wegen der neuen Arbeit und einfach alles, was mir zurzeit durch den Kopf geht. Zu meiner Erleichterung erzählt Nick auch von sich, ohne dass ich ihm die Worte aus der Nase ziehen muss. Ich kann mir nun vorstellen, wie schwer die Zeit für ihn war, auch wenn es für mich selbst sehr schwer ist. Wir schwören uns, ab jetzt immer über alles zu sprechen. Keine Geheimnisse mehr. Ich verspreche ihm, einen Brief zu schreiben, wenn ich das, was mich beschäftigt, wieder einmal nicht aussprechen kann.

Wir sind zurück, Nick und ich.

Kapitel 19

Ein Jahr ist nun vergangen, seitdem wir geschworen haben, uns alles zu erzählen, verläuft unsere Beziehung besser denn je. Es heißt ja auch nicht umsonst, Kommunikation ist der Schlüssel. Das scheint wirklich zu stimmen. Woher soll Nick auch immer wissen, was ich denke oder gerade fühle oder gerade möchte? Oft weiß ich das selbst noch nicht genau. Wenn eine solche Phase aufkommt, versuche ich nun liebevoller mit mir zu sein. Achtsamer. Ich höre in mich hinein, was ich möchte, was mich glücklich macht und mir gut tut, und dann mache ich das.

Seitdem merke ich auch, wie sehr mir Alice fehlt und dass ich irgendwie sauer auf sie bin und auf ihren Freund. Es fühlt sich an, als hätte er sie mir weggenommen. Sie meldet sich kaum noch und lässt mich nicht mehr an ihrem Leben teilhaben. Anfangs habe ich noch versucht, mich dafür einfach öfter zu melden, doch dann hat es sich immer mehr nach Alleinunterhalter angefühlt. Also habe ich es gelassen.

Dafür ist eine andere Person in mein Leben getreten, die ich zu dem Zeitpunkt gar nicht auf den Schirm hatte. Mia, Alices Freundin. Wir sind uns zufällig über den Weg gelaufen und aus dem Quatschen nicht mehr rausgekommen. Doch leider scheint es so, als wenn sie aus beruflichen Gründen auch bald wegziehen muss. Was ich sehr bedauere. Nichtsdestotrotz hat sich in den letzten Monaten eine tiefe Freundschaft zwischen uns entwickelt. Aus irgendeinem Grund fühlen und denken wir in so vielen Sachen gleich und ergänzen uns prima. Auch bei der Arbeit läuft alles super. Ich bin froh, mittlerweile sagen zu können, dass ich meinen Job gut mache. Seit neuestem schreibe ich sogar Beiträge für unseren Blog, was mir unglaublich viel Spaß macht. Schon seit einer Weile überlege, ich selbst einen Blog zu starten, damit ich dann über alles Mögliche schreiben kann, auf das ich gerade Lust habe. Und jeder soll es lesen können. Die Idee bereitet mir viel Freude und trotzdem hindern mich wieder einmal etliche Gedankengänge daran, sie umzusetzen. Was muss ich beachten? Alle werden die Texte lesen und die Seite sehen können. Wird es überhaupt jemanden interessieren? Ich möchte gesehen und gelesen werden, aber dann auch wieder nicht. Ein Zwiespalt zwischen meinem introvertierten Ich und dem Gedanken, dass ich Menschen damit erreichen könnte. Zum Nachdenken anregen könnte.

Ich schüttle den Gedanken vorerst ab und schreibe den Blogbeitrag für meine Arbeit zu Ende.

So viel Zeit ist inzwischen vergangen, seit ich Nick das erste Mal begegnet bin. So viel Zeit, seit er mich aus meinem Gefängnis befreit hat. Und nun bin ich immer noch auf der Suche nach mir selbst. Auf der Suche nach dieser einen Sache, die mich ausmacht. Nach diesem einen Ding, das mir erlaubt, meine Geburt zu rechtfertigen, und meinem Leben einen wirklichen Sinn gibt.

Was mir hilft, ist zu wissen, dass Nick immer da sein wird. So wie er irgendwie immer da war. Und dann packt mich auf einmal ein merkwürdiger Gedanke. Eine Idee, die sich so unfassbar echt und toll anfühlt, dass ich mich frage, ob ich mich das traue.

In letzter Zeit haben wir Gefallen an Spieleabenden gefunden und ein kleines Ritual ist auch das Sonntagstreffen geworden. Dort lassen wir gemeinsam mit Freunden die Woche Revue passieren, essen, lachen, schauen gemeinsam Fernsehen und quatschen.

Die Spieleabende genieße ich sehr, denn in Gesellschaft macht alles viel mehr Spaß. Früher hätte mich das abgeschreckt und ich hätte mich in meinem Schneckenhaus verkrochen, nun ist alles anders.

Bei dem Spiel *Activity* zeigt sich, was Nick und ich für ein gutes Team geworden sind. Wir nennen es gern das »Beziehungstestspiel«, denn es treibt die meisten Paare in den Wahnsinn. Das geht so weit, dass keiner mehr spielen mag, wenn Nick und ich in einem Team sind.

»Was mache ich bei der Arbeit als Erstes?«, fragt Lisa ihren Freund, der anhand ihrer Worte den Begriff erraten soll.

»Kaffee kochen.«

»Nein, das doch nicht. Was mache ich beim Kunden als Erstes?«

»Fragen, ob er einen Kaffee will.«

»Mensch Tim, ernsthaft? Nein, bevor ich mit der Gesichtsbehandlung anfangen kann, muss ich doch noch …«

»Sorry Leute, die Zeit ist leider abgelaufen.«

Tim kassiert eine Schelle auf den Hinterkopf und Lisa lehnt sich schmollend zurück.

»Und was war es nun?«, wollen wir alle wissen.

»Reinigungsmilch«, ertönt es aus der hintersten Ecke der Couch und alle fangen an zu lachen.

Dass es hilfreich ist, mit dem Partner über alles zu reden, merkt man besonders dann, wenn die Gerüchteküche mal wieder am Brodeln ist.

Als Ben zu mir kommt und mir ganz nebenbei erzählt, was Nick letztes Jahr im Sommer am See getrieben hat, muss ich lachen. Und als er fertig ist mit erzählen, ergänze ich seine Ausführung und er steht am Ende völlig sprachlos mit offenem Mund da.

Sätze wie, »Weißt du eigentlich, was Nick letztens gemacht hat?« verlieren dadurch enorm an Kraft und keiner von uns fällt mehr aus allen Wolken, wenn mal wieder getratscht wird.

Als die Einladung zur Geburtstagsfeier eines sehr guten Freundes von uns kommt, fasse ich einen Entschluss und antworte ihm mit einer Frage.

Die Reaktion lässt nicht lang auf sich warten. Alex ist so begeistert von der Idee, dass ich das Gefühl habe, er springt gleich vor Euphorie aus meinem Handy.

Aus meinem anfänglichen Glücksgefühl wird Panik. Was habe ich mir da nur eingehandelt? Und wie zur Hölle komme ich da wieder raus? Will ich das wirklich? Also ja, schon, aber so?

Ich schmeiße das Handy hinter mich aufs Bett und versuche erstmal, nicht weiter darüber nachzudenken. Es ist noch lang bis zur Feier, versuche ich mein Gewissen zu beruhigen.

Zwei Wochen später steht Marc plötzlich grinsend vor mir. Irritiert schaue ich um mich.

»Ich finde deine Idee so toll, Alex hat es mir erzählt, weil wir ja bei uns hinterm Haus im Garten feiern wollen.«

Die Hoffnung, dass er es wieder vergessen hat, ist dahin. Aus der Nummer werde ich nicht mehr rauskommen. Die beiden scheinen Feuer und Flamme dafür zu sein.

»Aber es ist doch Alex‘ Geburstagsfeier, soll ich das wirklich machen?«

»Auf jeden Fall. Alle werden da sein, das wird so mega. Du willst doch nicht etwa kneifen, oder?« Wieder dieses übertrieben bescheuerte Grinsen.

Was soll ich denn jetzt nur machen? Natürlich möchte ich es und ich möchte Nick damit überraschen, aber vor all unseren Freunden? Ich habe doch schon bei Vorträgen vor drei Leuten einen Kloß im Hals und möchte mich am liebsten verstecken.

»Marc, ich habe Schiss. Ich habe mir das, glaube ich, nicht richtig überlegt.«

Er nimmt mich in den Arm und hält mich dann an den Schultern fest. »Das wird super, glaub mir, und wir werden dir helfen! Trau dich Lena, das ist wirklich eine ganz tolle Sache.«

Ich lasse mich anstecken und stelle mir das Ganze auf einmal gar nicht mehr so schlimm vor. Ich werde mir einfach vorstellen, ich wäre allein mit Nick, wenn ich ihn frage, ob er mich heiraten will.

»Okay, vielleicht hast du recht. Ich brauche auf jeden Fall Ringe und ich will mich schick machen für den Moment.«

»Kein Problem, du kannst alles im Haus verstecken und dich dann umziehen.«

Wir reden noch eine ganze Weile und tauschen Ideen aus und schon steht ein grober Plan. Marc will alles Weitere mit Alex besprechen und niemand außer uns dreien soll es erfahren. Bei dem Gedanken daran rutscht mein Herz gleich wieder eine Etage tiefer. Dennoch hat Marc recht, das wird eine einzigartige Überraschung, und irgendwie freue ich mich darauf, auch wenn ich riesige Angst habe. Manchmal muss man sich seinen Ängsten eben stellen.

Leider weiß ich nicht, mit wem ich Ringe aussuchen und ein Outfit finden soll. Alice meldet sich mal wieder nicht und selbst wenn, könnte sie so spontan nicht herkommen. Hazel hat leider auch keine Zeit und muss sich gerade um ihren Opa kümmern. Allein möchte ich aber auch nicht gehen, daher schreibe ich Marc eine Nachricht.

> Hey Marc, hättest du vielleicht Zeit mal mit mir in die Stadt zu gehen, wegen, du weißt schon was?

> Hallo Lena, sorry, aber ich bin gerade zu sehr eingespannt wegen der Arbeit. Können deine Freundinnen nicht mitgehen?

> Nein, keine von ihnen hat Zeit.

> Und wenn du mal Alex fragst? Ich glaube, er hat Urlaub.

> Das ist eine gute Idee, dann könnte er auch seine Meinung zu dem Ring für Nick sagen. Danke!

> Wenn es weiter nichts ist.

Ich schreibe Alex gleich eine Nachricht und erhalte ein paar Minuten später schon eine Antwort. Erleichtert mache ich mit ihm ein Treffen aus.

Ein paar Tage später ist es schon so weit. Ich treffe mich mit Alex in der Innenstadt. Nick habe ich erzählt, dass ich Überstunden machen muss, damit er nichts merkt. Und ich weiß, dass er seine Eltern besucht, sodass wir uns auch nicht zufällig in der Stadt über den Weg laufen können.

»Weißt du auch, worauf du dich da eingelassen hast, mit einer Frau shoppen zu gehen?«, frage ich Alex mit einem breiten Grinsen.

»Ach na klar, das wird super, wirst sehen.«

»Na dann mal los.«

Nach drei Geschäften haben wir ein wirklich tolles Oberteil gefunden. Nicht zu sexy, dafür perfekt für diesen Anlass. Nun fehlen nur noch Ringe.

Wir schlendern durch die Straße und schauen in die verschiedenen Schaufenster der Juweliere. So richtig haut mich keiner um. Dann fragt mich Alex, was ich mir denn überhaupt vorstelle. Immerhin kann ich meinen eigenen Ring kaufen. Der von Nick wird eher etwas schlichter sein, da sind wir uns einig.

Wir gehen weiter und plötzlich sehe ich sie. Das perfekte Paar. Zwei silberne Ringe mit einem dezenten Muster. Der für die Frau hat ein kleines Steinchen. Nicht mehr und nicht weniger.

Zum Aussuchen der Größe habe ich extra einen alten Ring von Nick aus seinem Schrank ausgegraben. Ich hoffe, die richtige Größe zu kaufen.

Die Dame hinter dem Verkaufstresen versichert mir, dass man den Ring auch noch etwas weiten könne, falls er ein wenig zu klein wäre. Was ja schön und gut ist, aber in dem Moment, wenn ich Nick den Ring anstecken will, etwas peinlich wäre. Ich entscheide mich trotzdem für das Ringpaar.

Und schon ist unsere Tour beendet und wir haben alles, was ich wollte.

»Die Tüte mit dem Oberteil nehme ich das nächste Mal mit zu Marc. Und die Ringe bewahre ich für dich auf.«

»Ja, das ist eine gute Idee. Nicht dass Nich sie findet. Aber vergiss sie nicht«, necke ich ihn.

»Das würde ich niemals tun.«

»Und dann, wie machen wir das an dem Abend?«

»Mach dir darüber mal keine Gedanken. Ich gebe dir ein Zeichen, wenn ich meine Ansprache mache, und dann kannst du dich entspannt in Marcs Haus umziehen.«

Ich nicke und versuche, die Angst nicht schon wieder von mir Besitz ergreifen zu lassen. Es ist eine schöne Idee und ich freue mich sehr darauf. Ich habe nicht mal Angst davor, dass er nein sagen könnte, sondern nur vor den ganzen Menschen und das, obwohl es unsere Freunde sind.

Da dieser Tag so etwas Besonderes werden soll, will ich auch Haare und Make-up schön haben. Also mache ich einen Termin bei meiner Friseurin aus. Ich habe Lydia kennengelernt, als ich nicht nur eine neue Haarfarbe, sondern auch einen neuen Friseur haben wollte.

Es dauerte keine fünf Minuten, da hatte ich sie schon in mein Herz geschlossen. Ihre Art ist einfach so unglaublich herzlich und ein klein wenig verrückt.

Ich erkläre ihr alles und sie freut sich, dass sie sich um mein Äußeres kümmern darf und so einen kleinen Teil beisteuern kann.

Nun muss ich mir nur noch ein Alibi für meinen Friseurtermin ausdenken. Doch bis dahin sind noch zwei Wochen Zeit. Mir wird sicher noch etwas einfallen.

Weil ich weiß, dass ich in dem Moment keinen Ton rausbekommen werde, wenn ich vor all den Leuten stehe und Nick in die Augen schaue, möchte ich einen Text vorschreiben. Gar nicht so leicht. Und das, obwohl das Schreiben mittlerweile ein fester Bestandteil meines Lebens ist. So richtig will es einfach nicht klappen. Ich schreibe etwas und lösche es wieder. Bis ich mir schließlich selbst eine Pause verordne und das Ganze auf einen anderen Zeitpunkt verlege.

»Wir brauchen noch ein Geschenk für Alex,« stellt Nick fest, als er nach Hause kommt.

Das habe ich in der Aufregung ganz vergessen.

»Aber es soll nicht zu pompös sein, du weißt ja, dass er das nicht mag.«

»Ja ich weiß, gar nicht so leicht.«

Jedes Jahr stellen wir aufs Neue fest, dass wir gar nicht so viel über Alex wissen.

»Er raucht gern mal eine Zigarre. Vielleicht gibt es da ja etwas, das er gebrauchen kann.«

»Aber woher wissen wir, was er schon hat und was nicht?«, frage ich Nick.

»Wir fragen einfach Marc. Die beiden sind so dicke, würde mich wundern, wenn er das nicht wüsste.«

Eine tolle Idee, nur wird mir gleich ganz mulmig zumute. Was, wenn Marc etwas rausrutscht?

»Ich kann Marc ja mal schreiben«, beschließe ich kurzerhand und bin froh, dass Nick zustimmt. Damit ist das Thema schnell vom Tisch und kurz darauf finden wir das passende Geschenk.

Ein paar Tage vor der Feier ruft Alex an.

»Ist er da?«, fragt er mich, als würden wir sonst etwas verbergen.

»Nein, er ist gerade unterwegs. Warum, was gibt es denn?«

»Naja, du wolltest mir den Text noch zuschicken, damit ich ihn ausdrucken kann.«

Der Text! Den habe ich völlig vergessen.

»Okay«, stammle ich, »ich setze mich gleich nochmal ran und schicke ihn dir dann.«

Nachdem wir aufgelegt haben, klappe ich den Laptop auf und versuche etwas zu schreiben, solange Nick noch unterwegs ist. Ich beginne wie mit den Texten für Produktbeschreibungen und mache mir erst einmal Stichpunkte zu dem, was alles rein soll. Und siehe da, es funktioniert. Ein Wort schmiegt sich an das andere und alles fließt nur so aus mir heraus. Ganz schön lang, denke ich, als ich den fertigen Text vor mir sehe. Doch ich möchte kein einziges Wort streichen.

Ich schicke den Text an Alex, um seine Meinung zu hören. Als er kurze Zeit später schluchzend mit einer Sprachnachricht antwortet, weiß ich, dass es perfekt ist.

Langsam bekomme ich wirklich Muffensausen, der Tag rückt immer näher. Doch die Vorfreude auf diese Überraschung lässt mein Herz höherschlagen.

Und dann ist es auch schon so weit.

Leider fällt mir keine richtige Ausrede ein, weshalb ich wegen der Geburtstagsfeier eines Freundes unbedingt zum Friseur will.

»Wo willst du denn jetzt hin?«, fragt Nick, als ich meine Schuhe anziehe.

»Ich muss nochmal schnell weg«, antworte ich.

»Lenaaaa?«

»Ich habe einen Friseurtermin.«

»Heute? Warum das denn?«

Sofort schießt eine Hitzewelle durch meinen Körper. Ich suche nach den passenden Worten, aber mir fällt einfach nichts ein.

»Sag jetzt nicht, du machst das, weil Jenny sich letztes Jahr so aufgedonnert hat?«

»Naja«, stammle ich, »ich kann mich ja auch mal hübsch machen, oder?«

Er steht auf, kommt zu mir in den Flur und zieht seine Schuhe an.

»Wo willst du denn jetzt hin?«

»Na ich dachte mir ich fahre dich und schlendere in der Zwischenzeit ein bisschen durch die Stadt.«

Ich muss aufpassen, dass mir der Mund nicht offen stehen bleibt. An sich ist das ja alles kein Problem, nur Lydia weiß Bescheid und ich kann nicht riskieren, dass die Überraschung platzt.

»Das ist lieb von dir, aber musst du nicht machen.«

»Ach was, du fährst doch nicht gern mit meinem Auto und mit den Bus brauchst du ewig. Danach können wir noch einen Kaffee trinken gehen, ganz gemütlich. Die Feier fängt ja erst am Nachmittag an.«

Aus der Sache komme ich so nicht mehr raus. Also stimme ich zu und versichere ihm, dass ich mich freue, dass er mitkommt. Nicht dass er doch noch von irgendetwas Wind bekommt. Ich bemühe mich meine Aufregung zu verbergen und konzentriere mich darauf, nicht an meiner Hand zu kratzen.

Während der Fahrt in die Stadt schreibe ich Lydia eine SOS-Nachricht. Sie versichert mir, dass niemand etwas ausplaudern wird.

Etwas angespannt stehe ich schließlich mit Nick vor dem Salon.

»Willst du nicht reingehen?«

»Klar … und du gehst jetzt spazieren?«

Ich hoffe einfach nur, dass er nicht mit reingehen möchte. Was er zum Glück auch nicht tut.

»Ich treffe mich noch mit Tyler, dann können wir ihn auf dem Rückweg gleich mitnehmen. Sag Bescheid, wenn du fertig bist.«

»Alles klar, mach ich.«

Er küsst mich und geht los.

Während ich den Salon betrete, schaue ich Nick durch die riesigen Fensterscheiben hinterher, bis er aus meinem Blickfeld verschwunden ist. Ich atme auf und Lydia fällt mir um den Hals.

»Was für eine mega geile Idee! Bist du aufgeregt?«, fragt sie und führt mich zu ihrem Spiegeltisch.

»Du hast ja keine Ahnung«, antworte ich grinsend.

»Also gut, dann lass uns mal loslegen. Was hast du dir vorgestellt?«

Sie zeigt mir einige Farben für das Make-up und wir sind uns schnell einig. Und auch, was die Frisur angeht. Ein wenig hochgesteckt und ein paar Haare sollen schön in Wellen über meine Schulter fallen.

Während sie sich sogleich ans Werk macht, schildere ich ihr den Ablauf des Abends und was ich geschrieben habe.

Der ganze Laden hört mit, alle schwelgen in Erinnerungen und wünschen mir einen genialen Abend und natürlich, dass er ja sagt.

»Hast du keine Angst, dass er nein sagen könnte?«

»Nein, gar nicht. Ich weiß, dass wir zusammengehören. Wir haben so viel Scheiß hinter uns und nun möchte ich endlich einen Schritt weiter gehen.«

Als Lydia fertig ist, pruste ich fast meinen Cappuccino aus. Ich sehe Nick am Fenster entlanglaufen und er steuert genau auf den Eingang zu.

Doch Lydia hat ihn schon entdeckt. »Alle halten die Klappe! Der bald Verlobte ist im Anmarsch!«

Mir rutscht das Herz fast in die Hose, als er auf uns zukommt. Alle tun beschäftigt, doch ich sehe, wie jeder von ihnen schmunzelt.

»Das hat ja ganz schön lang gedauert. Ich dachte, ich schaue mal nach dir, nicht dass sie dir eine Glatze verpasst haben.«

»Eine Glatze wäre schneller gegangen, was wir hier machen, ist Haarkunst«, antwortet Lydia.

Ich stelle die beiden einander vor, während mein Herz mir bis zum Hals schlägt. Er weiß zwar, dass das hier mein Friseursalon ist, doch Lydia hat er noch nie kennengelernt.

Nick dreht mich und begutachtet mich von allen Seiten. Ich selbst fühle mich wie eine Prinzessin. Lydia hat ganze Arbeit geleistet.

»Sehr schön geworden.«

»Übertreffe ich damit Jenny?«, frage ich grinsend.

»Davon kannst du ausgehen.«

Er lächelt und geht zum Tresen. Meine Augen werden groß, als er sein Portmonee aus der Hosentasche zieht. Er will doch nicht ernsthaft bezahlen? Wieder grinsen alle blöde vor sich hin, aber ich bin froh, dass sie nichts sagen.

Ich verabschiede mich von Lydia und winke den anderen zu.

Ein paar Stunden später stehen wir im Garten hinter Marcs Haus, wo bereits ein Pavillon, Bänke und Tische aufgebaut sind. Marc selbst steht hinter einem Tresen, auf dem er seine Anlage aufgebaut hat. Er liebt es, Musik zu machen.

Wir begrüßen ihn und fragen, ob er Hilfe braucht. Er bittet Nick, die restlichen Kisten mit Getränken und Knabberzeug aus dem Keller zu holen.

Als Nick verschwunden ist, zeigt Marc mir, wo er meine Sachen hingestellt hat. Neben dem Eingang ist ein kleiner Raum mit Regalen und einigen Utensilien für den Garten, außerdem ein kleines Waschbecken mit Spiegel.

Er zwinkert mir zu, als er die Tür wieder schließt, und wir gehen gemeinsam zu Nick in den Keller.

Es dauert nicht lang und alles ist aufgebaut. Die nächsten Gäste kommen auch schon und wir begrüßen alle gemeinsam mit Marc. Nur von Alex ist noch nichts zu sehen.

Je später es wird, umso mulmiger wird mir.

Ein lautes Tröten kündigt weitere Gäste an und mein Herz hüpft kurz aus dem Takt, als das Geburtstagskind mit der restlichen Meute um die Ecke kommt. Wir begrüßen uns und Alex zwinkert mir zu.

Wir genießen einen schönen Nachmittag. Essen, trinken und quatschen ausgelassen.

Dann ist es so weit. Marc tritt kurz hinter mich. Da Nick gerade beschäftigt ist und sich mit jemandem unterhält, nutze ich die Chance und verschwinde in der kleinen Kammer im Haus.

Die Musik wird leiser und ich höre Alex, wie er ins Mikrofon spricht. Er erzählt ein bisschen und ruft dann einzeln einige unserer Freunde auf, die zu ihm vortreten sollen. Sehr geschickt.

Eifrig ziehe ich mich um und hyperventiliere fast vor Aufregung. Ich schlüpfe in meine hohen Schuhe und warte auf ein Zeichen von Alex.

»… und nun möchte ich alle bitten, mal die Klappe zu halten, denn ihr versaut es nicht mir, sondern jemand anderem, wenn ihr nicht still seid. Leeeeena!«

Oh mein Gott. Ich fühle mich, als würde ich mich gleich übergeben müssen. Ich schaue um die Ecke und sehe Nick vorn am Tresen neben Alex stehen. Alle schauen verwirrt in die Runde.

Das Klacken meiner Absätze schallt durch den ganzen Garten und alle Blicke sind auf mich gerichtet. Die Corsage fühlt sich an, als würde sie mir zusätzlich die Luft abschnüren, doch ich versuche, es zu ignorieren. Ich gehe aufrecht und mit Bedacht. Dann stehe ich vor Nick und schaue ihm in die Augen.

»Mach keinen Scheiß«, sagt er und schaut mich erstaunt, aber dennoch liebevoll an.

Marc gibt mir das Mikrofon und Alex überreicht mir meinen Zettel. Er hat ihn sogar einlaminiert. Mit einer Hand umklammere ich das Mikrofon und mit der anderen den Zettel, als würde ich mich daran festhalten können.

Der Song, den ich mir gewünscht habe, setzt ein und sofort bekomme ich eine Gänsehaut.

»There‘s a flame, flame in my heart. And no rain can put it out …« Sanft schallt die Melodie über die Wiese des Gartens und lässt mein Herz in einem anderen Takt schlagen.

Ich schaue in die vielen Gesichter unserer Freunde und konzentriere mich dann ganz auf Nick. Ich beginne zu lesen und versuche, ihn dabei immer wieder anzusehen.

»So viele Jahre gehen wir nun schon gemeinsam durchs Leben. Als du im Supermarkt immer nur eine Packung Kaugummi, eine Banane oder einen Apfel gekauft hast, habe ich mich gefragt, was mit dir nicht stimmt. Bis ich bemerkt habe, dass du das nur wegen mir gemacht hast. Und so gab es ein Wiedersehen. Und noch eins und noch eins und irgendwann warst du einfach immer da. Das war für mich in dem Moment, als hätte Gott mir einen Engel geschickt, der mich wieder auf den richtigen Weg bringen soll und mir zeigen soll, dass das Leben lebenswert ist. Als du mich dann das erste Mal geküsst hast, wusste ich, dass ich mit dir zusammen sein will. Als ich zwei Monate in der Klinik war, warst du es, der immer da war. Meine Launen und mich ertragen hat. Du warst derjenige, durch den ich ich sein konnte und mich finden durfte. Es war hart, als du mich hast fallen lassen. Und doch war es genau richtig und ich habe es dadurch geschafft zu erkennen, dass ich auch auf eigenen Beinen stehen kann. Nun treffen wir gemeinsam Entscheidungen und du stehst immer hinter mir, auch wenn eine meiner Entscheidungen mal doof ist. Es gab Höhen und Tiefen, aber egal, wie schlimm manche Situation auch war, wir waren immer füreinander da und haben wieder zusammengefunden. Mit dir an meiner Seite weiß ich, dass ich alles im Leben erreichen kann. Du bist mein bester Freund, mein Geliebter, mein Entertainer, mein Beschützer, Berater, der Engel auf meiner Schulter, meine Familie, mein Ein und Alles. In letzter Zeit haben wir uns über vieles Gedanken gemacht und uns gefragt, wie unser weiteres Leben aussehen soll. Fragen, für die wir irgendwann eine Antwort finden werden. Aber heute habe ich zum Glück nur eine Frage an dich.« Ich nehme seine Hand. Wir stehen uns nun direkt gegenüber. »Nickolas Peterson, willst du mich heiraten?«

Der Moment gehört nur uns und für diesen einen kurzen Augenblick scheint es, als hätte die Welt auf Pause gedrückt.

»Ja, scheiße ja«, brüllt er glücklich, hebt mich hoch und wirbelt mich herum. »Ich habe die beste Frau auf der ganzen Welt«, schreit Nick heraus.

Wir umarmen und küssen uns. Und dann überreicht Alex uns die Ringe. Als ich Nick seinen Ring anstecken will, bleibt er hängen. Erst als er etwas nachhilft, rutscht er schließlich über seinen Finger. Er passt, wenn auch nicht perfekt. Er symbolisiert genau das, was wir sind. Nicht ganz perfekt, doch für uns mehr als das.

Alle stehen auf und stellen sich an, denn jeder möchte uns gratulieren, teilhaben am Glück. Alle haben Tränen in den Augen und sind tief berührt und das fühlt sich wahnsinnig gut an. Diesen echten Moment mit allen zu teilen, war genau richtig.

Kapitel 20

Sanft streicht Nicks Hand über meinen Arm, hinauf zu meinem Gesicht und verweilt auf meiner Wange. Seine Hände sind immer so schön warm.

»Sag mal, wo wollen wir eigentlich heiraten? Und wollen wir Trauzeugen? Braucht man welche? Und müssten wir nicht zuerst …«

»Stopp, stopp, stopp. Eins nach dem anderen. Ich habe doch selbst gar keine Ahnung, womit man anfängt.«

Und trotzdem finde ich es so schön, dass er sich Gedanken darüber macht. In nicht mal einem Jahr wird es so weit sein. Vielleicht sollten wir wirklich langsam anfangen. Aber womit?

»Wir könnten uns in einer Facebookgruppe anmelden, da gibt es doch sicher auch so etwas zum Thema Hochzeitplanen oder so.«

»Stimmt, das ist eine wirklich gute Idee. Und ich kann im Internet mal schauen, ob ich vielleicht einen Plan finde oder eine Checkliste«, antworte ich aufgeregt.

Zufrieden kuschle ich mich noch einmal in seinen Arm und wir genießen die Sonnenstrahlen, die über unser Bett scheinen.

Als ich die ersten Checklisten sehe, wird mir fast schlecht. Laut dem, was da steht, hätte ich schon längst ein Kleid aussuchen müssen. So ganz verstehe ich nicht, warum. Auch die Location scheint ein echtes Highlight zu sein.

Am Frühstückstisch überlegen wir, wo wir heiraten könnten. Etwas, das uns beiden gefällt. Ich schaue auf der Internetseite des Standesamtes nach und wieder wird mir leicht übel. Im Kalender sind die noch freien Termine grün markiert, doch hier leuchtet mich gerade alles nur gelb und rot an. Und wann ist überhaupt ein guter Monat dafür? Falls wir da noch die Wahl haben. Das hatte ich mir alles etwas leichter vorgestellt.

Ich zeige Nick den Kalender und wir philosophieren, wann der beste Zeitpunkt wäre.

Bei einem bestimmten Datum bleibe ich schließlich hängen. Es wäre ein Samstag, also schon mal perfekt, weil die meisten da Zeit haben. Und es ist im Juli. Zwar sind wir dann nicht mehr im Zeitrahmen des Jahres, in dem man ja nach der Verlobung heiraten sollte, aber wir sehen die kleine Abweichung von ein paar Wochen nicht so dramatisch.

Wir sind uns sehr schnell einig, machen im selben Moment einen Termin beim Standesamt aus und reservieren den Tag.

Wenn der Rest auch so toll funktioniert, sollte es doch nicht so kompliziert werden, denke ich und beiße genüsslich in mein Marmeladenbrötchen.

»Natürlich braucht ihr Trauzeugen, ohne ist doch Mist«, erklärt uns ein befreundetes Pärchen. Und schon erzählen sie uns jedes kleine Fitzelchen von der Planung bis hin zu ihrer Hochzeitsnacht. Wir sind froh, dass sie uns wenigstens die Details ersparen.

Sie haben sich damals einen Weddingplaner geholt und empfehlen uns diesen natürlich gleich weiter. Doch so viel Geld wollen wir dafür nicht ausgeben. Wir möchten das allein machen und freuen uns auf die Aufgaben, die uns bevorstehen.

Als wir ihnen das sagen, ernten wir verständnislose Blicke und Gelächter.

In der Umgebung gibt es einige schöne Anwesen, die für eine Hochzeit gebucht werden können. Doch wir sehen uns nicht wirklich in einem Schloss und fänden das ein wenig übertrieben. »Und bevor der Termin nicht feststeht, können wir auch keine Location dingfest machen«, stellt Nick ernüchternd fest.

Also warten wir fast schon ein bisschen wie auf heißen Kohlen auf unseren Termin beim Standesamt.

Als der Tag endlich gekommen ist, suchen wir verwirrt in dem großen Gebäude, wo wir hinmüssen. Endlich finden wir die richtige Tür. Kurz bevor ich mich auf einen Stuhl neben der Tür niederlassen kann, werden wir aufgerufen.

Die Dame setzt sich uns gegenüber und stellt vergnügt ihre Fragen. Es scheint fast so, als wäre das ihr Traumjob. Gut, an sich ist heiraten ja schon eine schöne Sache. Zwei Menschen, die sich lieben und ihr Leben gemeinsam verbringen wollen. Ganz offiziell.

Da wir uns in allem einig sind, haben wir die Formalitäten schnell abgehandelt. Nun geht es um den Termin und den Ort. Auch den Wunschtermin bekommen wir zum Glück ohne Probleme. Sie stellt uns ein paar Locations vor, die eine Trauung anbieten. Nachdem sie erneut umgeblättert hat, schmelzen wir fast dahin. Ein Museum. Wir wussten nicht mal, dass man in einem Museum heiraten kann, doch dieses bietet es an. Es ist ein sehr kleiner Raum, in dem gerade mal dreißig Gäste Platz finden würden. Dieser schnuckelige Raum scheint eine magische Wirkung auf uns zu haben, denn wir sind beide total fasziniert von dem Gedanken, uns dort trauen zu lassen.

Die nette Frau erklärt, dass wir uns auch gern erstmal alles anschauen können und danach entscheiden, ob es das Richtige für uns ist. Den Vorschlag nehmen wir dankend an und verabschieden uns mit dem Prospekt in der Hand von der immer noch lächelnden Frau.

Das Museum ist wirklich schön. Ein kleines Haus, umgeben von einem Garten voller Blumen inmitten der Natur. Wir bekommen sogar eine kleine Privatführung.

»In diesem Winzerhaus verbrachte der Hofkapellmeister seine Sommermonate. 1957 wurde die Gedenkstätte nach dem Tod der Urenkelin des Komponisten als Nachlass zur Verfügung gestellt und offiziell eröffnet. Da wir das Andenken ehren und es auch weiterhin Musik in den Räumlichkeiten geben soll, bieten wir es für Hochzeiten an. Deshalb gibt es in dem Raum, in dem die Trauungen stattfinden, auch ein Klavier.«

Die Leiterin des Museums öffnet die Tür zu einem nahezu winzigen Raum, der schöner nicht sein könnte. Genau so wollen wir heiraten, klein, nicht zu pompös und trotzdem etwas ganz besonderes.

Wir sagen zu und fahren glücklich nach Hause.

Ein paar Wochen später findet eine Hochzeitsmesse statt. Keine schlechte Idee, um sich Inspiration zu holen, denken wir, ohne zu wissen, was uns erwartet.

Als wir die Halle betreten, sehe ich schon den ersten Brautmodenaussteller und ein Kleid fällt mir besonders auf. Da ich Hazel als meine Trauzeugin ausgesucht habe, schickt sie Nick mit dessen Trauzeuge Tyler weg, während wir uns das Kleid näher anschauen. Es ist perfekt, nur leider eine Nummer zu groß. Am Rücken geschnürt, die Schultern leicht bedeckt und nicht zu viel Tüll.

Wir machen einen Termin zur Anprobe aus und erhalten sogar einen Messerabatt. Die Ausstellerin verspricht, das Kleid zur Anprobe im Laden zu haben. Der einzige Kritikpunkt ist, dass das Geschäft ewig weit weg. Wir müssen anderthalb Stunden mit dem Auto fahren.

»Tja, was tut man nicht alles für das perfekte Kleid«, meint Hazel und zwinkert mir zu.

»Aber wirst du denn dabei sein können? Das würde für dich ja fast drei Stunden Fahrt bedeuten.«

»Das bekommen wir schon hin. Ich kann doch einfach am Freitagabend schon kommen und bei euch schlafen. Dann können wir am Samstag zusammen hinfahren.«

»Okay, das ist eine gute Idee und den Mädelsabend gibt es inklusive.«

Wir nicken uns lachend zu. Abgemacht.

Wir schlendern noch ein bisschen durch die Halle und stellen fest, dass eine Hochzeit ein kleines Vermögen kostet, wenn man denn all das buchen würde. Fotografen, Videografen, Tauben, eine Kutsche und vieles mehr droht uns fast zu erschlagen. Zum Glück sind wir uns einig, dass wir das alles nicht wollen und brauchen.

Zwischen der Suche einer Location für die Feier nach der Trauung und der Planung des Tages geraten wir dann doch immer wieder etwas aneinander. Es ist wirklich nicht leicht, so einen Tag zu planen.

»Denk dran, es könnte für deine Tante und deinen Onkel zu anstrengend werden, wenn sie so viel laufen müssen«, erinnert mich Nick, als ich einen vermeintlich tollen Vorschlag mache. Leicht genervt verwerfe ich die Idee wieder, auch wenn er recht hat, es ist anstrengend.

Dann hat seine Mama eine Idee, woraufhin wir in einem Verein des Stadtteils, in dem Nick wohnt, anfragen.

Auch wenn das Objekt der Begierde gerade gebaut wird und somit zu dem Zeitpunkt nicht zur Verfügung steht, so hat der Vorstand noch ein anderes Plätzchen. Wir fahren direkt hin und hoffen, den Verantwortlichen aus dem Verein dort anzutreffen.

Wir haben Glück, das Tor steht offen. Wir gehen hinein und rufen nach ihm. Es kommt keine Antwort, also schauen wir uns ein wenig um. Weiter vorn können wir wie von einer Art kleinem Balkon runter auf die Wiese schauen. Dort befinden sich ein kleines Gartenhäuschen, ein Pavillon und noch ein kleiner Unterstand mit Grill. Oben am Eingang gibt es ein größeres Haus mit einem kleinen Bad, Toiletten und einem gemütlichen Raum mit Tischen, Bänken und Stühlen. Beim näheren Betrachten starren uns etliche wilde Tiere von den Wänden aus an.

Ein Knarzen lässt uns aufschrecken. Als wir uns umdrehen, steht ein Mann vor uns. Zu unserer Beruhigung setzt er sogleich ein Lächeln auf und begrüßt uns.

»Hallo, Sie sind also das Paar, das hier die Hochzeit feiern möchte. Ich bin Herr Neumann.«

Wir begrüßen ihn und stellen uns kurz vor. Er führt uns noch einmal komplett durch das ganze Gelände und erklärt uns alles. Es ist perfekt für uns. Als wir nach dem Preis fragen, rechnen wir mit einer doch recht hohen Summe. Immerhin könnten wir schon am Donnerstag auf das Gelände, um alles vorzubereiten, die Feier wäre am Samstag und am Sonntag oder sogar erst am Montag würden wir die Schlüssel wieder abgeben.

»Sagen wir hundertfünfzig Euro.«

»Hundertfünfzig Euro?«, fragen wir gleichzeitig nach.

»Ja oder ist Ihnen das zu viel?«

»Zu viel? Niemals, das ist total günstig im Vergleich zu anderen Orten, an denen man feiern kann.«

Er lächelt in seinen Bart hinein.

»Naja, wir sind ein Verein, das heißt, wir dürfen keine Gewinne erzielen. Daher der Preis. Wahrscheinlich werden wir das Gelände im nächsten Jahr nur noch an Vereinsmitglieder vermieten, Sie haben also Glück.«

Wir schlagen sofort zu und nehmen das Angebot an, bevor er es sich doch noch anders überlegt.

Was für ein toller Tag. Wir können wieder einen großen Punkt abhaken. Bleiben nur noch Kleidung, Ringe und tausend andere Dinge, an die wir denken müssen.

Frustriert sitzen wir ein paar Tage später auf einer Parkbank mitten in der Stadt und beobachten die Menschen, wie sie in völliger Eile durch die Stadt hetzen.

»Das war der fünfte Laden, der fünfte Laden. Warum wird man denn hier nirgendwo ernst genommen?«

»Ich weiß. Vielleicht sollte ich mir ein paar Highheels anziehen und ein Kleid unter meinem Mantel tragen.«

Bei jedem Juwelier, den wir aufgesucht haben, war es dasselbe. Man könnte fast schon sagen, sie hätten uns beleidigt. Alle wollten uns irgendwelchen Billigschmuck aufquatschen, dabei sind uns die Ringe ganz besonders wichtig. Ein Symbol, das uns verbindet und das wir unser restliches Leben tragen werden. Natürlich sind wir nicht gerade reich, doch arm sind wir auch nicht. Wir teilen uns eine kleine Wohnung und haben ein Auto und geben sonst kaum Geld für irgendetwas aus. Doch solange wir nicht mit Scheinchen vor denen herumwedeln, urteilen alle nach dem Äußeren und stecken uns in eine Schublade.

»Weißt du, was meine Mama immer gesagt hat?«, fragt Nick.

»Nein, erzähl.«

»Die, die im Jogginganzug in einen Laden gehen, sind die, die das meiste Geld haben. Denn wer sein

Geld für maßgeschneiderte Anzüge, teuren Schmuck und Autos ausgibt, der hat nicht mehr viel übrig.«

Sie hat recht. So sollte das jeder Verkäufer betrachten und nicht nur denen die Füße küssen, die ein Geschäft mit goldenen Schuhen betreten.

»Ich mag deine Mama.«

Genau in dem Moment klingelt Nicks Handy und es ist niemand Geringeres als seine Mama.

»Hey, kannst du schon wieder Gedanken lesen? Wir haben gerade über dich gesprochen.« Er erklärt ihr unsere frustrierende Suche nach den perfekten Ringen. Als er auflegt, schaut er mich kurz irritiert an, steht dann auf und reicht mir seine Hand.

Ich lege meine Hand in seine und wir gehen gemeinsam los. Nachdem wir ein paar Straßen überquert und uns immer mehr von den Geschäften entfernt haben, frage ich schließlich, wo wir hingehen.

»Lass dich überraschen.«

Und dann sind wir anscheinend schon da. Wir bleiben vor einem weiteren Juwelier stehen.

Dieser sieht noch edler aus als alle anderen. Wir schauen durch die Scheibe ins Innere. Dunkles glänzendes Holz, Gemälde, eine Statue und jede Menge unglaublicher Schmuckstücke sind zu sehen.

Als Nick die Tür öffnen will, bewegt sie sich kein Stück. Sie ist verschlossen.

Ich zögere. »Ich glaube nicht, dass das der richtige Laden für uns ist.«

»Doch warte, vertrau mir. Oder besser meinen Eltern.« Bei den Worten greift Nick erneut nach meiner Hand.

Eine Dame kommt zur Tür und schließt auf. Ohne zu fragen, bittet sie uns herein. Sie führt uns zu einem kleinen Tisch mit zwei Stühlen, nimmt uns unsere Mäntel ab.

»Hallo, mein Name ist Henders, ich bin heute ganz für Sie da. Möchten Sie gern etwas trinken? Ein Wasser oder ein Glas Sekt vielleicht?«

Wir sind völlig perplex, starren sie ungläubig an und nicken. Sie verschwindet in einen anderen Raum und kommt kurz darauf mit zwei Gläsern zurück und schenkt uns etwas Wasser ein. Dann setzte sie sich uns gegenüber.

»Wie kann ich Ihnen helfen?«

Wir schauen uns kurz grinsend an und widmen uns dann Frau Henders.

Nick erklärt, was wir uns vorgestellt haben, und ich erzähle von den Geschäften, die wir bisher besucht haben, und wie frustrierend das alles war. Wir schweben im siebten Himmel. Natürlich werden wir auch hier gefragt, was wir ungefähr ausgeben wollen, doch auf eine ganz andere Art und Weise als bei den anderen.

Kurz darauf erscheint die Verkäuferin mit einer Schachtel, in der die verschiedensten Ringe stecken.

»Jetzt brauche ich erstmal ein Gefühl, in welche Richtung es gehen soll. Schauen Sie sich alle ganz in Ruhe an und legen Sie drei Favoriten beiseite. Ich bin gleich wieder da.«

Sie verschwindet in den Nebenraum und wir bestaunen die Auswahl an Ringen. Dass es Gold sein soll, darauf einigen wir uns sofort, jedoch möchte ich kein normales Gold. »Da müsste ich immer an meine Oma denken«, sage ich zu Nick. Doch Gold gibt es in den verschiedensten Nuancen.

Die Wahl fällt uns nicht leicht, weil so viele tolle Ringe dabei sind. Doch die verschiedenen Ausführungen sind eine gute Inspiration.

Als sich Frau Henders wieder zu uns setzt, erklärt Nick ihr, warum wir uns für diese drei entschieden haben.

»Die Ringe sollten genug Platz für eine Außengravur haben und für Lena ohne Steinchen sein.«

Beim Verlobungsring habe ich gemerkt, dass ein Stein auf dem Ring zwar schön ist, ich ihn aber die ganze Zeit drehe, damit der Diamant auch zu sehen ist.

Die Verkäuferin muss lachen, versteht unsere Einwände gut und geht erneut in den Nebenraum. Die drei Favoriten hat sie in einer anderen Schachtel erst einmal beiseitegestellt.

Als Nächstes einigen wir uns auf die Farbe. Zum Schluss präsentiert sie uns drei weitere Ringe. Gleichzeitig greifen wir nach demselben und müssen lachen. Somit ist auch diese Entscheidung gefallen.

Frau Henders nimmt das Maß unserer Finger, schreibt alles auf und dann sind wir fertig.

Unsere Ringe werden rot und weißgolden sein und eine Wölbung nach innen haben. Dort ist Platz für eine Gravur und auch die Außenseite wird graviert werden.

Am Ende kosten die Ringe zwar mehr als geplant, doch das ist es uns wert. Erstens weil sie einmalig schön sein werden und zweitens wegen der tollen Beratung.

Ein Außenstehender hätte uns sicher als zwei gackernde Hühner bezeichnet, als wir zum Auto laufen und aus dem Schwärmen gar nicht mehr rauskommen.

»Niemals wäre ich dort reingegangen, wenn meine Mutter nicht darauf bestanden hätte«, meint Nick, als wir ins Auto steigen.

Ich nenne es Schicksal, dass seine Mama gerade in dem Moment angerufen hat. Als hätte sie einen siebten Sinn.

Beim wöchentlichen Sonntagstreffen erzählt ein Freund von der Hochzeit seiner Schwester und worum sich die Trauzeugen kümmern mussten.

Nick und ich tauschen dabei immer wieder irritierte Blicke aus, denn wir wussten nicht, dass so ziemlich die ganze Planung die Aufgabe der Trauzeugen ist.

Ich habe von Hazel schon eine Weile nichts mehr gehört, was durchaus normal ist. Sie ist beruflich oft sehr eingespannt und nun muss sie sich auch noch um ihren Opa kümmern. Dass sie nicht gleich um die Ecke wohnt, macht das Ganze nicht besser. Wie soll sie denn von da aus irgendetwas planen? Das habe ich gar nicht bedacht.

»Das wird Hazel niemals schaffen«, stelle ich besorgt fest. Was habe ich mir nur dabei gedacht, ihr so eine Aufgabe aufzuerlegen? Klar, sie hätte auch nein sagen können, doch anscheinend weiß sie auch nicht, um was sie sich eigentlich alles kümmern müsste.

Auch Nick wirkt etwas betroffen. Haben wir die falsche Wahl getroffen? Denn auch Tyler, den er sich als Trauzeugen ausgesucht hat, scheint keine Ahnung davon zu haben, was er alles machen müsste.

Kurzerhand schreibe ich Hazel eine Nachricht wohlwissend, das ich sicher erst in ein paar Tagen eine Antwort erhalten werde.

> Hey Süße, weißt du eigentlich, was du als Trauzeugin alles machen müsstest? Wir sind gerade aus allen Wolken gefallen, als wir es erfahren haben. Und nun habe ich ein schlechtes Gewissen, dir so eine Aufgabe aufgedrückt zu haben.

Mein Handy klingelt und auf dem Bildschirm erscheint Hazels Name.

Sie schwärmt mir von ihrem neuen Projekt vor und dass sie sogar noch einige Wochen im Außendienst sein wird, um alles zum Laufen zu bringen und in die richtigen Bahnen zu lenken.

Ich freue mich für sie, doch weiß ich nun auch, dass sie es nicht schaffen wird, mit mir ein Brautkleid auszusuchen und sich um andere Dinge für unsere Hochzeit zu kümmern. Auch wenn ich traurig bin, würde ich es ihr nie übel nehmen.

Fast schon flüsternd frage ich, ob ich mir jemand anderen suchen soll. Und sie antwortet mit gedrückter Stimme: »Ja, das wäre vielleicht besser. Tut mir echt leid, Lena.«

»Ach Quatsch, das ist okay, wirklich. Ich finde sicher jemand anderen. Mach dir keine Sorgen.«

Wir legen auf und die Enttäuschung übernimmt das Ruder. Tränen rollen über meine Wangen und Nick nimmt mich in den Arm.

»Wir finden schon jemand anderen für dich. Und bis dahin machen wir einfach weiter wie bisher. Immerhin soll das unser Tag werden.«

Er hält mich noch eine Weile in seinem Armen, bis die Tränen versiegt sind und ich wieder lächeln kann.

Kapitel 21

Weil wir in den letzten Tagen nicht dazu gekommen sind, Ordnung in die Wohnung zu bringen, verbringe ich den Abend damit auszuräumen.

Als ich zu den Mülltonnen laufe, kommt eine Frau direkt auf mich zugelaufen. Da es stockfinster ist, erkenne ich sie nicht. Als sie unter einer Laterne steht, setzt sie ihre Kapuze ab und ich lasse alles fallen, was ich gerade noch in den Händen gehalten habe, und renne ihr entgegen.

Als wir uns in die Arme fallen, sitzen wir kurz darauf auf dem Fußweg, so viel Schwung hatte unser freudiges Aufeinandertreffen.

»Du bist es wirklich und du bist hier. Oh mein Gott, Ana, wie lang ist es jetzt her, dass wir uns das letzte Mal gesehen haben?« Ich komme aus dem Grinsen nicht mehr raus und möchte sie am liebsten nie mehr loslassen.

»Ja, ich weiß, es ist schon viel zu lange her. Ich bin da und halt dich fest, ich bleibe!« Wieder fallen wir uns in die Arme.

»Ich habe dir so viel zu erzählen, du musst mit raufkommen!«

Ohne dass Ana ein Widerwort hätte geben können, nehme ich ihren Koffer samt Tasche und rolle damit über die Straße.

Schnell schließe ich die Tür zu den Mülltonnen auf und schmeiße meinen Müll, den ich runtergebracht habe hinein.

»Lena, ich kann meine Sachen auch allein nehmen. Ich haue schon nicht wieder ab, keine Angst. Ihr seid die Ersten, die ich besuche.«

»Nick wird sich mega freuen.«

Oben angekommen, schaue ich durch einen Spalt zur Tür rein. Nick ist nicht zu sehen, vielleicht ist er im Bad. Perfekt. So leise wie möglich schleichen wir uns rein. Ich nehme Anas Mantel ab, während sie schnell ihre Schuhe auszieht. Wir sprinten zur Couch und setzen uns, als wäre Ana schon die ganze Zeit da gewesen.

Immer wenn ich den Wasserhahn im Bad höre, weiß ich, dass Nick gleich rauskommen wird. Nervös kratze ich an meiner Hand.

»Machst du das immer noch, wenn du nervös bist?«, flüstert Ana mir zu. Ich zucke nur mit der Schulter, da geht auch schon die Tür auf.

Nick kommt um die Ecke, bleibt prompt stehen und rührt sich nicht mehr. Sein Gesicht beginnt ein Lächeln zu formen und er läuft auf Ana zu.

Sie springt auf und die beiden fallen sich in die Arme.

»Immer für eine Überraschung gut, was Ana?«

»Na ich will dich ja schließlich nicht enttäuschen.« Sie zwinkert Nick zu und beide lachen.

Obwohl Anastasia aussieht wie immer, so wirkt sie doch völlig verändert. Sie strahlt etwas aus, das ich bei ihr noch nie gesehen habe. Und es scheint ansteckend zu sein.

Sie setzt sich zwischen uns und erzählt von ihren letzten Reisen. Drei Jahre haben wir sie nicht gesehen und eher selten Kontakt gehabt, da sie oft an Orten war, an denen der Empfang einfach so schlecht war, dass sie ihr Handy meist ganz ausgeschaltet hatte.

Ana ist Reisebloggerin und erzählt, dass sie sich in den letzten Monaten für eine etwas andere Reise entschieden hatte. Sie war für eine Organisation unterwegs.

»Das war wirklich mal etwas anderes. Eine völlig andere Welt. Alles, was für uns als selbstverständlich gilt, gab es dort nicht. Und wenn, dann war es der pure Luxus. Und dennoch sind die Menschen glücklich. Sie tanzen, essen gemeinsam im großen Kreis und leben einfach.«

Plötzlich stoppt sie ihre Erzählung und eine Gänsehaut überkommt mich, als ich ihre glasigen Augen sehe.

Dann wechselt sie das Thema und fragt, was denn bei uns so alles passiert sei.

Ich kenne sie gut genug, um zu wissen, dass sie das Erlebte erst einmal selbst verarbeiten muss, bevor sie darüber sprechen oder schreiben kann. Das respektiere ich und erzähle ihr von meinem Heiratsantrag.

Ungläubig schaut sie erst mich und dann Nick an, der bestätigend nickt.

»Das hast du echt gemacht? Vor all den Leuten? Das ist ja der Wahnsinn.« Sie umarmt erst mich und dann Nick. »Ich freue mich ja so für euch. Herzlichen Glückwunsch zur Verlobung. Da habe ich ja wirklich etwas verpasst.«

Sie wischt sich eine Träne aus den Augen.

»Ja, das war wirklich unglaublich. Ich habe jetzt noch Gänsehaut«, erkläre ich stolz.

Nick schaut mich mit leuchtenden Augen an. »Das habe ich dir noch gar nicht gezeigt, Lena.«

Er holt sein Handy vom Esstisch und scheint etwas zu suchen. Dann schaltet er den Fernseher ein und verbindet sein Handy damit.

Marcs Garten erscheint auf dem Bildschirm. Nick drückt auf »play« und wir hören Alex‘ Stimme und sehen in die fragende Gesichter der Geburtstagsgäste von seiner Party.

Die haben das doch tatsächlich gefilmt und nichts gesagt. Ich bin total baff und bekomme keinen Ton raus.

Als wir an der Stelle sind, an der Alex meinen Namen ruft, schnellt mein Puls in die Höhe und mir wird schlagartig speiübel, genau wie an dem Abend. Gänsehaut pur.

Am Ende haben wir alle Tränen in den Augen. Diesen Moment zusammen mit Ana noch einmal zu erleben, ist wunderschön, als wäre sie dabei gewesen. Sie umarmt uns noch einmal und Nick und ich schauen uns glücklich und verliebt an.

»Kann ich euch denn noch bei irgendwas helfen?«

Da kommt mir auf einmal die Idee überhaupt.

»Warte kurz, ich bin gleich wieder da!«, verkünde ich und renne ins Schlafzimmer.

Ich krame eine Karte in Weinrot aus der Schublade der Kommode und finde auch gleich den passenden Silberstift dazu.

Noch ein paar Aufkleber und sie ist perfekt, zumindest für das, was ich auf die Schnelle zurechtzaubern kann. Ich packe die Karte in einen Umschlag und reiche ihn Ana.

Neugierig holt sie die Karte raus. Nick schaut über ihre Schulter und zwinkert mir dann grinsend zu.

Ana schaut mich an und während eine Träne über ihre Wange läuft, nickt sie mir energisch zu und umarmt mich. »Ja, ich bin wahnsinnig gern deine Trauzeugin!«

Ich bin überglücklich, dass sie diese Rolle übernehmen wird. Wir sind sogar schon befreundet gewesen, bevor ich Nick kennengelernt habe. Und davor war sie schon viele Jahre mit ihm befreundet. Das haben wir dann mitbekommen, als wir schon einige Monate zusammen waren. Was für ein Zufall, dachte ich damals noch. Doch mittlerweile bin ich mir ziemlich sicher, dass sie ihre Finger mit im Spiel hatte, als Nick einst in den Laden gekommen ist.

»So schön es auch ist, euch endlich wiederzusehen, ich muss leider los.« Sie schaut uns bedröppelt an.

»Ist doch okay, es ist ja auch schon spät. Wo kommst du überhaupt unter?«

»Erstmal bei meiner Mama. Ich suche mir dann wieder etwas Eigenes.«

»Du meinst es wirklich ernst mit dem Hierbleiben, oder?«

»Ja, ich möchte wieder einen festen Wohnsitz haben. Ich kann ja auch von hier aus verreisen.«

Ich freue mich, dass Ana wirklich hierbleibt.

Sie trägt sich noch den Termin für meine Kleidanprobe ein und dann verabschieden wir uns.

Die Zeit rennt, in ein paar Monaten ist es schon so weit und wir werden uns das Jawort geben.

Ich laufe in der Wohnung auf und ab, während ich darauf warte, dass Nicks Papa vorfährt. Weil sein Papa einen Transporter hat und ich so viele mitnehmen möchte, hat er angeboten, uns zum Brautmodenladen zu fahren.

Die ersten Sonnenstrahlen scheinen durch die Fenster und lassen den letzten Schnee schmelzen. An manchen Stellen in den Vorgärten kämpfen sich schon die ersten Frühlingsblüher in die Höhe.

Ein Hupen ertönt und ich zucke zusammen. Als ich aus dem Fenster schaue, winken mir meine Mama, Ana und meine Schwiegereltern zu. Schnell ziehe ich meine Schuhe an, schnappe mir meine Tasche, den Mantel und sprinte die Treppen hinunter.

Auf der Fahrt unterhalten wir uns und alle sind in einer freudigen und ausgelassenen Stimmung.

Nach fast zwei Stunden Fahrt haben wir unser Ziel erreicht.

Der Laden wirkt von außen recht überschaubar und die erste Euphorie wird irgendwie ein wenig getrübt. Nach dem Auftritt des Ausstellers bei der Hochzeitsmesse hatte ich irgendwie mehr erwartet.

Nach einem leicht irritierten Blick von der Dame an der Anmeldung drinnen, werden wir zu einem kleinen runden Tisch, einer Bank und ein paar Stühlen gebracht. »Sie müssen sich bitte noch einen Augenblick gedulden, die Kundin vor Ihnen ist noch nicht ganz fertig.«

Da zu wenig Sitzgelegenheiten vorhanden sind, schnappe ich mir ein Kissen und setze mich kurzerhand auf das niedrige Fensterbrett.

Jeder hat ein Brautmodenheft in der Hand und blättert darin herum, selbst Nicks Vater. Als ich den Blick über mein Heft hinausschweifen lasse, muss ich schmunzeln.

Jeder hält mir sein Heft hin, nachdem er etwas gefunden hat, und wir philosophieren, was zu mir stehen und mir passen würde.

Dann ist es endlich so weit und wir können in den Anproberaum. Als die Frau im Raum merkt, wie viele wir sind, ordert sie gleich noch ein paar Stühle.

»Normalerweise sollte man nur mit maximal zwei Begleitern kommen!«, lässt sie mich wissen.

»Das wusste ich leider nicht und ich dachte mir, mehr Augen sehen mehr.«

Meine Schwiegereltern sind immer ehrlich, daher wollte ich sie auf jeden Fall dabei haben, meine Mama ist sowieso ein Muss und Ana als meine Trauzeugin sollte definitiv dabei sein.

Als ich die Dame auf die Messe und das Kleid anspreche, das für mich zurückgelegt sein sollte, schaut sie mich an, als würde ich in einer anderen Sprache sprechen. Ich versuche es noch einmal zu erklären, worauf sie mich unterbricht und sagt, dass sie davon nichts wisse und sie sowieso nicht so viel in meiner Größe da hätten.

Jetzt würde ich mich am liebsten auch erstmal setzen. Nun sind wir so weit gefahren, alle sitzen gespannt da und starren mich an und nun ist das Kleid, von dem ich so sehr geschwärmt habe, nicht da.

Mir wird heiß.

Sie führt mich in den Nebenraum und bittet alle anderen, sitzen zu bleiben. Selbst als Ana einen Blick auf die Kleider werfen will, fordert die Dame sie auf, sich wieder hinzusetzen.

Nun stehe ich mit ihr allein da und sie zeigt mir zwei Kleider, die sie in meiner Größe hat. Sie gefallen mir überhaupt nicht.

»Ich schlage vor, wir probieren erstmal verschiedene Stile, um uns dem zu nähern, was Ihnen am besten steht.«

Ich nicke stumm.

Nach dem sechsten Kleid kann ich die Anspannung im Raum nicht nur spüren, ich glaube, die größte geht von mir selbst aus. Wo ist denn nun dieses »Jaaaa, das ist es« Gefühl? Dieser magische Moment?

Und ein weiteres Kleid kommt mit der Dame um die Ecke. Am liebsten würde ich ablehnen. So allmählich habe ich die Lust am Anprobieren verloren. Ich bin einfach zu zierlich und die meisten Kleider haben ein monströses Dekolleté, in denen meine Brüste wirken, als wären sie nicht vorhanden. Als sie beim letzten Kleid noch mit Silikoneinlagen für meine Brust auftaucht, würde ich am liebsten schreiend davonlaufen.

So langsam habe ich das Gefühl, wir werden hier nie wieder rauskommen, es sei denn, ich entscheide mich für ein Kleid.

Hilfesuchend schaue ich in die ebenfalls ratlosen Gesichter meiner Begleiter. Ich bekomme das Gefühl, sie würden auch lieber irgendein Kleid nehmen, Hauptsache wir kommen hier endlich wieder raus.

Wieder beginnt die Dame an meinem Rücken herumzuzupfen und mit Klammern und Nadeln alles anzupassen und enger zu machen.

Als ich den Vorhang beiseiteziehe und mich im Spiegel betrachte, ist dies das erste Kleid, das mir wirklich gut gefällt. Es sitzt schön, betont meine Figur und schmiegt sich an mich. Ein leichter Stoff mit einer kleinen Schleppe. Elegant und nicht zu aufdringlich.

Wieder schaue ich in die müden Gesichter. Sie lächeln und betrachten mich von allen Seiten. Als ich beschließe, dass es dieses Kleid werden soll, und alle zustimmend nicken, bin ich zufrieden und erleichtert. Auch wenn ich nicht diesen Wow-Effekt hatte, denke ich, es ist die richtige Entscheidung.

Noch einmal steckt die Dame alles fein säuberlich ab und hilft mir dann wieder aus dem Kleid. Während die anderen draußen vor dem Geschäft warten, unterschreibe ich den Kaufvertrag.

Zufrieden fahren wir wieder nach Hause und haben uns auch auf der Rückfahrt jede Menge zu erzählen.

Es ist merkwürdig, nicht mit Nick über das Kleid sprechen zu können. Zumindest nicht im Detail. Er ist ein wenig verblüfft, dass ich mich wirklich gleich beim ersten Laden für ein Kleid entschieden habe.

»Ist das nicht der ganze Spaß dabei, dass man die verschiedenen Brautläden abklappert, überall ein Sektchen trinkt und anprobiert?«

»Ich weiß es nicht. Ich heirate zum ersten Mal.«

Er lächelt und meint: »Wenn es das Kleid sein soll, warum nicht? Wenn sie so tolle Kleider haben, dann ist doch alles gut.«

Allerdings bin ich mir auf einmal gar nicht mehr sicher. Immer wieder schaue ich mir heimlich das Foto von mir im Kleid an. So gern würde ich es ihm zeigen, dann könnte ich mir sicher sein, ob es das ist. Doch wir haben ausgemacht, uns am Hochzeitstag damit zu überraschen.

Zwei Wochen später sitze ich schluchzend auf der Couch, als Nick nach Hause kommt.

»Hey, was ist denn los?« Sofort nimmt er mich in den Arm und streichelt meinen Rücken.

Als ich mich wieder beruhigt habe, erzähle ich ihm die ganze Geschichte von unserem Besuch beim Brautmodengeschäft.

»Ach Mensch, warum hast du das denn nicht gleich gesagt, das ist doch nicht schlimm. Und wenn du am nächsten Tag gesagt hättest, dass es nicht das Richtige ist, wäre das auch völlig in Ordnung gewesen.«

»Ich war mir einfach total unsicher und ich konnte es dir ja nicht zeigen und alle waren einverstanden mit meiner Wahl. Dann habe ich es mir jeden Tag auf dem Handy angeschaut. Das ist es einfach nicht. Ich weiß, ich wollte etwas Schlichtes, Elegantes. Aber jetzt ist es, als ob ich wirklich bereit bin für diese Brautkleidsache. Und nun möchte ich einfach mehr. Was mache ich denn jetzt?«

Nick schmunzelt.

»Wir rufen jetzt mal da an und fragen nach, ob wir noch vom Kauf zurücktreten können. Und dann sehen wir weiter. Ich hatte mich eh schon gewundert, dass du nach dem ersten Laden schon fündig geworden bist und konnte mir das nicht so ganz vorstellen.«

Bei seinen Worten könnte ich gleich wieder heulen. Ach, hätte er nur dabei sein können.

»Okay, kannst du anrufen? Ich weiß nicht, ob ich mich traue.«

Er streicht über meine Wange und geht in den Flur, um seine Jacke und die Schuhe auszuziehen. Dann kommt er mit seinem Handy wieder und sucht die Nummer aus dem Internet raus.

Es dauert eine halbe Ewigkeit, bis endlich jemand ans Telefon geht. Ich verstehe nur ein paar Wortfetzen von der Stimme auf der anderen Seite. Als Nick aufgelegt hat, schaue ich ihn mit großen Augen an.

»Sie haben das Kleid schon in Auftrag gegeben, das heißt wir können nicht vom Kauf zurücktreten. Die einzige Möglichkeit wäre, dass sie es zum Verkauf mit aushängen und uns einen Gutschein ausstellen.«

Selbst wenn ich wollte, ich könnte es nicht aufhalten und breche erneut in Tränen aus. So viel Geld.

»Ich bin so dumm.«

»Ach so ein Quatsch. Die anderen hätten doch auch etwas sagen können. Und vielleicht hätte ich dir vorher auch nochmal sagen sollen, dass du nicht im ersten Laden kaufen musst. Es ist doch nicht so schlimm, ist doch nur Geld! Und jetzt zeig mal das Kleid her, um das sich alles dreht.«

Tränenverschmiert nehme ich mein Telefon und suche das Bild raus. Mittlerweile finde ich es richtig scheußlich und kann es nicht mehr sehen.

»Also hübsch ist es und es steht dir. Allerdings eher für eine Taufe oder so, würde ich sagen.«

»Ja, das finde ich eben auch. Jetzt möchte ich mehr. Ich meine, ich kann einen Tag Prinzessin sein. Ich konnte mir das nicht vorstellen und kam mir albern vor, doch jetzt möchte ich genau das.«

»Dann sorg dich jetzt nicht mehr wegen dem Kleid, ich kümmere mich darum. Such dir einen anderen Laden oder auch mehrere, schnapp dir Ana und los geht´s! Und wenn du dir nochmal unsicher sein solltest, dann sag ruhig, dass du eine Nacht drüber schlafen möchtest. Das ist völlig in Ordnung und für die sicher nichts Neues.«

Wenn ich Nick nicht schon lieben würde, dann spätestens jetzt. Was bin ich froh!

»Du hast recht. Danke. Ich schaue gleich mal, ob ich noch einen Laden hier in der Stadt finde, der mir gefällt.«

»So ist es richtig.«

Wir lächeln uns an, umarmen uns noch einmal und dann tauche ich auch schon ins Internet ab.

Die meisten Brautmodengeschäfte sind winzig und eher darauf ausgelegt, etwas Individuelles zu nähen. Das wäre ja nicht schlimm, wäre da nicht der Preis und die Bearbeitungszeit. So viel Zeit habe ich nicht mehr, immerhin heiraten wir schon in vier Monaten.

Die nächsten drei Geschäfte sind entsetzt, als ich ihnen das Datum der Hochzeit nenne, und winken ab.

Einen letzten Versuch starte ich noch und stelle mich schon auf die nächste schockierte Absage ein.

Der Name des Geschäfts klingt wirklich süß. Cinderella. Wie passend.

Es klingelt und mit jedem Tuten werde ich nervöser und mein Bauch verkrampft sich immer mehr. Gerade als ich auflegen möchte, geht doch jemand ran.

Ich erkläre der Verkäuferin in Kurzform, was passiert ist. Dann die Frage nach dem Termin.

»Das ist aber wirklich sehr kurzfristig. Da können wir nicht mehr viel ändern oder anpassen. Aber kommen Sie erstmal her und dann schauen wir mal, ob wir noch etwas Schönes da haben. Vielleicht auch aus einer vergangenen Kollektion. Wir finden auf jeden Fall eine Lösung.«

»Wirklich? Oh mein Gott, vielen Dank. Das ist so lieb.«

Wir machen einen Termin für die kommende Woche aus. Als ich auflege, schwebe ich auf Wolken. Ich weiß nicht warum, doch mein Bauchgefühl sagt mir, dass ich dort mein Traumkleid finden werde.

Aufgeregt rufe ich Ana an und erzähle ihr die ganze Geschichte mit dem Kleid und dem Anruf bei *Cinderella.*

»Wenn ich ganz ehrlich bin, muss ich zugeben, dass ich dich auch nicht in dem Kleid gesehen habe. Es tut mir leid, dass ich nichts gesagt habe, aber du wirktest so glücklich und ich dachte, dass es für dich wirklich das wäre.«

Mit der Antwort hatte ich nicht gerechnet. Nun bin ich etwas verunsichert. Was, wenn Ana dort wieder nicht ihre wirkliche Meinung sagt? Ich weiß, dass ich mich in erster Linie wohlfühlen muss mit dem Kleid, aber es soll auch gut aussehen. Was heißt gut, atemberaubend schön soll es sein. Mit einer Handbewegung verwerfe ich den Gedanken wieder. Ich vertraue Ana, sie kennt mich sehr gut, auch wenn wir uns immer mal einige Jahre nicht gesehen haben, und bei Cinderella werden wir nur zu zweit sein.

Wir klären noch, wann wir uns wo treffen wollen, und legen dann auf. Ich fühle mich immer noch wohl mit der Entscheidung und hoffe, dass es eine Lösung für das andere Kleid geben wird.

Ich parke den Wagen, werfe einen Blick auf mein Handy und lege es in meine Tasche. Der Brautmodenladen müsste gleich die Straße runter in einer kleinen Gasse sein. Ich betrachte die Schaufenster auf dem Weg zum Geschäft und stelle fest, dass wir viel zu selten in diesem Teil der Stadt sind, dabei gibt es hier so viele schnuckelige Läden.

Ich entdecke ein Schild mit der Aufschrift »Cinderella« und verlangsame meinen Schritt. Von Ana ist noch nichts zu sehen. Noch zehn Minuten bis zum Termin. Hoffentlich verspätet sie sich nicht, das wäre einfach zu peinlich. Immerhin bin ich schon froh, dass sie mich dazwischenschieben konnten.

Mein Puls beschleunigt sich mit jeder Minute, die vergeht. Endlich sehe ich sie um die Ecke kommen, doch sie ist nicht allein. Sie wird doch nicht etwa ein Date mitbringen? Als sie näher kommen und sie mir zuwinkt, staune ich nicht schlecht. Sie hat Alex im Schlepptau.

Wir begrüßen uns und dann übernimmt sie auch schon die Führung und öffnet die Tür zum Geschäft.

Wir treten ein und werden gleich freundlich begrüßt. Eine junge Frau nimmt uns unsere Jacken ab und führt uns in die Mitte eines Raums mit einem kleinen Tisch, auf dem Getränke und Kekse stehen. Wir setzen uns auf die Sessel und lassen unsere Blicke schweifen. Kleider über Kleider. Als würden wir in einem Haufen von Tüll sitzen.

»Hallo Frau Wagner, schön, dass Sie hier sind. Wen haben Sie heute dabei?«, begrüßt uns die Geschäftsführerin höchstpersönlich.

»Hallo Frau Schuster, vielen Dank nochmal, dass Sie mir helfen. Das ist Ana, meine Trauzeugin, und das ist Alex, ein sehr guter Freund.«

»Sehr schön, ich sehe, Sie haben sich an meine Vorgabe, nur zwei Personen mitzubringen, gehalten. Sehr gut. Sie haben mir ja schon am Telefon erzählt, was passiert ist. Wir werden ganz bestimmt etwas Schönes finden, ich habe noch einiges aus der letzten Kollektion in Ihrer Größe da. Noch kurz zum Ablauf. Wir schauen uns gleich gemeinsam verschiedene Modelle an, wenn jemandem etwas gefällt, sagt derjenige Bescheid und ich hänge das Kleid an einen separaten Ständer. Danach fangen wir mit der Anprobe an. Dabei werden wir uns Stück für Stück Ihrem Traumkleid nähern.«

Wir nicken und stehen schon bereit, um uns die Kleider anzuschauen.

Zwei hängen schon auf dem Ständer zur Anprobe, als uns Frau Schuster ein Kleid zeigt, das gefühlt nur aus Schichten von Tüll besteht. Der obere Teil ist eine Korsage mit Reißverschluss. Es ist schulterfrei, über und über mit Steinchen besetzt und absolut das Gegenteil von dem, was ich mir vorstellen könnte zu tragen.

Ana schaut mich mit strahlenden Augen an. Ich schüttle energisch den Kopf. »Nein, niemals ziehe ich das an.«

»Oh doch, du wirst genau das anprobieren!«

Sie lässt keine Widerworte zu und so, wie es aussieht, hat sich Frau Schuster auf ihre Seite geschlagen.

Und schon hängt es auf dem Anprobeständer.

Als wir fertig sind, hängen fünf Kleider dort und wir gehen gemeinsam in eine große Kabine mit Spiegel, einem Sessel in Samtrot und einem Tisch, auf dem einige Accessoires wie Haarstecker, Haarreifen, ein Diadem und ein Schleier bereit liegen.

Das erste Kleid habe ich ausgesucht, es sah sehr schön aus, als es dort hing. Als Frau Schuster mit der Bindung am Rücken fertig ist, trete ich raus vor den großen Spiegel. Es ist nach wie vor ein schönes Kleid, aber der Funke springt nicht über. Weder bei mir noch bei Ana und Alex. Ich bin froh, dass wir uns einig sind.

Das nächste Kleid ist etwas pompöser, schulterfrei und ein wenig kürzer.

Wieder stelle ich mich vor den großen Spiegel und sehe schon die Gesichter der beiden.

»Das ist es nicht!«, stellt sogar Frau Schuster fest und hilft mir in der Umkleide gleich wieder raus aus dem Kleid. Dann kommt zuerst ein Haufen von Tüll, bis ich sie schließlich dahinter sehen kann.

Wie zur Hölle soll ich das denn anziehen?

Sie legt es auf den Boden.

»Und nun müssen Sie hineinsteigen und dann ziehen wir es gemeinsam hoch.«

Immer noch skeptisch schlüpfe ich hinein. Als sie den Reißverschluss der Korsage am Kleid schließt, fühle ich mich auf einmal irgendwie geborgen und umarmt. Ein ganz merkwürdiges Gefühl steigt in mir auf.

Sie zieht den Vorhang beiseite, ich trete aus der Umkleide und stelle mich vor den Spiegel. Es sitzt wie eine zweite Haut. Meine doch recht kleine Oberweite wird gepusht und vergrößert. Meine Taille passt perfekt in die Korsage und die Unmengen an Tüll verwandeln das Kleid in einen Traum in Weiß. Ein richtiges Prinzessinnenkleid.

Frau Schuster verschwindet, ohne ein Wort zu sagen, hinter den ausgestellten Kleidern auf der anderen Seite.

Ich betrachte mich weiter im Spiegel und kann mich gar nicht sattsehen. Schmetterlinge tanzen in meinem Bauch bei der Vorstellung, so vor Nick zu stehen.

Als ich mich umdrehe, haben Alex und Ana Tränen in den Augen und auch in mir steigen welche auf. Es sind Freudentränen. Mein ganzer Körper kribbelt und ich bekomme Gänsehaut.

Frau Schuster kommt zurück und hält einen riesigen Ring mit weißem Stoff drumherum in der Hand.

»Das ist ein Unterrock, er hilft das Kleid aufzubauschen und den Tüll schön pompös aussehen zu lassen, damit nicht alles einfach nur runterhängt.«

Ich dachte ja vorher schon, es sei perfekt, aber nun bin ich restlos begeistert und völlig überfordert von meinen Glücksgefühlen.

Das ist es also. Mein Traumkleid. Völlig anders als das, was ich zu wollen geglaubt habe. Einfach perfekt.

Die andern beiden Kleider probiere ich trotzdem an, doch diesem kann keins das Wasser reichen.

Als ich wieder in meine Klamotten schlüpfe, denke ich an Nicks Worte. »Erstmal eine Nacht drüber schlafen, nichts übereilen.«

Am Tresen teile ich Frau Schuster deshalb mit, dass ich noch eine Nacht darüber nachdenken möchte, damit ich nicht wieder zu voreilig handle.

Sie versteht meine Bedenken und reserviert es mir bis zum nächsten Tag.

Dankbar und völlig aufgewühlt laufen wir gemeinsam die Gasse zurück zum Parkplatz.

Grinsend präsentiert mir Ana ein paar Fotos, die sie gemacht hat. Normalerweise darf man das erst, wenn man das Kleid kauft. Dankbar falle ich ihr um den Hals. Nun werde ich es mir die ganze Zeit anschauen können, was mir hoffentlich bei meiner Entscheidung hilft.

Am nächsten Tag bin ich bei der Arbeit so eingespannt, dass ich erst gegen Mittag panisch die Nummer vom Brautmodenladen wählen kann und auf meinem Stuhl hin- und herwippe. Als endlich jemand rangeht, plappere ich, als würde es um Leben und Tod gehen. Geknickt lege ich auf und überlege, was ich jetzt machen soll. Die Dame am Telefon meint, dass sie das Kleid nur reservieren können, wenn eine Anzahlung erfolgt ist. Sie würden es zwar nicht gezielt anbieten, doch falls jemand anderes Interesse hat, müssten sie es rausgeben.

Leider kann ich heute unmöglich eher gehen.

Ich spreche Nick eine Nachricht aufs Handy und hoffe, dass er eine Idee hat. Ich will dieses Kleid. Es ist einfach perfekt.

Da Nick ebenfalls auf Arbeit ist, werde ich wohl frühestens in zwei Stunden mit einer Antwort rechnen können. Also schreibe ich Ana. Sie ruft mich sofort zurück. Ich renne ins Treppenhaus, um halbwegs ungestört mit ihr sprechen zu können. Nachdem ich ihr alles erklärt habe, versichert sie mir, dass das Kleid ganz bestimmt noch da sein wird, wenn ich Feierabend habe. Auch wenn ich den Kaufvertrag noch nicht unterschrieben habe. Keine Ahnung, wie sie sich da so sicher sein kann, denn ich bin es nicht.

Die nächsten Stunden sind eine absolute Qual und ich kann mich kaum konzentrieren. Dann endlich die Erlösung. Wir haben unser Projekt für diesen Tag geschafft. So schnell haben mich meine Kollegen noch nie aus dem Büro flitzen sehen.

Ich sprinte zum Auto und fahre, als würde mein Leben davon abhängen.

Ich parke auf demselben Platz wie beim letzten Mal und renne die Gasse hinunter bis zum Geschäft. Davor angekommen, stoppe ich, halte inne und atme kurz durch. Immerhin will ich nicht völlig abgehetzt reingehen.

Eine Anprobe ist bereits in vollem Gange, doch ich bin überglücklich, als ich meinen Traum in Weiß in dem Raum nebenan hängen sehe. Sie haben es also nicht wieder zu den anderen gehängt.

Eine Verkäuferin ist sofort für mich da und wir machen alles fertig. Ich bezahle und kann mein Glück kaum fassen. Sie fragt, ob ich Zeit habe, es gleich nochmal anzuprobieren, damit sie wissen, ob sie noch etwas anpassen müssen.

Als ich nun zum zweiten Mal in das Kleid schlüpfe, tanzen die Schmetterlinge wieder wie verrückt in meinem Bauch. Ich fühle mich so wunderschön.

Ein paar Bedenken habe ich wegen der Schleppe.

»Meinen Sie, das ist okay wegen der Schleppe? Die wird sicher ganz schmutzig, weil wir den ganzen Tag draußen sein werden.«

»Wenn Ihr Kleid am Abend nicht schmutzig ist, haben Sie etwas falsch gemacht«, ruft es und Frau Schuster kommt um die Ecke.

»In dem anderen Laden wollten sie die Schleppe aufgrund dessen abschneiden.«

»Tja Frau Wagner, da können Sie mal sehen. Dann lassen Sie mich nochmal schauen.«

Ich drehe mich und sie begutachtet jedes kleine Detail. Es ist und bleibt perfekt.

Wir vereinbaren einen Termin für die Abholung und sie bittet mich, mir an dem Tag auch ein wenig Zeit zu nehmen, da sie mir noch Tipps mit auf den Weg geben möchte.

»Tipps?«

»Naja, ich gehe mal davon aus, dass Sie noch nie ein solches Kleid getragen haben. Da gestaltet sich der Gang zur Toilette etwas anders.« Sie zwinkert mir zu und verabschiedet sich, um sich wieder ihrer Kundin zu widmen.

Als ich die Gasse zurück zum Parkplatz gehe, strahlt die Sonne mit mir um die Wette.

Kapitel 22

Alle rennen durch die Gegend wie aufgeschreckte Hühner. Nur ich bin völlig ruhig und entspannt, was mir tatsächlich auch ein bisschen Angst macht.

»Was, wenn ich so entspannt bin, weil ich ihn gar nicht wirklich liebe?«

»So ein Quatsch, du hast doch einen Knall. Natürlich liebst du Nick. Es ist einfach alles gut durchgeplant, deshalb kannst du so entspannt sein.«

»Hmm.« Ich schnappe mir meinen Tee und gehe auf den Balkon. Die letzte Nacht haben Nick und ich traditionell getrennt verbracht und ich habe mit Ana bei meinen Schwiegereltern übernachtet.

Lydia, die mir heute die Haare und das Make-up machen wird, ist eben angekommen und baut ihren Arbeitsplatz auf. Ana und meine Schwiegermama haben sich gleich noch angemeldet, um ihre Haare schick machen zu lassen.

Hazel schleicht um alle herum und macht fleißig Bilder. Sie ist die Fotografin für unseren Tag. Sie hat schon einige Hochzeiten in Bildern festgehalten und so haben wir uns unheimlich gefreut, dass sie uns das zur

Hochzeit schenken möchte. Zu ihrer Unterstützung ist noch eine enge Freundin der Familie mit da.

Wenigstens für einen kurzen Moment kann ich die Ruhe auf dem Balkon genießen, bis alle bemerken, dass die Braut verschwunden ist. Von hier draußen betrachtet, ein sehr witziger Anblick. Vielleicht bin ich wirklich einfach nur so entspannt, weil ich sowieso nichts daran ändern könnte, wenn noch etwas schiefgeht. Und solange wir uns das Jawort geben können, ist doch alles in Ordnung.

Lydia gibt mir mit einem Handzeichen zu verstehen, dass sie so weit ist und ich wieder reinkommen soll.

Kurze Zeit später fließen meine Haare in Wellen über meine Schulter. Einige hat sie hochgebunden und zu Blüten geformt. Einfach einmalig.

Das Make-up verzaubert mich regelrecht. Ich sehe aus wie eine schönere Version von mir. Eine richtige Prinzessin eben.

Vorsichtig packe ich das Kleid aus und lege es so auf den Boden, wie Frau Schuster es mir gezeigt hat. Alle schauen zu und scheinen etwas irritiert zu sein, was mich wiederum sehr amüsiert. Ich steige hinein und Ana hilft mir, es hochzuziehen.

Schon jetzt stehen alle mit offenem Mund da.

Fehlt nur noch der Unterrock, das Strumpfband in Blau und die geliehenen Ohrringe von meiner Schwiegermama.

Sogar Nicks Vater hat Tränen in den Augen, als er die Treppe runterkommt und mich sieht.

»So, wir müssen los«, erklärt Ana.

Lydia packt ihren Koffer mit allen Utensilien wieder zusammen und reiht sich zum Gehen ein. Es hat sich herausgestellt, dass sie eine Stimme wie Christina Aguilera hat und deshalb zu unserer Trauung singen wird. Immerhin steht ein Klavier im Raum, in der die Trauung stattfindet, das wollen wir unbedingt nutzen.

Ich bin froh, dass wir mit dem Auto von Nicks Vater fahren, einem Kleinbus. Ich wüsste nicht, wie ich mit dem Kleid in ein normales Auto gepasst hätte.

Es ist ungewohnt, ohne Tasche aus dem Haus zu gehen. Ana hat mein Handy, meine Turnschuhe und alles andere eingepackt. Hinten im Bus steht ein kleiner Kühlschrank mit Getränken und unter einem Tuch sehe ich Sektgläser hervorblitzen. Sie haben einfach an alles gedacht.

Ich betrachte die Landschaft während der Fahrt und freue mich, als wir an der Location, in der die eigentliche Feier stattfinden soll, vorbeifahren und der Eingang liebevoll geschmückt ist.

Noch immer kein Anzeichen von Aufregung. Hingegen meiner Erwartung bin ich immer noch tiefenentspannt. Auf dem Weg hupen uns ein paar Autos zu und wir winken wie Promis zurück.

Als wir am Museum vorfahren, stehen bereits einige Gäste auf dem Fußweg und warten auf uns.

Ich begrüße meine Verwandten und ein paar Freunde. Dann sehe ich meine Mama und freue mich, dass sie sogar ein Kleid angezogen hat. Ich glaube, ich habe sie noch nie ein Kleid tragen sehen.

Unruhe kommt auf und Ana bittet mich, schnell ins Haus zu gehen, damit Nick mich nicht doch noch vorher sieht, denn er müsste jeden Moment eintreffen.

Ich setze mich auf einen Stuhl, der extra für mich bereitgestellt wurde, und beobachte, wie die Fensterläden geschlossen werden.

Inmitten von Vitrinen mit alten Fundstücken und Erinnerungen an den Komponisten, der einst dieses Haus bewohnt hat, bevor es zu einem Museum wurde, warte ich, bis alles so weit ist. Wieder wird es etwas unruhig.

»Nick ist mit seinem Trauzeugen angekommen und wird gemeinsam mit den Gästen in den Raum der Trauung geführt«, berichtet Ana, die gerade von draußen wieder reingekommen ist.

»Und, bist du jetzt aufgeregt?«, fragt sie neugierig.

»Nein, ich freue mich nur unheimlich.«

»Seine erste Frage an mich war, ob du da bist«, kichert Ana.

Sie bekommt ein Zeichen, dass sie nun auch rübergehen soll. Und auch ich soll mich nun bereit machen.

Ich stelle mich an die Tür, vor der mein Papa bereits auf mich wartet.

Er schaut mich an und sagt nichts. Ich sehe, wie ihm Tränen in die Augen steigen. Als ich mich bei ihm einhake, spüre ich es auf einmal. Adrenalin pumpt durch meine Adern und mein ganzer Körper scheint wie elektrisiert. Die Musik setzt ein und ich höre Lydias Stimme. »There's a flame, flame in my heart …« Alle Gäste stehen auf.

Wir betreten den Raum, der so gefüllt mit all unseren Liebsten noch kleiner wirkt und trotzdem genau richtig ist.

Ich atme tief ein, als ich Nick sehe und sich unsere Blicke treffen… »hold on to my heart to my heart to youuuuu …« Mein ganzer Körper ist aufgeladen und ich habe überall Gänsehaut, obwohl es ein sehr warmer Sommertag ist.

Nicks Augen werden glasig, als ich auf ihn zugehe. Er sieht einfach atemberaubend aus. Mein Kleid passt perfekt zu seinem Anzug. Er trägt ein schwarzes Hemd und eine schwarze Weste, die mit silbernen Ornamenten übersät ist. Nun laufen mir vor Glück auch Tränen über die Wange. Mein Papa übergibt mich an meinen Bräutigam und alle dürfen sich setzen.

Die Standesbeamtin begrüßt uns und schlägt ihre Mappe auf. »Liebes Brautpaar, Sie beide haben sich dazu entschlossen, heute ja zu sagen. Das kleine, unscheinbare Wörtchen *ja.* Heute ist es von großer Bedeutung. Denn es steht hier und jetzt als allererstes für Ihre Liebe und Zuneigung. Ihr Jawort, liebes Brautpaar, gilt dem Menschen, den Sie gefunden haben und der für Sie die Ergänzung Ihres eigenen Lebens bedeutet, mit all seinen kleinen und großen Ecken und Kanten. Die ihn so einzigartig und für Sie so liebenswert machen. Es ist Ihre feste Entscheidung für den Partner und dafür, die kommenden guten und auch manchmal schlechten Zeiten gemeinsam zu bewältigen …«

Ich höre der Standesbeamtin aufmerksam zu und doch auch wieder nicht. Die gesamte Zeite strahle ich Nick an und er mich.

Sie beendete ihre Rede, schaut nun mich an und fragt: »Frau Lena Wagner, möchten Sie den hier anwesenden Herrn Nickolas Peterson zum Mann nehmen?«

»Ja«, antworte ich fast schon etwas wie in Trance, weil sich all das gerade anfühlt wie in einem Traum.

»Herr Nickolas Peterson, möchten Sie die hier anwesende Frau Lena Wagner zur Frau nehmen? Dann antworten Sie jetzt mit ja.«

»Ja, ich will.«

Nick nimmt meine Hand und hält sie fest.

Die Musik setzt wieder ein, während wir unsere Ringe tauschen.

»Ja, ich atme dich. Ja, ich brenn für dich und ja, ich leb für dich jeden Tag …«

Ich lege meine Hände um Nicks Gesicht und wir besiegeln unser Jawort mit einem innigen Kuss voller Leidenschaft.

Alle weinen mit uns vor Glück und ich fühle die Energie im Raum. Diesen Mann möchte ich nie wieder hergeben.

Als ich auf der Eheurkunde unterschreibe, fühlt es sich an, als würde ich mein altes Leben hinter mir lassen. All der Schmerz der Vergangenheit fällt von mir ab und ich weiß nun, dass es ein Neubeginn ist.

Als wir fertig sind, beglückwünscht uns die Standesbeamtin als Erstes und zieht sich dann zurück.

Jeder steht auf und umarmt uns. Alle haben Freudentränen in den Augen und sind völlig gerührt.

Besonders gerührt bin ich, als Nicks Vater mich mit den Worten »meine Tochter« in die Arme schließt.

Mein Onkel nimmt mich in den Arm und flüstert: »Geht nie im Streit ins Bett, denn ihr wisst nicht, ob ihr am nächsten Tag wieder aufwacht.«

Ich nicke ihm zustimmend zu und verspreche es. Langsam leert sich der Raum, alle haben sich draußen im Garten verteilt und reden angeregt miteinander. Als Nick und ich nach draußen gehen, sind alle Blicke auf uns gerichtet. Wir halten uns an den Händen und alle applaudieren. Ich halte kurz inne und genieße die leicht blumig duftende, warme Sommerluft. Ich fühle mich wie neugeboren, frei und glücklich.

Alle Gäste verteilen sich auf die Autos und wir fahren die Landstraße entlang. Jedes Auto, an dem wir vorbeifahren, grüßt uns mit einem Hupen. Als eine Gruppe Motorräder an uns vorbeibraust, ertönt ein ganzes Hupenkonzert.

In der Location werden wir mit einem Meer aus Blütenblättern empfangen und begrüßen die übrigen Gäste, die nicht bei der Trauung dabei sein konnten. Jeder spricht seine Glückwünsche aus und überreicht uns ein Geschenk.

Unterhalb des Geländes, wo sich der Grillplatz befindet, stehen geschmückte Tische und Bänke. Unter dem Pavillon ist eine Tafel aufgebaut, auf der wir unsere Geschenke abstellen können. Gleich daneben steht eine Candybar mit allen Süßigkeiten, die wir lieben.

Marc überreicht Nick ein Mikrofon und ich stelle mich neben ihn.

»Hallo, wir freuen uns, dass ihr alle gekommen seid, um mit uns gemeinsam diesen einzigartigen Tag perfekt zu machen. Esst, trinkt, tanzt und feiert mit uns. In wenigen Minuten schneiden wir die Hochzeitstorte an.«

Danach gibt er das Mikrofon an seinen Trauzeugen weiter, der völlig überfordert ist und nach wenigen

Worten das Mikrofon an meine Schwiegereltern weiterreicht. Jedes Wort rührt mich zu Tränen.

Mitten in der Feier bemerke ich immer mehr, dass mir übel wird. Ich bekomme keinen Bissen runter, noch nicht einmal etwas trinken kann ich. Ana bemerkt auch, dass ich sehr blass aussehe, und dann fällt uns auf, woran es liegt. Ich bin es nicht gewohnt, eine Korsage zu tragen, und doch trage ich sie schon seit Stunden.

Ana löst die Knöpfe meines Kleides, öffnet den Reißverschluss und auf einmal kann ich wieder atmen.

Merkwürdigerweise fällt das Kleid nicht herunter. Es sitzt noch immer wie eine zweite Haut und so lasse ich die Korsage am Rücken einfach offen.

Wir feiern bis tief in die Nacht hinein, selbst der Regen kann uns nicht davon abhalten, ausgelassen zu tanzen. Irgendwann steige ich auf die Plattform und stelle mich in Position, um den Brautstrauß zu werfen. Eine Schar Frauen versammelt sich unter mir und ist bereit, den Strauß zu fangen. Christina, eine Bekannte von uns, steht mit offenem Mund da, als ihr der Brautstrauß direkt in die Hände fällt. Alle applaudieren und ich mische mich wieder unter unsere Gäste.

Kurz nach Mitternacht gehen Nick und ich gemeinsam hoch in das andere Gebäude und ziehen uns um. In Jogginghose und T-Shirt feiern wir noch bis in die Morgenstunden.

Die Schleppe meines Brautkleides sieht aus wie durch den Dreck gezogen und ich erzähle Nick, was Frau Schuster zu mir gesagt hat. Wir prusten los.

»Sag mal, ist der Laden nicht in der Gasse, wo der Platz mit dem Springbrunnen direkt davor ist?«, fragt Nick auf einmal.

»Ja, genau. Warum fragst du?«

»Weil mein Herrenausstatter direkt eine Straße weiter ist.«

»Nein, das ist ja verrückt. Wir waren also fast an derselben Stelle und wussten es nicht?«

»Als wäre es vorherbestimmt. Ach, wie schön.«

Wir küssen uns, trinken, tanzen und feiern unseren Tag, während die Sonne langsam über den Bergen wieder aufgeht.

Eine klassische Hochzeitsnacht haben wir nicht. Viel zu schön ist das Zusammensein in der urigen Hütte oben, in der wir uns bis zum Morgen noch ausgelassen mit Ana, Daniel, Marc und ihren Freundinnen unterhalten. Sogar Alice ist noch geblieben.

Als es wieder hell wird, gehen wir Hand in Hand runter auf die Wiese und fangen an aufzuräumen. Schon am nächsten Tag werden wir im Auto sitzen und zu unserer Hochzeitsreise aufbrechen.

Als wir unsere Flitterwochen planten, waren wir uns schnell einig. Ein Roadtrip sollte es werden. Wir haben sogar extra eine Matratze gekauft und für die Rückbank des Autos zurechtgeschnitten.

Mit etwas Hilfe haben wir die Location im Nu wieder aufgeräumt und genießen noch ein gemeinsames Frühstück mit unseren Trauzeugen und ein paar Freunden.

Am nächsten Morgen brechen wir zu unserer Fahrt auf. Unser erstes Ziel ist ein Freizeitpark, den ich als Kind ein paar Mal besucht habe. Das weckt Erinnerungen und stolz zeige ich Nick alles, das mir im Sinn geblieben ist. Nachdem wir einen tollen Tag in dem Park verbracht haben, fahren wir zu unserem nächsten Stopp. Heimlich haben wir mit Mias Freund geschrieben und etwas ausgemacht. Sie würde nie auf die Idee kommen, dass wir sie besuchen. Schon allein deshalb nicht, weil sie bei der Trauung dabei war und denkt, dass wir uns wohl so schnell nicht wiedersehen werden.

Vor ein paar Monaten musste sie des Jobs wegen wegziehen. Seitdem trennen uns fast vier Stunden Fahrt voneinander. Es hat weh getan, sie auch noch zu verlieren.

Während der letzten Monate hatten wir sehr viel Kontakt und sie ist mittlerweile zu einer meiner besten Freundinnen geworden.

Als wir am Abend vor ihrer Tür stehen, schaut sie uns an, als wären wir eine Fata Morgana. Sie nimmt mich in ihre Arme und erdrückt mich fast vor Freude.

Während die Männer es sich vor dem Fernseher gemütlich machen, sitzen wir eingekuschelt auf dem Balkon und schauen der Sonne beim Untergehen zu.

»Weißt du, was ich glaube, Lena, ich denke, ich bin hochsensibel.«

»Was ist denn hochsensibel? Also sensibel bin ich auch und ich nehme mir sehr schnell Dinge zu Herzen, aber hochsensibel?«

»Ja, das zählt da auch mit rein. Ich habe neulich durch Zufall einen Artikel darüber gelesen und mich da total wiedergefunden. Wenn du magst, lese ich ihn dir mal vor.«

»Sehr gern, das klingt wirklich spannend.«

Mit Mia kann ich über solche Themen sprechen, auch ein Grund, warum wir uns so gut verstehen.

»Also pass auf.« Sie holt eine Zeitschrift hervor und beginnt zu lesen.

»Kurz gesagt, beschreibt der Ausdruck *hochsensibel* Menschen, die über eine sehr sensible Wahrnehmung und Feinfühligkeit der Sinne verfügen. Die Ausprägungen sind dabei ganz unterschiedlich. Nicht jeder ist also gleich sensibel. Der eine mehr, der andere weniger. Bei dem Wort *empfindlich* geht es nicht nur um Gefühle, sondern auch um das Nervensystem. Hochsensible Menschen werden mit einem leistungsstarken Nervensystem geboren. Dadurch können mehr Sinne aufgenommen und tiefer verarbeitet werden. Sehenswürdigkeiten, Gerüche und Strukturen bis hin zu Ideen, Beziehungen und vielem mehr werden sehr viel tiefer und vor allem mehr wahrgenommen. Klingt anstrengend? Das ist es auch. Manchmal mehr, manchmal weniger. Oft muss man lernen, sich auch mal abzulenken oder seine Gedanken loszuwerden. Neben den vielen anderen Menschen und der Verarbeitung der Gesichtsausdrücke dieser Personen prasseln noch viele andere Dinge auf einen hochsensiblen Menschen ein. Bewegungen, Gerüche und Klänge werden ungefiltert aufgesaugt. Fehlt nur noch, dass wir die Gedanken anderer Menschen hören könnten, und das Chaos wäre perfekt. Das bedeutet, das Betreten eines öffentlichen Raumes ist für Hochsensible ein Angriff auf die Sinne. Ebenso überfüllte Orte. In solchen Fällen heißt es, fokussieren und ausblenden. Eine sehr schwere, aber wichtige Funktion.«

Wow, das war ein bisschen viel auf einmal. Dennoch klingt das genau nach mir und ich finde mich darin wieder. Ich schaue Mia mit offenem Mund und großen Augen an.

»So habe ich wahrscheinlich auch geschaut, als ich es das erste Mal gelesen habe.«

Jetzt müssen wir beide lachen.

»Das ist einfach unglaublich. Das war ich, eins zu eins. Genau so, wie es mir ständig geht. Mal schlimmer und mal weniger schlimm.«

»Deswegen wollte ich dir unbedingt davon erzählen und nun bist du hier und das ist so großartig.«

Ich kann nicht anders, als sie in den Arm zu nehmen. Ob sie weiß, was für ein großes Geschenk sie mir damit gemacht hat? Wahrscheinlich nicht, denn ich begreife es ja selbst noch nicht.

Seit ich denken kann, habe ich mich immer gefragt, warum ich so anders bin und warum anderen manche Dinge so viel leichter fallen als mir. Warum ich manchmal einfach keinen Lärm ertragen kann oder leide, wenn es einem Kollegen schlecht geht oder jemand miese Laune hat. Warum manche Dinge so unfassbar weh tun und warum ich nie so laut war wie alle anderen. Ich war immer zurückgezogen und in mich gekehrt. Ich habe so vieles immer mit mir selbst ausgemacht.

Es fühlt sich an wie ein Rückblick auf mein ganzes bisheriges Leben. Alles macht auf einmal Sinn.

Wir sitzen noch bis spät in die Nacht auf dem Balkon und unterhalten uns, bis die Männer schlafen gehen wollen.

Im Bett liege ich noch lange wach und lasse meine Gedanken schweifen. Auch wenn gerade viel in meinem Kopf los ist, so scheint sich in diesem Augenblick alles aufzulösen, neu zu ordnen und auch zu beruhigen.

Als wir wieder zuhause sind, beschäftige ich mich intensiver mit dem Thema Hochsensibilität. Es ist ein komisches, aber zugleich schönes Gefühl, sich in so vielen Dingen wiederzufinden. Denn auch, wenn ich mittlerweile gelernt habe, mich selbst zu lieben, so war da doch immer noch etwas, das mich davon abgehalten hat, mich selbst so zu akzeptieren, wie ich bin. Weil ich nie damit umgehen konnte, mich nach wie vor verändern und anpassen wollte, um endlich dazuzugehören.

Immer mehr stelle ich fest, dass das, was ich fühle und bin, etwas ganz Besonderes ist. Auch wenn es oft wirklich sehr anstrengend ist.

Es fühlt sich an, als hätte jemand die Tür aufgeschlossen. Als hätte mir endlich jemand geholfen, zu verstehen, wer ich bin.

Am nächsten Morgen beobachte ich Nick beim Schlafen, bis er endlich die Augen öffnet.

»Was ist denn mit dir los?«, fragt er mich grinsend.

»Ich verstehe es. Endlich verstehe ich es.«

»Was verstehst du denn? Du musst mir schon ein paar Infos mehr geben.«

»Ich bin hochsensibel. Deshalb fühle ich mehr als andere, nehme mir Dinge viel mehr zu Herzen, bin introvertiert und manchmal ein Gefühlswrack.«

»Okay und was heißt das jetzt?«

»Dass ich nun endlich weiß, dass ich eine besondere Gabe habe. Dass ich nicht mehr danach strebe, mich anzupassen. Weil ich jetzt endlich weiß, was mich ausmacht und nun lernen kann, damit umzugehen.«

»Heißt das jetzt, du kannst zaubern? Das klingt nämlich ganz schön mystisch, wenn du mich fragst.«

»Stimmt, es klingt wirklich etwas mysteriös.«

Wir müssen beide lachen und er zieht mich zu sich. Ich lege meinen Kopf auf seine Brust und höre seinem Herzschlag zu.

»Ich liebe dich. Danke, dass du mich gerettet hast.«

»Ich habe doch gar nichts gemacht«, sagt er und ich kann sein Lächeln spüren. »Ich liebe dich auch, Frau Peterson.«

Doch, das hast du. Wenn du mich nicht hättest fallen lassen, hätte ich niemals fliegen gelernt.

Danke

Liebe Leserinnen und Leser,

danke, dass du mein Buch gekauft und gelesen hast. Ich freue mich, dass ich meine Geschichte mit dir teilen konnte. Wenn dir mein Roman gefallen hat, würde ich mich unheimlich freuen, wenn du auf Amazon oder deinem Lieblingsportal eine Rezension hinterlässt. Dabei spielt es keine Rolle, wie viele Worte du verwendest, denn mit deiner Bewertung hilfst du mir, dass der **Der Duft von Marienkäfern** auch von anderen Lesern gefunden werden kann.
Mein größter Wunsch ist, dass meine Geschichte anderen Betroffenen hilft, ihnen Mut macht und sie wissen lässt, dass sie nicht alleine sind.

Ich danke dir von ganzem Herzen für dein Feedback und deine Unterstützung.

Alles Liebe
Dany

Über die Autorin

Dany Matthes wurde 1987 in Schlema geboren und ist dort, im tiefsten Erzgebirge aufgewachsen. Mittlerweile lebt sie seit vielen Jahren in Dresden, ist glücklich verheiratet und hat eine Tochter. In der Arbeitswelt ist sie in keiner Branche jemals richtig angekommen, einzig das Schreiben hat sich immer wieder in ihr Leben geschlichen. Nun ist sie einen mutigen Schritt gegangen und hat sich als Autorin und mit ihrem Impressumsservice selbstständig gemacht. »Ich lebe meinen Traum nun jeden Tag und bin überglücklich diesen Schritt gegangen zu sein«, sagt die Autorin.

Wenn du mehr über Dany und ihren Alltag erfahren möchtest, dann schau auf ihre Website

www.danyalacarte.de

oder folge ihr auf Instagram

@danymatthes_autorin

Debütroman der Autorin

Der erfolglose Archäologe Colin versauert in England als Universitätsdozent zwischen Archiv und Hörsaal, als ihm eine geheimnisvolle Botschaft erreicht. Wurde in Kairo tatsächlich ein Papyrus aufgefunden, dessen Inhalt zu einer archäologischen Sensation führen könnte?
Abby ist aus ihrem alten Leben geflohen und dabei, sich in Ägypten etwas Neues aufzubauen. Das scheint auch gut zu funktionieren, bis ihr an jenem Tag ein unverzeihlicher Fehler unterläuft, der ihr Leben erneut völlig auf den Kopf stellt.
Werden beide finden, wonach sie sehnlichst suchen?

»Ein abenteuerlicher Liebesroman zwischen drückender Hitze und rätselhaften Entdeckungen.«

Buchempfehlung

Für diejenigen, die es satthaben, dass die Wunder immer anderen passieren und die ihr Leben endlich in die Hand nehmen wollen.

Persönlichkeitsentwicklung durch Tagebuchschreiben und nebenbei noch seine Wünsche erfüllen lernen? Das klingt viel zu schön, um wahr zu sein? Dann bist du hier genau richtig.

Dieser Ratgeber führt dich zwölf Wochen lang mit verschiedenen Tagebuch-Methoden Schritt für Schritt zu deinem Traumleben.